Et le bonheur arriva du froid

Éditions Eyrolles
61, bd Saint-Germain
75240 Paris Cedex 05
www.editions-eyrolles.com

Collection « Pop'Littérature »

Éditrice externe : Frédérique Martin

Depuis 1925, les éditions Eyrolles s'engagent en proposant des livres pour comprendre le monde, transmettre les savoirs et cultiver ses passions !

Pour continuer à accompagner toutes les générations à venir, nous travaillons de manière responsable, dans le respect de l'environnement. Nos imprimeurs sont ainsi choisis avec la plus grande attention, afin que nos ouvrages soient imprimés sur du papier issu de forêts gérées durablement. Nous veillons également à limiter le transport en privilégiant des imprimeurs locaux. Ainsi, 89 % de nos impressions se font en Europe, dont plus de la moitié en France.

ISBN : 978-2-416-00917-4
Composé par Patrick Leleux PAO

Carole Cerruti

Et le bonheur arriva du froid

Roman
EYROLLES

« C'est l'incertitude qui nous charme.
Tout devient merveilleux dans la brume. »

Oscar Wilde

1

« What you want
Baby, I got
What you need
Do you know I got it?
All I'm askin'
Is for a little respect when you come… »
Respect, Aretha Franklin

— Ma-ry ! MA-RY ! MA-RY-Y-Y !

Comment Mary était-elle arrivée sur ce bar ? Elle n'en avait aucune idée. Pourquoi ces inconnus scandaient-ils son prénom ? Eh bien… elle se souvenait seulement que ses amis et elle fêtaient les trente ans d'Allison et qu'elle n'avait pas eu d'autre choix que les accompagner, Allison étant sa meilleure amie depuis la maternelle. Elle savait aussi qu'ils avaient changé trois fois d'établissement et que le quatrième avait été le bon – la présence d'une équipe de rugbymen au complet ayant été un point déterminant dans la balance, bien que le bar soit trop petit et tout à fait ordinaire.

Elle n'osait plus regarder l'heure, sachant pertinemment que ce soir-là était très mal choisi compte tenu de l'importante réunion qui l'attendait le lendemain, mais Allison avait toujours voulu fêter son anniversaire le jour même, et ce n'était pas pour ses trente ans qu'elle allait changer d'avis.

Mary se rappelait que chacun avait dû payer sa tournée et que, aimant un peu trop l'alcool, elle avait remercié le ciel de n'avoir que trois amis. Quand son tour était arrivé, elle était déjà bien amochée par les bières du premier pub et les cocktails des deux suivants. Puis, enivrée par le regard des rugbymen semblant tout droit sortis d'un calendrier ultra-sexy de Noël, Mary s'était carrément emballée. Au moment où elle avait crié « Champagne pour tout le monde ! », une ola générale s'était ensuivie. Et voilà, elle se souvenait à présent : des bras musclés l'avaient soulevée et déposée sur ce bar, sans aucune considération pour ses collants.

L'alcool aidant, Mary tentait donc de danser sur *Respect*, d'Aretha Franklin, tout en tirant sur sa jupe, beaucoup trop courte pour ce genre de situation. Oh, mais Mary n'était pas totalement soûle, elle avait encore assez de présence d'esprit pour savoir à quoi elle ressemblait avec son collant d'une taille inférieure pour avoir les cuisses bien gainées, sa mini-jupe et ses talons, en train de se trémousser sous les vivats des clients alors qu'elle n'avait rien d'une gogo danseuse mais tout d'une folle vaseuse. Elle avait vraiment touché le fond. Elle savait pertinemment qu'il lui faudrait demander la carte du bar afin de ne plus jamais y remettre les pieds, mais peu importe, il existait des dizaines d'endroits comme celui-ci à Londres, alors, un de plus ou un de moins.

Sa danse étant terminée et les rugbymen occupés à se faire servir, plus personne ne songeait à la regarder ni à l'aider pour descendre du comptoir. L'espace d'une seconde, Mary pensa se jeter dans la foule telle une rock-star, mais vu son karma en termes de popularité, elle eut peur que les gens se poussent pour la laisser tomber. Puis sa cheville heurta le poignet d'un rugbyman trop pressé d'attraper sa flûte, elle glissa sur un rond de bière et se retrouva à quatre pattes sur le bar.

Ce fut à ce moment-là que la situation empira. Lorsqu'elle remarqua le mec sexy de la compta, un nouveau dans sa boîte, assis à une table avec des amis. Un homme égal à lui-même en toutes circonstances : imperturbable, très pro, toujours à l'heure, costumes et coiffure impeccables. L'employé modèle, version Patrick Dempsey.

Il avait les yeux fixés sur elle.

Alors, pour la première fois en un mois, elle vit un éclair de surprise traverser son regard. Il fit son possible pour se contenir et ne rien laisser paraître, mais elle sut, à cet instant précis, qu'elle l'avait étonné. Et n'était-ce pas un bon point de surprendre un homme ? De ne jamais être là où il vous attendait ? Mary pensait sincèrement que c'était une qualité. Que la routine était le cancer de l'amour, un mal sournois qui rongeait tous les couples, même les plus unis, et qu'il n'y avait rien de pire que de savoir à l'avance ce que l'autre allait faire, répondre ou choisir.

Ses amis étant tous partis danser, elle devait réfléchir seule à la façon la plus élégante de quitter ce comptoir et deux solutions s'imposèrent alors à elle :

1) Se jeter dans les bras d'un beau rugbyman.

Un rapide coup d'œil dans le bar lui confirma qu'ils étaient tous occupés à se faire servir *son* champagne et qu'ils avaient complètement oublié sa présence.

2) Sauter.

Elle opta pour la seconde.

Après tout, ce n'était pas si haut. Si peu haut, en fait, qu'elle toucha le sol beaucoup plus tôt que prévu – satanés talons aiguilles – et que son bassin vint s'encastrer directement dans sa poitrine. Elle eut l'impression de se tasser de dix centimètres d'un coup, mais le plus dur fut de garder un air naturel alors que l'un de ses talons l'avait lâchée. Elle était en équilibre sur une jambe, n'osait plus bouger, et pour couronner le tout, le comptable se leva et vint vers elle.

Il s'approcha – *Dieu qu'il est sexy !* – et lui lança un « Bonsoir, Mary » d'une voix suave, tandis qu'elle se prenait pour un flamant rose, le visage rouge tomate, ravalant le cri de douleur qui ne demandait qu'à sortir pour éclater tous les tympans aux alentours.

— Vous n'avez pas une réunion importante dans quelques heures ? la questionna-t-il, en payant ses consommations.

Il semblait inquiet.

Bizarrement, les mots « dans quelques heures » se mirent à sonner dans la tête de Mary comme les grosses cloches d'une église, si fort qu'elle se crut dans *Le Bossu de Notre-Dame*, peut-être aussi à cause de la douleur qui lui vrillait le dos. Elle eut si peur de ressembler à Quasimodo qu'elle palpa aussitôt ses omoplates. Soulagée par l'absence d'une quelconque excroissance, Mary poussa un cri de joie que le comptable ne sut visiblement pas interpréter.

Puis elle déglutit. Et sourit.

Que pouvait-elle faire d'autre ? À part éviter de regarder sa montre et rester positive ?

On pourrait penser que Mary était complètement immature, mais ce serait faux. Le fait est qu'elle adorait ces soirées avec ses amis qui étaient tout pour elle. Ils en arrivaient même à combler l'absence d'un homme dans sa vie, elle se sentait heureuse et chanceuse de les connaître et elle aurait fait n'importe quoi pour eux. Qu'est-ce qu'un ami ? « Une seule âme qui habite deux corps », disait Aristote. Eh bien, entre eux, c'était plutôt une âme pour quatre corps.

Allison était la plus délirante de tous, le genre de fille capable de harceler sa mère pour aller à l'école en tutu blanc, pointes et couronne en plastique sur la tête. Sybile, elle, était plutôt timide, perfectionniste, sérieuse. Bardée de diplômes, dans l'attente du job de ses rêves, elle occupait un poste de serveuse dans un Starbucks. Et enfin Jason, un garçon fantastique, petit génie de l'informatique, doué pour truquer les bulletins au collège, faire la pluie et le beau temps avec le tableau des absences des professeurs ou déclencher l'alarme incendie à distance. En revanche, il était incapable de voler un paquet de chewing-gum sans se faire prendre.

Ils étaient inséparables depuis la maternelle. Ils avaient vécu toutes leurs premières fois ensemble et elles avaient été gratinées. Et ils fêtaient leurs trente ans à quelques mois d'écart.

Le comptable s'éloigna au moment où Allison arrivait derrière Mary, en riant :

— Tu as vu ton collant ?

Tâtant l'arrière de sa cuisse, Mary se contorsionna et découvrit un trou de la taille de son pouce d'où sortait un disgracieux cercle de chair toute pâle. Un effet ventouse immonde, un peu comme lorsque l'on utilise un Aspi venin.

Allison termina sa flûte et la posa sur le bar.

— Tu n'as qu'à te déplacer en longeant les murs et personne ne verra rien, lui dit-elle comme si c'était une option tout à fait envisageable.

— Je n'en reviens pas, grimaça Mary, en buvant une gorgée de champagne, le nouveau comptable dont je te parlais. Il est là, regarde. Celui avec une veste bleue.

— Waouh, il est canon ! Mais il n'a pas l'air de s'amuser, tu devrais l'inviter à danser.

— Moi ? Jamais de la vie !

— Mary, allez, lance-toi… Franchement, qu'est-ce que tu as à perdre ?

Comment devait-elle prendre cette question ? Elle n'avait rien à perdre parce qu'elle avait touché le fond depuis longtemps ? Depuis ses deux ans et demi sans relations sérieuses, exactement. Ou elle n'avait rien à perdre parce qu'il fallait tout tenter dans la vie, puisque le *non*, comme disait sa grand-mère, on l'avait déjà ? À cet instant, le comptable quitta le pub, laissant Mary pleine de regrets de n'avoir su le retenir.

Les quatre amis dansèrent encore un peu sur des tubes des années 1960 et, lorsque le trou derrière la cuisse de Mary atteignit les vingt centimètres de diamètre, ils décidèrent, à l'unanimité, qu'il était temps de rentrer.

Après la chaleur du bar, l'air frais du petit matin leur fit un bien fou. Jason marchait à l'envers et Sybile, d'ordinaire si discrète, entonnait des chansons paillardes que les rugbymen lui avaient apprises, tandis qu'Allison triait les numéros de téléphone qu'elle avait obtenus.

— Oh, Mary ! Ça va aller, demain, ta réunion ? lui demanda Sybile.

Jason gloussa en consultant son portable :

— Pfff ! Si elle se pointe demain, elle n'aura plus de problèmes, la réunion sera passée depuis exactement vingt-six heures et trente-quatre minutes.

Mary était trop amochée pour faire une soustraction. Alors, tandis qu'elle titubait sur les pavés de Neal Street, elle jeta un œil à sa montre. Et elle eut l'impression de subir une attaque cardiaque.

5 h 26

— Je ne peux plus respirer.

— Mais si, Mary, respire ! dit Allison. Le mieux, c'est une douche froide et ne pas te coucher.

— Si je ne dors pas, je vais mourir !

Jason approuva d'un hochement de tête, mais il était calé en informatique, pas en soins palliatifs.

Manque de chance, Mary était la seule à devoir travailler le vendredi matin. Allison, comédienne, n'avait pas décroché de rôle depuis des mois, Sybile ne commençait qu'à midi, Jason avait anticipé et pris un jour de congé.

Ils la regardèrent, l'air embêté, en retenant leurs bâillements autant que possible. Mary, elle, était tout à coup complètement réveillée. Elle leur dit au revoir au bas de son immeuble, perdant encore de précieuses minutes de sommeil. Et elle se coucha quand même, pensant qu'il valait mieux dormir une petite heure, quitte à mordre sur sa préparation vêtements-maquillage du lendemain, plutôt que de faire une nuit blanche.

Eh bien, elle avait tort.

2

« Get up, (get on up)
Get up, (get on up)
Stay on the scene, (get on up),
like a sex machine, (get on up) »

Get up, James Brown

C'ÉTAIT trop dur. Ça ne pouvait pas déjà être l'heure, Mary avait l'impression d'avoir fermé les yeux depuis quelques minutes. Elle éteignit le réveil et replongea sous les draps. Oh, qu'il était bon de se rendormir, c'était divin !

Pourquoi est-ce que je ne me sens jamais comme ça le soir, quand il faut éteindre ?

Get up, get on up!

Elle avait mal à la tête et tapa sur son réveil avec l'impression de buzzer comme dans « The Voice », sauf qu'ici, il s'agissait d'éliminer le chanteur. D'après ses calculs, Mary pouvait encore snoozer une ou deux fois. Si elle enfilait les premiers vêtements qui lui tombaient sous la main et si elle sautait le petit déjeuner, elle aurait presque le temps d'une grasse matinée. Elle repartit pour trente petites minutes.

Get up!

Mary utilisa ses dernières ressources afin de s'extirper de son lit douillet. En consultant sa montre, elle réalisa qu'elle était affreusement en retard, elle avait déjà dû déduire le petit déjeuner et l'étape maquillage en réglant son réveil. Il était 8 heures pile, l'heure de son rendez-vous avec Bethany Marlow, leur plus grosse cliente.

Reste cool, Mary !

Premier point positif : n'ayant pas pris la peine de se dévêtir avant de se coucher, elle était déjà habillée.

Second point positif : non, aucun.

Elle quitta son collant troué, troqua sa jupe contre un pantalon, se lava les dents en trois secondes, attrapa le dossier, son manteau, et courut pour attraper le bus. Elle coiffa ses longs cheveux bruns avec les doigts tout en se regardant dans la vitre, puis elle essuya ses yeux avec un vieux mouchoir filandreux trouvé dans sa poche. Son ventre émit alors un drôle de bruit, mais malgré la faim qui la tenaillait, elle allait devoir attendre longtemps avant de pouvoir manger puisque ce cher James Brown n'avait pas été capable de la réveiller.

En regardant dehors, Mary songea qu'elle n'avait pas encore consulté sa messagerie. Avec un peu de chance, le rendez-vous serait annulé et elle pourrait se recoucher. Elle croisa les doigts lorsque son téléphone vibra.

Allison
Ça va, Mary ? Tu as pu te réveiller ?

Mary
Oui. C'est dur, mais je suis en route.

Allison
Bonne chance. Moi, je retourne sous la couette. :)

Mary
Ha ! Ha ! Merci, j'apprécie.

Allison
On se voit ce soir ?

Mary
Ce soir, déjà ? Je ne sais pas… Il faut que je dorme, j'ai un mois de sommeil en retard !

Allison
OK, un truc cool, alors. Je viens chez toi avec des pizzas. Ça te dit, Sybile ?

Sybile
Oui :)

Jason
Moi aussi, j'en suis. J'amène le vin.

Mary
Oh, et puis zut ! Après tout, on n'a qu'une vie ! Je vous attends vers 20 heures !

Quand elle releva la tête de son téléphone, Mary réalisa qu'elle venait de louper son arrêt de bus.

9 heures. Rendez-vous raté haut la main. Il n'y avait plus personne sur le chantier et Mary rentra à l'agence la tête basse. Pourquoi fallait-il toujours qu'elle se mette dans des situations pareilles ? Elle faisait de son mieux pourtant ; elle essayait de lutter contre sa tendance à tout reporter, mais finalement, elle en était toujours au même point. Ballottée par les événements. Dirigée par les imprévus. Quelle idiote ! On lui disait souvent : C'est la vie ! Mais ne pouvait-on avoir un peu plus d'emprise sur elle ? La vie ne serait-elle pas plus agréable si l'on pouvait

au moins en contrôler les grandes lignes ? Mary en était incapable, en vérité, elle aimait l'inattendu et avait horreur de tout calculer – sauf la soirée du 1er janvier. De toute façon, il suffisait qu'elle planifie quelque chose pour qu'il lui arrive le contraire. La preuve : elle pensait rester tranquille cette semaine afin de rattraper le retard dans ses dossiers, mais elle n'avait pas réussi à dire non à ses amis. Et voilà où elle en était.

10 heures. Mary pénétra chez ABK Interior Design. Les employés la regardèrent bizarrement.

Tout le monde me déteste. Ils pensent que je me permets d'arriver en retard parce que je suis la fille du patron et que, dans quelques semaines, cette boîte sera à moi.

Son père, justement, sortait de la salle de réunion accompagné de Miles, son bras droit. Elle quitta immédiatement son manteau et le jeta sur une chaise en se plantant devant la machine à café pour simuler une pause. Tout en fouillant dans son sac à la recherche d'une pièce, elle les observa du coin de l'œil. Bernard Banks posa paternellement sa main sur l'épaule de Miles, tandis que ce dernier rougissait légèrement.

Lorsqu'ils arrivèrent à sa hauteur, elle feignit de ne pas les voir et mit une pièce dans le distributeur en prenant l'air d'une personne absorbée par ses pensées.

— *Mary* ?

Oups ! Même son propre père avait du mal à la reconnaître. Il ne l'avait pas vue sans les cheveux lissés au fer depuis le collège.

Elle se retourna sur leurs deux visages surpris.

— Bonjour, Mary, gloussa Miles, tu as l'air fatiguée pour quelqu'un qui a fait la grasse matinée. Tout va bien ?

Casse-toi, sale lèche-cul ! pensa-t-elle en le fusillant du regard.

— Mary, dans mon bureau ! tonna son père.

Peut-être qu'elle avait parlé à voix haute, elle n'avait pas encore tous ses neurones. Elle n'eut pas le temps de prendre son café, seul capable de lui remettre les idées en place et suivit son père. Et si elle demandait à Miles de lui en apporter un ? Ça lui ferait les pieds ! Cela dit, au stade où elle en était, c'était d'un défibrillateur dont elle avait besoin.

— Assieds-toi, lui intima son père.

Elle s'exécuta. Il n'était visiblement pas dans un bon jour et elle se demanda ce qui l'avait mis en pétard comme ça. Peut-être le devait-elle à sa mère, avec ses idées de tour du monde pour leur retraite.

Tandis que son père prenait place derrière son immense bureau de verre, Mary lissa sa chemise aussi froissée que si elle était passée sous un trente-huit tonnes, sans parler de l'odeur, un mélange âcre de bière, de tabac froid et de sueur – mais pas la sienne. Bernard Banks s'attarda une seconde sur la tenue de sa fille.

— Je n'irai plus dans ce pressing, lui dit-elle, en désignant sa chemise, tu as vu, c'est dingue !

— Mary, je ne vais pas y aller par quatre chemins. Mme Marlow est furieuse. Tu n'as pas suivi les dernières modifications.

Elle baissa la tête. Ses e-mails. Elle tenta d'allumer discrètement sa messagerie.

— Inutile, dit-il, en secouant la tête, tu as de la chance que Miles ait rattrapé le coup. Sérieusement, Mary, on est vendredi matin, tu fais aussi la fête en semaine ? Tu n'as pas assez du week-end pour t'amuser ?

Il sortit un dossier tout en la fusillant du regard.

— Tu sais combien j'ai travaillé dur pour en arriver là ?

Voilà, c'était reparti. Elle savait qu'il en avait bavé, mais... ce n'était pas le moment ! Elle n'avait dormi que quarante-deux minutes ! Ses paupières étaient si lourdes et la voix grave de son père la berçait comme quand elle était petite et qu'il lui racontait des histoires, le soir. Elle lutta pour ne pas s'endormir, retenant un bâillement qui aurait pu lui décrocher la mâchoire si elle l'avait laissé sortir, si bien qu'elle en eut les larmes aux yeux.

« De mon temps, on n'avait pas tout ça… »

Pas grave, les larmes allaient coller avec son discours moralisateur.

Bingo ! Son père lui tendit un mouchoir.

« J'ai dû, comme ton grand-père… »

Elle vacilla une seconde.

« … en baver… »

Est-ce que j'ai du plomb dans les paupières ?

« On est partis de rien… »

— Mary, tu ne m'écoutes pas !

— Si papa, mais tu me l'as déjà répété tellement de fois !

— Et ça ne te fait plus d'effet, c'est ça ?

— C'était avant. Et maintenant les méthodes sont différentes. Si tu voulais prendre en compte mes idées… Je ne suis pas du matin, je pourrais commencer à 11 heures et je travaillerais mieux. Je partirais plus tard le soir, c'est pareil !

— Mais l'avenir appartient…

— … à ceux qui se lèvent tôt, je sais. Mais c'est surtout valable pour les boulangers, non ?

Il se pinça l'arête du nez et haussa les sourcils, paupières fermées. C'était mauvais signe.

— Pardon, papa, je n'ai pas assuré ce matin, mais cette folle de Bethany Marlow change tout le temps d'avis ! Un jour, elle exige des murs vert sapin et le lendemain, ils doivent être bleu canard. Le peintre ne veut plus travailler pour nous. Et j'ai fait abattre la cloison comme elle me l'avait demandé, en un temps record ! C'est même moi qui ai donné le premier coup de masse !

— Celle qu'elle souhaite repeindre en taupe ? Tu iras lui expliquer qu'il n'y a plus de cloison car tu n'as pas ouvert ta messagerie depuis deux jours et tu n'as donc pas vu l'e-mail annonçant qu'elle comptait finalement la garder.

Ah.

Il se leva et se planta devant la fenêtre.

— Mary, tu es douée en décoration, tu sais admirablement détourner les objets pour en faire des pièces uniques, c'est vrai. Mais le suivi de chantier, ce n'est pas ton fort. Il va falloir que tu t'y mettes, je ne peux pas te laisser reprendre la boîte si…

— Tu veux la donner à Miles, c'est ça ?

— Il est sérieux ! Il connaît parfaitement le marché et…

— Il est nul en déco.

— Pas nul, sobre. Et ça plaît. De plus en plus. Les clients veulent des lofts, du design.

— Du sans vie !

— Peu importe.

En entendant un bruit dans le couloir, Mary se demanda si cette petite fouine de Miles écoutait leur conversation derrière la porte. Il aurait fallu qu'elle aille l'ouvrir, ça aurait été drôle de le voir tomber à l'intérieur et son père aurait enfin pu se rendre compte de qui il était réellement. Cela agaçait Mary que son père idolâtre ce type, c'était totalement infondé. Il ignorait que Miles était un vulgaire vendeur. Qu'il n'avait aucun talent. Aucune créativité. Zéro idée. Pas une miette d'originalité. Rien. Nada. Que dalle !

— Mary ? Tu m'écoutes ?

— Oui.

Il se plaça derrière son bureau.

— Tu vas rentrer chez toi et te reposer. Reviens lundi en forme et prouve-moi que je peux compter sur toi.

— Merci, papa, lança-t-elle, en se levant. Je te jure…

— Ne jure pas, la coupa-t-il d'un air déçu.

Un petit coup discret et la porte s'ouvrit sur la secrétaire.

— Monsieur Banks, c'est l'heure de votre réunion.

— Merci, Colleen. Je viens tout de suite.

Il attrapa son dossier et quitta la pièce sans un mot, laissant un grand froid derrière lui.

Mary aurait voulu lui expliquer que ça n'arriverait plus. Que ce n'était pas la bonne semaine. Qu'il y avait eu la Sainte-Sybile, la promotion de Jason et l'anniversaire d'Allison. Mais elle n'en eut pas le temps.

— À lundi, murmura-t-elle pour elle-même.

Elle sortit à son tour du bureau, attrapa son manteau et croisa Miles au détour d'un couloir.

— Sa décision n'est pas encore prise, osa-t-il lui dire, un sourire fourbe sur les lèvres.

— Je suis sa fille, tu ne peux rien contre ça. Je vais lui prouver que je suis digne de confiance.

— Ça fait des années qu'il te teste ! Et des preuves, tu lui en a données un paquet, ricana-t-il, en s'éloignant, tandis qu'un murmure approbateur envahissait l'open space paysager.

Mary se retourna et chacun baissa la tête sur son ordinateur. Son visage s'empourpra. Elle aperçut son reflet dans une verrière et enfila aussitôt son manteau pour cacher sa tenue. *Lamentable.*

3

« La vie se passe entre l'espoir et le doute. »

Marie-Thérèse Rodet Geoffrin,
Les Maximes et Pensées (1699-1777)

QUAND Mary était petite, son père adorait jouer aux espions avec elle. Il se levait à l'aube, pendant les vacances, pour préparer ses *missions* et, dès qu'elle se réveillait, elle sautait sur son talkie-walkie, dans l'attente de ses instructions.

Il avait l'art de rendre chaque opération importante, comme si elle devait sauver la reine d'Angleterre ou protéger les membres de la famille royale, alors qu'il s'agissait, la plupart du temps, de retrouver une chaussette sale ou de ranger sa chambre. C'était à la fois palpitant et joyeux, sans doute parce que son père avait toujours rêvé de devenir agent secret, sans aptitudes particulières pour ce métier. Il s'était donc contenté de reprendre le cabinet d'architecture familial créé par son arrière-grand-père. Puis l'agence avait été tenue par son grand-père, et enfin par Stella, sa mère, qui avait ajouté un département d'architecture d'intérieur et l'avait porté au plus haut niveau. Tout Londres voulait travailler avec elle. Elle avait décoré les plus grands hôtels de la capitale, les meilleurs restaurants, les résidences de la plupart des stars de l'époque et avait même été appelée sur les tournages de film pour en agencer les décors. Malheureusement, le succès lui était vite monté à la tête. Après avoir perdu tout son argent à cause de son mari n°3, Stella avait fini par suivre le futur n°4 en Finlande où elle avait dû tout recommencer. Se retrouvant seul pour gérer l'entreprise, le père de Mary avait dit adieu à ses rêves d'agent secret.

Sauf avec Mary !

À dix-sept ans, quand elle avait commencé à sortir avec des garçons, elle avait toujours l'impression que son père les espionnait. Qu'il était caché dans le jardin, jumelles en main, à surveiller leurs faits et gestes. Sinon, comment aurait-il pu savoir que Ben, son premier petit copain, lui avait malencontreusement mordu la langue ? Ou que Stanley, le cinquième, fumait pétard sur pétard ? Et ça avait continué pendant plusieurs années, car même dans son premier appartement, elle s'était sentie épiée.

Elle se souvenait d'une fois où elle était devenue complètement parano. Contrainte de passer quelques jours seule, ses amis étant tous partis skier en France pendant qu'elle effectuait son premier stage au sein de ABK Interior Design, elle s'était mise à imaginer que son père était réellement un agent secret, à cause d'un voisin russe à la joue balafrée. Elle s'était persuadée que cette armoire à glace allait la kidnapper pour se venger de son père et avait vécu une semaine atroce. Lorsqu'elle rentrait de l'agence, elle faisait le tour de la chambre pour vérifier qu'il n'y avait pas de micros et il lui avait fallu plusieurs mois pour ranger enfin le couteau de boucher caché sous son oreiller. Depuis, elle évitait de se retrouver seule trop longtemps, son imagination débordante ayant tendance à s'emballer.

Assise au fond du bus, ce lundi matin, après avoir passé le week-end à se reposer et à trier ses affaires, Mary songeait à son père et à la meilleure façon de le surprendre. Si elle voulait qu'il retrouve le sourire et parte sereinement à la retraite, il fallait qu'elle la joue comme lui. Elle allait donc se transformer ! Telle sera ma mission, pensa-t-elle, en sortant carnet et stylo pour griffonner quelques idées.

1. Je ne ferai la fête que le week-end.

2. Je me lèverai tôt et irai directement au travail. Mon père sera surpris de me trouver au bureau à ~~6 heures~~. 7 heures.

3. J'aurai le plaisir de voir Miles s'étouffer avec sa salive quand je l'accueillerai après avoir déjà traité tous mes dossiers !

Le monde appartient à ceux qui se lèvent tôt. Allez, j'y crois ! Pas besoin d'être boulangère pour ça.

En descendant du bus, elle réalisa que sa prochaine grosse fête serait celle de ses trente ans. Elle aimerait la préparer avec une attention particulière, mais pour l'instant, elle devait rester concentrée sur son travail. Elle enregistra quelques idées sur son téléphone : « Proposer à Bethany douze teintes de blanc pour sa cuisine. Elle aura de quoi faire et j'en profiterai pour reconstruire la cloison. »

J'hésite entre une fête sur un roof top ou dans le jardin de mes parents. Des petits fours ? Oui, hors de question de cuisiner le jour de mon anniversaire, même si je suis plutôt douée.

Mary pressa le pas et s'efforça de chasser ses pensées parasites, en poursuivant ses instructions sur son portable. Elle passa devant un magasin de vêtements et hésita à entrer. Elle aimerait rattraper le coup avec Bethany ; peut-être que l'un de ces pulls lui ferait plaisir ? Elle pénétra dans la boutique, parcourut les portiques et tomba sous le charme d'un sac à main qui, elle l'espérait, saurait faire oublier sa boulette.

Tiens, et si je créais un tableau Pinterest pour noter quelques idées de buffets pour ma soirée ?

Elle sourit en pensant que ce serait l'occasion d'inviter le nouveau comptable. Bien sûr, si elle voulait être un peu plus séduisante et mettre toutes les chances de son côté, il faudrait qu'elle dorme suffisamment pour effacer ses cernes et qu'elle prenne rendez-vous chez le coiffeur. Un peu de sport aussi... La simple évocation de cette pratique douloureuse et la vue de l'enseigne Starbucks lui ouvrirent l'appétit. Elle acheta deux muffins aux myrtilles, puis enregistra : « Penser à dessiner une verrière pour la cuisine de Bethany. J'imagine qu'elle la voudra immense. Bien tape-à-l'œil. Comme elle. »

Il me faut une playlist mûrement réfléchie si je ne veux pas gâcher la soirée. Je demanderai à Jason de s'en charger.

Arrivée au bureau, l'esprit embrouillé par toutes ces idées pour son travail et son anniversaire, elle termina son deuxième muffin et fourra le papier dans sa poche. Elle était stressée par le rendez-vous avec son père. C'était idiot d'être aussi nerveuse puisqu'elle avait peaufiné son discours. Elle savait exactement ce qu'elle allait lui dire pour lui prouver qu'il pouvait lui faire confiance.

— Bonjour, Mary, lui dit la secrétaire.

— Bonjour, Colleen. Des messages ?

— Non, pas aujourd'hui.

— Tenez, c'est un petit cadeau pour Mme Marlow, vous lui donnerez de ma part.

Colleen attrapa le sac et le fourra sous son bureau.

— Mon père est déjà là ?

— Oui, il est avec Miles et Mme Banks.

— Ma mère est ici ? hoqueta-t-elle.

Miles sortit du bureau paternel pile à ce moment-là, avec un petit air pincé-satisfait qui n'augurait rien de bon. Elle était sûre qu'il lui cachait quelque chose. *Ce Miles...* Il faudrait qu'elle trouve un moyen de le muter en Europe, elle n'avait aucune envie de le récupérer comme bras droit.

— Bernard et Suzanne souhaitent te voir, lui dit-il avant de s'éloigner.

Elle détestait qu'il appelle ses parents par leurs prénoms, elle inspira une grande bouffée d'air et se dirigea vers le bureau tandis que son niveau de stress montait encore d'un cran. Il était très rare que sa mère vienne ici. En temps normal, elle s'arrangeait pour rester loin des affaires de son mari, préférant feuilleter ses catalogues de voyages.

— Ma chérie ! Tu as encore pris des joues ! lui balança-t-elle dès qu'elle entra. Ça t'arrive de manger des légumes ?

— Mais oui, maman, répondit Mary en essuyant ses doigts gras sur le papier fourré dans sa poche. Que nous vaut le plaisir de ta visite ?

Suzanne sortit un petit boîtier métallique de son sac et commença à se poudrer le nez sans lui répondre.

— Bonjour, Mary, assieds-toi, proposa son père.

Sans plus attendre, Mary se lança :

— Je suis désolée, papa, j'ai réfléchi à…

— Pour l'instant, la coupa-t-il en se dirigeant vers les fenêtres, ce n'est pas de travail dont je veux te parler.

Ah bon ? Le visage de Mary s'illumina. Dire qu'elle s'était mis la pression pour rien ! Soulagée, elle se relâcha un peu dans le fauteuil.

— Ta grand-mère est morte.

— Oh, fit-elle en se redressant immédiatement, je suis désolée, papa.

Silence. Il se contenta de regarder au-dehors.

Mary se demanda s'il était triste. Il y avait des années qu'il ne voyait plus sa mère ; depuis son mari n° 4, il avait cessé de lui parler, pensant que Stella était devenue folle. Mary avait à peine sept ans à l'époque.

— Son notaire, maître Lehtinen, nous a contactés ce matin. Cela fait une semaine qu'elle est… partie. Dans son sommeil, elle n'a pas souffert. Apparemment, elle souhaitait que nous ne soyons prévenus qu'après les obsèques. J'ai toujours eu du mal à comprendre ses choix, termina-t-il, en secouant la tête.

Suzanne sembla s'impatienter. Elle claqua le boîtier et enchaîna :

— La bonne nouvelle, c'est qu'elle t'a légué toute sa fortune.

— À moi ? Mais je la connaissais à peine ! Elle n'avait personne auprès d'elle ? Et vous ?

— Tu es la seule à être mentionnée dans son testament, rétorqua-t-elle. D'après le notaire, elle s'est arrangée pour ne rien nous laisser ! Tu hérites donc de la totalité de ses biens, à savoir : une propriété en Finlande et un local commercial. Nous avons fixé ton rendez-vous pour la succession.

— Ce sera comme une nouvelle mission, ajouta son père. Tu pars demain.

— Déjà ? Mais j'ai rendez-vous avec Bethany Marlow !

— Justement, non. Tu comprendras qu'après les événements de vendredi, elle ne souhaite pas poursuivre avec toi. Miles va s'occuper de Bethany. Et toi, tu vas prendre quelques jours de vacances pour régler tout ça avant que je te remette sur un autre projet.

— Évidemment, fit-elle, piteuse. Mais je tiens à conserver la décoration de sa maison de vacances.

Son père approuva d'un hochement de tête. Mary se sentit soulagée d'avoir sauvé cette propriété. Il était rare d'avoir des clients aussi fortunés et, si l'on faisait abstraction du tempérament capricieux de Bethany, travailler pour elle était plutôt agréable puisqu'elle lui laissait carte blanche côté budget.

— Des questions ? demanda sa mère, en fourrant le poudrier dans son sac.

— Combien de temps dois-je rester ?

Suzanne se mit à regarder ses escarpins. Elle fixait ainsi le bout de ses chaussures, en tendant le pied, quand elle était mal à l'aise. *Bizarre.*

— Une semaine, répondit-elle sans la regarder.

Des vacances forcées ? Ça me va ! De quoi prendre un peu de temps pour moi et revenir les traits reposés afin de séduire le comptable.

— Rentre chez toi, lui intima sa mère, il te reste à peine vingt-quatre heures pour préparer tes affaires. Et prends des vêtements chauds, il fait frisquet à cette époque de l'année !

*

— En Finlande ? fit Allison, en avalant une gorgée de son bloody mary.

Le bar était bondé. Allison, Jason et Mary avaient finalement décidé de s'arrêter boire un verre avant de rentrer chez eux. Sybile travaillait ce soir-là.

Mary acquiesça.

— Tu me dégoûtes ! Ce n'est pas à moi que ça arriverait ! lâcha Jason. Elle était riche à quel point, ta grand-mère ?

— Aucune idée. J'ai passé quelques étés chez elle quand j'étais petite, mais je ne m'en souviens pas vraiment. Ça fait des années que mon père ne lui parlait plus. Je sais juste que c'est elle qui a rendu le département de décoration célèbre avant de le couler et de s'expatrier en Finlande pour y retrouver son dernier coup de foudre et l'épouser. Mon père ne lui a jamais pardonné son départ, il venait juste de reprendre la boîte et a dû travailler comme un forcené pour combler les dettes.

Mary se pencha vers eux.

— Alors, qu'est-ce que vous en dites ? Vous en êtes ?

— Malheureusement, grimaça Allison, ça ne va pas être possible : j'ai ce casting lundi, pour une série et ça fait des mois que je l'attends. Un peu la dernière chance de ma carrière vu mon âge.

— Arrête, tu démarres à peine ! s'amusa Mary.

— Je ne peux pas non plus, répondit Jason. C'est le rush en ce moment, ils viennent de changer tous les programmes, j'ai un boulot monstre. Demande à Sybile, ça lui ferait du bien de se détendre un peu. Elle pourra peut-être se faire remplacer ?

Mary secoua la tête.

— Je l'ai appelée à midi, elle ne peut pas.

— Tu dois voir le bon côté des choses, poursuivit-il en touillant son capuccino. Tu vas passer des vacances dans une merveilleuse propriété en Finlande. Tu en profites, tu la vends, et tu empoches les millions. Mary Banks, tu es la fille la plus vernie que je connaisse !

— De quoi passer une semaine magique, assura Allison, te ressourcer et revenir en pleine forme pour tes trente ans et ton nouveau travail de présidente !

— En effet, vu comme ça.

— On sait bien que tu n'aimes pas être seule, se moqua son amie, mais c'est juste pour quelques jours. Et puis, tu vas rencontrer du monde. Tu pourrais même t'y plaire et ne jamais revenir !

Mary eut un frisson à cette pensée. Elle adorait Londres et savait très bien qu'elle n'était pas faite pour la campagne.

— Tes parents t'ont montré des photos de la maison ? demanda Jason.

— Non. Ils n'ont rien voulu me dire.

— Ils préfèrent te réserver la surprise ! s'enthousiasma-t-il.

— Oui, sourit Mary. Et vous savez à quel point mon père a toujours aimé me surprendre.

— Et à quel point il a le sens de la mise en scène ! ajouta Allison. Je me souviens encore du week-end où il nous a emmenées camper. *Mission survie !* J'ai eu la trouille de ma vie.

— C'est vrai qu'on en a bavé, convint Mary, mais, quelque part, ça nous a endurcies, non ?

— Carrément ! Je sais comment ouvrir une boîte de conserve avec les dents et allumer un feu avec deux pommes de pin. Ça me sert tous les jours ! railla son amie.

Mary lui mit une tape sur l'épaule et regarda sa montre.

— Il faut que j'aille préparer ma valise, soupira-t-elle, en attrapant la note. C'est pour moi.

Elle se leva et embrassa ses amis en leur faisant promettre de lui téléphoner tous les jours, soudain stressée à l'idée de partir seule pour la première fois de sa vie.

4

« Le véritable voyage de découverte ne consiste pas à chercher de nouveaux paysages, mais à avoir de nouveaux yeux. »

Marcel Proust

« Mesdames et messieurs, nous commençons notre descente sur Helsinki. Merci d'attacher vos ceintures, de relever vos sièges et vos tablettes. L'atterrissage est prévu à 11 h 34, heure locale, et la température est de moins six degrés. Merci d'avoir choisi la compagnie Finnair, tout l'équipage vous souhaite un bon séjour en Finlande. »

Moins six degrés, un 12 octobre ?

La voix de l'hôtesse avait tiré Mary d'un profond sommeil. Il fallait être dingue pour vivre dans ce pays ! Elle comptait régler cette histoire d'héritage au plus vite et passer le moins de temps possible au pays des mille lacs. Les gens les plus heureux de la planète, avait-elle lu dans le magazine de la compagnie aérienne avant de sombrer. Le journaliste devait avoir été séquestré par l'équipe de l'office du tourisme, on lui avait mis le couteau sous la gorge pour qu'il ponde un papier pouvant donner envie au reste du monde de se rendre en Finlande.

Cela dit, force était de reconnaître que les Finlandais avaient beaucoup d'imagination. D'une part, ils s'étaient approprié le Père Noël, et de l'autre, ils rivalisaient en concours tous plus saugrenus les uns que les autres, comme le Championnat du monde de Porter de femme ou celui de Lancer de téléphone portable. Et voilà qu'ils se targuaient d'être les champions planétaires du bonheur. Rien que ça !

On ne me fera pas croire qu'un peuple qui s'est mis le soleil à dos est équilibré et heureux.

La maison de Stella n'étant pas à Helsinki même, Mary dut prendre un second avion en direction de Rovaniemi. À chaque étape, du premier taxi à Londres au dernier à Saärla, elle avait décacheté les enveloppes fournies par son père et suivi ses instructions. Il s'en était donné à cœur joie. Elle comprenait mieux pourquoi il avait fait tant de mystère autour de ce voyage ! C'était l'occasion pour lui de rejouer aux espions avec elle. Mary devait bien avouer que cela l'amusait beaucoup. Elle se sentait moins seule et éprouvait aussi la douce sensation d'avoir à nouveau dix ans. Elle espérait juste que personne ne tomberait sur l'une de ces instructions, auquel cas elle se retrouverait en garde à vue, une lampe braquée sur les yeux, jusqu'à ce qu'elle parvienne à convaincre les flics qu'elle n'était pas un agent double et que le but de sa mission n'était pas de retrouver les joyaux de la Couronne comme écrit sur les petits mots.

Mary avait prévu de travailler sur les plans de la maison de vacances de Bethany pendant le voyage, mais cela s'avérait beaucoup trop dur. Le bruit blanc de l'avion agissait comme un somnifère sur elle, impossible de garder les yeux ouverts. À peine l'engin avait-il décollé qu'elle sombrait à nouveau et ne vit rien du vol.

Puis elle enchaîna avec le trajet en taxi qui dura presque deux heures. Elle regarda le paysage défiler : des forêts, des lacs, des collines. Des collines, des lacs, des forêts… Mais aussi plusieurs villages où les habitants étaient occupés à monter des stands, à coller des affiches ou à distribuer des prospectus.

— Mais qu'est-ce qu'ils font ? demanda-t-elle au chauffeur.

— Oh ! Ils se préparent pour la fête, répondit-il dans un anglais quasi parfait. C'est la Journée nationale de l'échec, demain. *Epäonnistumisen päivä*, vous ne saviez pas ?

— Non.

Quelle drôle d'idée, songea-t-elle.

— Et vous fêtez ça ?

— Bien sûr ! C'est important. C'est le moment de dédramatiser l'échec. Ça peut vous paraître bizarre, mais perdre la face pour un Finlandais, c'est l'enfer. Nous sommes très autocritiques et nous avons tous peur d'échouer. Alors, le 13 octobre, on célèbre ça pour démontrer que l'erreur est humaine. Chacun veut partager vos boulettes !

Ils s'étaient arrêtés à un feu rouge, Mary se tassa dans son siège et tenta de déchiffrer les slogans tout en se demandant pourquoi des inconnus voudraient partager ses boulettes.

— Alors, quel est votre pire échec ? reprit-il.

Elle aurait bien aimé lui dire que c'était d'avoir atterri ici seule, mais ils venaient de quitter la ville et l'angoisse de se retrouver larguée en pleine taïga lui serra la poitrine. Autant ne pas froisser son chauffeur.

— Désolée, je ne vois pas ce que je pourrais fêter. J'ai beaucoup de chance dans la vie : une famille aimante, un job de rêve, des amis merveilleux depuis la maternelle…

— Mais pas d'homme, c'est ça ?

Nous y voilà. Il fallait toujours que ça se termine par cette question. Mieux valait mentir, ils étaient encore dans la cambrousse et s'il s'agissait d'une tentative déguisée de séduction, autant couper court.

— Si, bien sûr. Il s'appelle Vladimir. Une vraie armoire à glace ! Un type toujours prêt à en découdre qui retrouverait n'importe qui, n'importe où – même en pleine jungle – si l'on devait me faire du mal. Je crois…

Elle se mit à parler plus bas en se penchant vers l'épaule de l'homme devant elle.

— … que c'est un ancien agent russe, mais je n'ai aucune preuve pour l'instant.

— Je vois, grommela-t-il.

Mary se redressa et retint un petit rire. Le chauffeur se concentra sur la route avant de revenir à la charge, quelques minutes plus tard.

— Eh bien, peut-être que vous n'avez pas vécu d'échecs dans votre vie car vous n'avez rien tenté de particulier ? Après tout, échouer signifie que vous avez saisi la possibilité de réussir.

Il a fallu que je tombe sur un psy !

Mary réalisa qu'ils étaient enfin arrivés et qu'à première vue, la maison était bien plus grande qu'elle ne l'avait imaginée. À peine eut-elle ouvert la portière que le froid lui mordit les joues. Elle resserra autant que possible son manteau qui ne tenait que par trois malheureux boutons ronds, puis remit ses mains dans les poches.

— Vous devriez essayer de sortir de votre zone de confort, demain, ajouta le chauffeur, en refermant le coffre et en lui donnant sa valise. Peu importe si vous échouez, vous aurez au moins essayé. Tenez !

Il lui tendit une brochure.

Ce type me parle comme si j'étais pathétique de n'avoir rien raté. Un comble !

— Merci, répondit Mary, en fourrant le papier dans son sac avec la désagréable impression qu'il n'avait pas cru un traître mot de son baratin à propos de Vladimir.

— C'est la plus belle demeure de tout Saärla, vous allez vous plaire, ici. Vous restez longtemps ?

— Une semaine.

Trois minutes dehors et elle était frigorifiée. Regrettant d'avoir laissé ses gants au fond de sa valise, Mary enfonça ses poings serrés dans ses poches pour conserver un maximum de chaleur.

— Parfait, répondit-il, en fouillant dans sa veste. Et voilà aussi ma carte, si jamais vous avez besoin d'un chauffeur. Cette course a déjà été réglée par votre père.

— Merci, lança-t-elle, agacée de devoir exposer à nouveau ses mains au froid.

Utilisant le bout de ses manches en guise de gants, alors que le taxi s'éloignait, Mary attrapa sa valise et se dirigea vers la maison. En bois rouge, avec d'immenses fenêtres blanches qui laissaient deviner un intérieur élégant et chaleureux, elle était sublime. Elle monta les trois marches menant au perron et sonna, un sourire aux lèvres, ravie de découvrir cette magnifique propriété.

Une femme d'une soixantaine d'années vint lui ouvrir et l'accueillit chaleureusement dans un anglais parfait.

— Bonjour, je suis Lotta. Venez vite, vous devez être gelée avec ce petit manteau !

Mary entra et découvrit un hall au charme typiquement 1900 : parquets, moulures, carreaux de ciment et radiateurs en fonte. Des luminaires en laiton soulignaient la hauteur sous plafond, leur look ultra-contemporain contrastant à merveille avec le caractère ancien de la bâtisse. Elle adorait !

Lotta lui présenta Tuomas, le majordome, qui attrapa sa valise et l'emporta à l'étage. Puis elle lui demanda si elle préférait déjeuner dans la salle à manger ou prendre un plateau-repas dans sa chambre. Le rêve ! Voyant à quel point Mary était surprise, Lotta ajouta qu'elle était là pour réaliser tous ses souhaits. Eh bien, le chauffeur avait oublié de lui préciser qu'avant la journée de l'échec, c'était la journée de la chance ! Mary choisit de dîner en bas et en profita pour faire le tour du propriétaire pendant que Lotta préparait le repas.

Composé d'un salon aux accents nordiques et d'une salle à manger au papier peint floral délicatement champêtre, le rez-de-chaussée dégageait une atmosphère douce et enveloppante. Elle voyait d'ici les dîners entre amis qu'elle pourrait organiser après une belle sortie en raquettes. Des chandelles, un bon feu de cheminée et de la musique douce.

Elle se précipita pour découvrir l'étage et ne put retenir un cri de joie en arrivant sur le palier. Sept portes ! Toutes les chambres étaient somptueuses et équipées de cheminées. Bien que sa valise eût été déposée dans la première, elle décida de s'installer dans celle du fond – la plus grande – dont la salle de bains attenante était une pure merveille. Du marbre blanc sur tous les murs et des carreaux de ciment dans un camaïeu de beiges au sol. Des flacons garnis de bain moussant, de boules effervescentes rose pâle et de savonnettes bombées embaumaient la pièce. Les placards étaient tous remplis de produits de beauté. Stella ne se refusait rien !

Mary revint dans la chambre et se jeta sur le lit en poussant un soupir d'extase, n'ayant jamais connu de matelas aussi moelleux. Même si elle avait hâte d'appeler ses amis pour tout leur raconter, elle se contenta de leur envoyer un message pour leur dire qu'elle était bien arrivée et elle descendit retrouver Lotta.

Attablée devant deux plateaux garnis de spécialités finlandaises, Mary dévora des mini-sandwichs au saumon et au fromage frais tout en sirotant un thé à la cannelle, puis elle termina par une bonne part de tarte sablée aux myrtilles. Lotta avait promis de lui apporter de quoi réchauffer ses mains gelées, ça lui faisait du bien de se laisser chouchouter.

Revenant avec une tasse de café fumant, Lotta lui sourit et lui plaqua une bouillotte dans le dos, puis une autre sous les pieds. Hum, c'était drôlement agréable ! Elle avait dû y verser quelques gouttes d'huiles essentielles, car une douce odeur de mandarine s'en dégageait.

Allison avait raison, je crois que je ne vais plus vouloir rentrer.

De toute façon, il était hors de question de vendre cet endroit somptueux. Qui était-elle pour renvoyer Lotta et Tuomas ? Ils étaient adorables. Elle voyait d'ici les fêtes qu'ils pourraient réaliser pour elle. Peut-être pour son anniversaire ? Ce serait fantastique : Lotta leur préparerait un buffet digne de la famille royale et les invités danseraient dans le salon qui jouxtait la véranda pour avoir vue sur le parc. Tuomas installerait les tables et recevrait les invités avec classe.

Après ce délicieux repas, Mary monta dans sa chambre. Elle téléphona à Allison avant de se coucher, mais cette dernière avait rejoint Sybile et Jason dans un bar et, comme la connexion était mauvaise, l'appel ne dura pas longtemps.

*

Mary avait passé une nuit excellente. Depuis son arrivée, elle souriait tout le temps. Elle réalisa à quel point elle était stressée à Londres. Son travail, avec son père toujours sur son dos ; Bethany et ses couleurs : « Je voudrais un bleu, mais pas trop bleu. J'aimerais un parquet qui ne tire ni sur le beige, ni sur le gris, ni sur le jaune, ni sur le chêne vieilli. »

Allongée dans sa baignoire bouillonnante taille XXL, à boire une coupe de champagne en dégustant un assortiment de toasts préparés par la cuisinière, Mary se dit que ses problèmes lui paraissaient bien loin. Hmmm ! Et cette odeur délicieuse du repas qui cuisait en bas. Lotta, je t'aime ! fit-elle, en trinquant pour elle-même.

Bien qu'elle ne soit même pas sortie, Mary n'avait pas vu passer la journée. Elle avait préféré rester au chaud, à lire au coin du feu après avoir englouti le succulent repas de Lotta. Elle en avait profité pour regarder des films et faire la sieste. Une éternité qu'elle ne s'était pas chouchoutée comme ça.

En face d'elle trônait un écran géant. Tuomas lui avait expliqué qu'elle pouvait le connecter à son téléphone pour recevoir des appels en mode Face Time. Drôle d'idée. Elle en avait trouvé un dans le bureau et un autre dans le salon. Elle avait essayé de se connecter, mais l'informatique et elle, ça faisait deux. Tant pis, elle demanderait de l'aide à Jason, le lendemain.

En attrapant la télécommande posée sur le bord de la baignoire, elle décida de tester tous les boutons. Voyons, un pour la lumière ? Il s'agissait d'un variateur, très pratique. Elle plongea la pièce dans une atmosphère encore plus tamisée et attrapa un toast au caviar. Stella avait décidément un sens inné du savoir-vivre. Mary ne se doutait pas que sa grand-mère avait eu les moyens de vivre dans une maison aussi immense et dotée de personnel.

— Le bouton rouge, c'est pour appeler le Kremlin ? plaisanta-t-elle. Il devrait plaire à mon père celui-là. J'ose appuyer ? Oui.

BOUM !

— Nan, rien de grave, il change juste la couleur de l'eau. Pour une fois, c'est moi qui joue avec les teintes. Attention, je suis Bethany Marlow ! avertit-elle, en riant. Un peu pompette, en plus. Oh ! Ce vert émeraude est de toute beauté, c'est fou, on se croirait dans un lagon. La mousse blanche scintille par-dessus. C'est magique !

Encore une petite goutte de champagne. Il était si délicat et fruité ! *On me gâte !*

« Ne vous inquiétez pas, avait-elle dit à Tuomas un peu plus tôt, je ne vais pas vendre ! » Le pauvre, il semblait si soucieux au moment où il l'avait vue prendre sa valise pour changer de chambre. Elle gloussa. Elle avait bien le droit de toutes les essayer, non ?

Et ce bouton avec une cloche ?

Tiens ? Celui-là, il sonne.

Mary était comme une petite fille recevant sa première tablette électronique. Allait-elle appeler les cuisines ? Elle songea qu'elle pourrait commander encore quelques mini-feuilletés à la viande pour accompagner la fin de sa bouteille, ils étaient succulents et s'accordaient parfaitement avec le goût suave de ce champagne.

Elle appuya sur la cloche.

TUT !

5

« Parfois, la vie nous flanque un bon coup sur la tête,
ne vous laissez pas abattre. »

Steve Jobs

— Coucou, chérie !

Mary recracha sa gorgée de champagne et laissa tomber la télécommande dans l'eau. L'écran en face d'elle venait de s'allumer.

Je ne comprends pas… J'ai réussi à connecter mon téléphone ? On est sur Face Time ?

Retrouvant soudain ses esprits, elle hurla :

— Maman, je suis dans mon bain !

— Et alors ? Je t'ai vu naître, tu as oublié ?

— Oui, mais pas les types qui regardent par-dessus ton épaule ! s'exclama-t-elle, horrifiée. Où es-tu ? Dans un bar ?

— Un resto mexicain, nous attendons une table. Il y a une ambiance folle ! J'espère que tu as aimé ton cadeau ?

Quel cadeau ? se demanda Mary, alors que son père apparaissait à l'écran.

— Laisse-moi un peu de place, Suzanne, râla-t-il.

— Pouvez-vous dire au type derrière vous d'arrêter de me mater ?! cria Mary en ramenant un peu de mousse sur sa poitrine.

Il aurait fallu qu'elle sorte de l'eau, mais elle n'avait même pas préparé de serviette et le placard était beaucoup trop loin. Elle tapota le fond de la baignoire : impossible de mettre la main sur la télécommande.

— Papa, c'est quoi cette histoire de cadeau ?

Son père paraissait embarrassé. Cela ne lui ressemblait pas.

— Mary, il faut que je te dise une chose… Je vais te confier une dernière mission.

Ça y est, ça recommence. Pitié ! Pas la semaine de survie ou le boot camp ! Avec le train de vie que je mène ici, je n'ai aucune envie de me prendre pour Rambo.

— Tu vas devoir nous prouver que tu es digne de reprendre l'agence, poursuivit-il. Je ne vais pas te refaire le coup de nos trois générations parties de rien, mais je te rappelle que cela nous a plutôt réussi. Et je voudrais que tu en passes par là.

Suspendue aux lèvres de son père, Mary hocha la tête comme un automate, s'attendant au pire.

— Ta mission, bafouilla-t-il, si tu l'acceptes…

Suzanne recentra le portable sur elle, l'air agacée face au soudain manque d'assurance de Bernard. Mary en profita pour ramener encore un peu de mousse sur sa poitrine et attraper un gant de toilette qu'elle colla sur son sexe tandis que des types toujours plus nombreux s'agglutinaient derrière sa mère.

— Ma chérie, ce qu'il essaie de te dire, c'est que nous allons te couper les vivres ! Tu vas avoir la chance de repartir de zéro. C'est une sorte de bizutage !

— Tradition ! corrigea son père, en réapparaissant aux côtés de sa femme.

— Afin d'expérimenter ce qu'ont vécu ton arrière-grand-père, ta grand-mère et ton père, débita Suzanne sans conviction alors que son mari était rouge carmin. Tu vas devoir t'en sortir toute seule pour une fois, et reprendre un commerce qui sombre pour le remettre à flot.

— Si tu y parviens, ajouta son père qui semblait avoir repris un peu d'assurance, tu auras les rênes de ABK.

Silence.

Suis-je dans un rêve d'ivrogne ? Ou peut-être est-ce une réaction au caviar ?

— Tu ne dis rien ? demanda Suzanne.

— Franchement, là… je suis sans voix. Je n'ai même plus la force de me cacher de l'abruti qui nous espionne et qui est mort de rire. Je pense qu'il n'a jamais entendu un truc aussi débile de toute sa vie ! Des parents qui donnent pour mission à leur unique enfant d'avoir la « chance », je cite, de devenir une SDF !

— Ma chérie, ne le prends pas comme ça ! se défendit son père.

— Et comment veux-tu que je le prenne ? s'égosilla Mary.

— C'est une opportunité en or ! renchérit sa mère. Tu vas voir. Tu vas apprécier la valeur du travail, c'est le sel de la vie, tu vas devoir faire de nouvelles rencontres. Tu es toujours dans ton petit cercle, avec tes trois amis depuis la maternelle. Les mêmes depuis tes trois ans, tu te rends compte ? Et tu vas avoir trente ans ! C'est malsain tous ces trois !

N'importe quoi. La voilà experte en numérologie, maintenant. Venant de quelqu'un qui n'a jamais su tenir les comptes, c'est la meilleure !

— Bien évidemment, reprit son père, tu ne dois pas dire qui tu es. Tu devras vivre sous une autre identité, et… compte tenu de tes longs cheveux bruns, tu t'appelleras Maria Suarez.

Les mecs agglutinés derrière ses parents éclatèrent de rire.

— Faut pas pousser quand même ! bougonna Mary.

— OK, OK… Tu gardes ton prénom. Mais tu n'es pas une Banks, ce serait trop facile. Tu as six mois. À toi de faire tes preuves. Si tu t'en sors, je te donne la place, sinon elle sera pour Miles.

— Et la maison ? Je pourrais la vendre et j'aurais assez d'argent pour remettre la boutique à flot.

— Non, trancha sa mère, cette propriété n'est pas à toi, pas celle-là. C'était notre cadeau d'anniversaire en avance : un séjour dans une maison de maître avec personnel à disposition.

Mary nageait en plein cauchemar.

— Tu aimes ? osa Suzanne.

— Comment avez-vous pu me faire ça ? lança Mary avec la subite envie de les étrangler.

— C'est pour ton bien, s'indigna sa mère.

— Tu vas y arriver, j'en suis sûr ! ajouta Bernard comme si elle était un vieux cheval sur le point de sauter un obstacle de trente centimètres.

— Alors, je n'ai pas hérité de ma grand-mère ?

— Bien sûr que si ! Tu n'as pas eu mon e-mail ? lui demanda sa mère sur un ton plus qu'ironique. Oh ! j'ai dû oublier de l'envoyer.

— Ça va, j'ai compris.

— Tuomas te donnera l'adresse et les clés, enchaîna Suzanne. Maintenant, file ! Tu dois préparer tes affaires ou tu devras payer une nuit supplémentaire et, crois-moi, ce n'est pas donné de louer un douze pièces en Finlande !

Derrière ses parents, un type essayait encore de la reluquer. Au point où Mary en était, elle aurait pu sortir de la baignoire devant tous les gars du bar sans que ça lui fasse ni chaud ni froid.

— Au revoir, Mary, dit Bernard. Bonne chance pour cette nouvelle mission.

— Je t'aime ! Sois forte, tu vas y arriver ! conclut sa mère.

L'écran s'éteignit.

Mary avait l'impression d'être un chat échaudé quand elle posa le pied par terre. Dégoulinante, elle se traîna jusqu'au peignoir et l'enfila sans prendre la peine de se sécher. Elle mit de l'eau partout, mais elle s'en moquait, elle n'était plus tout à fait elle-même. Le choc, sans doute. Elle venait de comprendre que ses parents la détestaient. Ils tentaient de se débarrasser d'elle. Il n'y en avait plus que pour leur tour du monde, ils se moquaient complètement de sa santé physique et mentale.

Elle commença à ranger ses affaires, imaginant déjà les séquelles que cette histoire allait causer à son cerveau. C'était fou comme on pouvait passer d'un état émotionnel à un autre en quelques secondes.

Trente minutes plus tard, elle regarda la chambre une dernière fois avant d'éteindre et de retrouver Tuomas, en bas, qui lui donna les clés de la *vraie* maison de Stella.

C'était si cruel, comment ses parents avaient-ils pu ?

— J'ai pris la liberté de commander un taxi. Il vous attend devant le portail.

— Merci, Tuomas.

Lotta lui tendit un sachet de papillotes. Mary hésita à l'accepter ; pas sûr que son père approuve. Est-ce que cela entrait dans le cadre de sa mission de démarrer avec de malheureux chocolats ?

— Ne vous inquiétez pas, la course est payée.

Super.

Mary attrapa le sachet et ouvrit la porte quand une question lui vint à l'esprit.

— Mais cette maison, à qui appartient-elle ?

— À la famille Virtanen, une des familles les plus riches de Finlande. Un ami de votre père, je crois.

— Oh, je vois. Eh bien, au revoir, et merci pour tout. C'était parfait.

— Au revoir, Mademoiselle Banks. Bonne chance.

Elle descendit les trois petites marches. Le ciel, d'un noir d'encre, sembla si hostile et menaçant qu'elle eut l'impression de le sentir s'appesantir sur ses épaules. C'était la fin d'un rêve. La fin d'une famille unie, aussi. Et le début… de la fin. Qu'allait-elle devenir ? « Les mots manquent aux émotions », disait Victor Hugo. C'était vrai. Impossible de décrire tout ce qu'elle ressentait depuis ce coup de fil, mais comparer cela à un immense magma de honte et de désespoir, lui semblait assez proche de la vérité.

Elle retint ses larmes de peur que le froid ne les cristallise au coin de ses yeux, tout en avançant jusqu'au portail où un taxi l'attendait. Le timing était parfait. Dommage que son manteau de laine lui fasse l'effet d'un paréo. Il faudrait qu'elle en achète un autre si elle voulait pouvoir sortir plus de cinq minutes sans se transformer en statue de glace, mais en aurait-elle les moyens ?

Son manque de chance était complet, car oui, elle le reconnut aussitôt, c'était bien lui, le taxi-psy. Crotte !

— Tiens ? Déjà ? Je croyais que vous deviez rester une semaine ? fit-il, en se plantant devant elle.

Mary inspira et tenta de rester digne.

— C'est la journée de l'échec, non ? Alors, j'ai décidé de fêter ça avec vous.

Elle avança jusqu'au taxi.

— « À Rome, vis comme les Romains », dit-elle en ouvrant la portière.

Il lui sourit :

— Je ne sais pas pourquoi, mais j'ai l'impression que vous allez être plutôt douée.

*

Mary tenta de rester positive. Elle y arrivait quand elle était entourée de ses amis, pourquoi ne le serait-elle pas seule ? Abandonnée par sa famille ? Et à des milliers de kilomètres de son cocon ?

Keep calm, Mary ! Je dois rester optimiste.

Une succession de demeures plus belles et colorées les unes que les autres se dressait sur le bord de la route, tout devrait bien se passer. Elle se doutait que la maison de Stella ne serait pas aussi luxueuse, mais après tout, l'essentiel était d'avoir un toit. C'était à peu près le discours de Steeve Jobs sur son lit de mort, pensa-t-elle. Quand venait la fin, on se rendait compte que l'argent et les biens matériels n'avaient pas d'importance et qu'il fallait juste avoir un toit et de l'amour. Alors, pour se motiver, elle tenta de se visualiser derrière les fenêtres de l'une de ces demeures avec une bonne tasse de thé devant la cheminée, comme chez la famille Virtanen, à la différence près qu'elle devrait faire chauffer l'eau elle-même. N'importe quelle maison pourrait convenir, elles étaient toutes magnifiques, le quartier était sublime. Elle parvint enfin à se détendre un peu.

Mais le chauffeur continua.

Plus de ville, plus d'éclairages, plus d'habitations. Ce n'était pas possible, il devait avoir une autre course. Peut-être qu'il comptait passer prendre quelqu'un ? Il l'avait oubliée ? Il était dans la lune ? Il était… mort ?

— On ne s'arrête pas ? La route semble ne mener nulle part, dit-elle alors qu'il quittait la voie principale pour s'engager sur un chemin en terre.

— On est encore loin.

Le cœur de Mary battait à tout rompre. Elle n'était pas dupe : il n'y avait plus rien ici, et elle n'avait pas l'intention de se laisser découper en morceaux. Pas question qu'on voit sa tête dans les journaux avec cet affreux chignon arrangé à la va-vite.

— Arrêtez ! hurla-t-elle au comble de la panique en remarquant ses gants de cuir pour la première fois.

Il ne voulait pas laisser de traces, tiens ! Maintenant qu'elle y pensait, il s'était précipité sur sa valise et ne lui avait pas permis de regarder dans le coffre.

Idiote ! Mais à quoi pensais-je en montant là-dedans ? Tous ces épisodes des Experts *ne m'ont donc rien appris ? Je dois réfléchir, ne pas me laisser avoir. Les missions de mon père vont enfin me servir.*

Si son père l'avait formée spécialement dans le but de la mettre à l'épreuve pour ses trente ans, c'était le moment de lui montrer de quoi elle était capable. Dès que le chauffeur garerait la voiture, elle partirait en courant. Non. Mieux valait sauter en marche. Cela dit, elle n'irait pas bien loin si elle se cassait les deux chevilles au moment de l'atterrissage. Aucune envie de vivre un remake du film *Misery*.

Le taxi s'immobilisa.

Elle déglutit, persuadée que son heure avait sonné.

6

« La plupart du temps, on ne résout pas les difficultés ;
on les déplace, comme la poussière. »

Aymond d'Alost

— C'EST ici, lui dit le chauffeur d'une voix rauque.

— Où ?

Mary ne voyait rien.

— C'est ici que tout s'arrête pour vous, ma jolie, lui répéta-t-il dans un anglais qu'elle espérait approximatif.

Il remit les feux. Mary respira une bouffée d'air, soulagée d'apercevoir un joli chalet qui, à vue d'œil, devait faire dans les cent mètres carrés. Elle prit les clés dans son sac et sauta de la voiture. Le chauffeur sortit à son tour, se hâta d'ouvrir le hayon et lui tendit sa valise – elle ne saurait jamais ce qui se trouvait dans son coffre. Elle la saisit et se dirigeait d'un pas vif vers l'entrée quand soudain, elle entendit le chauffeur arriver dans son dos. Sa grosse main s'écrasa sur son épaule.

— Mais, ce n'est p…

— Non ! cria-t-elle, en tentant de lui échapper.

Surpris, il la relâcha, pile au moment où une vieille femme ouvrait la porte.

Mon Dieu ! Grand-mère n'est pas morte !

Prenant soudain conscience que cette dame n'était pas Stella, Mary se précipita vers elle.

— Je veux rentrer chez moi, appelez la police ! débita-t-elle à toute allure, tandis qu'un filet de sueur glacée coulait dans son dos. Cet homme a volontairement essayé de me liquider sans doute parce que je suis l'unique héritière de ABK Interior Design.

Désolée, papa, mais tu comprendras que c'est un cas de force majeure !

— Allons, mon enfant, comme vous y allez, Lari ne ferait pas de mal à une mouche ! répondit la vieille femme.

— Une mouche peut-être, mais à moi, oui !

— Et vous disiez que vous alliez rentrer chez vous ? Oh, je comprends… Vous êtes la petite-fille de Stella ! Ce n'est pas le bon chalet !

Elle sourit. Réajusta son châle mauve.

— Ah non, ça suffit maintenant, cette histoire de maison ! Combien d'heures me reste-t-il avant la fin de la journée de la loose ? s'indigna Mary.

Le chauffeur lâcha un rire moqueur et elle le fusilla du regard.

— Bien, au revoir, Wilma. Au revoir, mademoiselle, fit-il en se tournant vers Mary. Bon séjour !

Son ton railleur ne lui avait pas échappé. Aussi se sentit-elle soulagée lorsqu'il démarra et s'éloigna enfin.

— Je vais vous montrer le chemin, dit Wilma, en pénétrant dans le hall.

Elle ouvrit un tiroir, saisit une lampe de poche et enfila son manteau avant de rejoindre Mary sur le perron.

— Votre grand-mère sera ravie d'avoir votre visite. Vous ne veniez pas la voir souvent, n'est-ce pas ?

Si elle voulait la faire culpabiliser, c'était réussi.

— Mais pourquoi parlez-vous d'elle comme si elle était toujours en vie ? demanda Mary, sentant remonter un frisson dans son dos qui n'avait cette fois rien à voir avec la température extérieure.

— Oh ! C'est qu'elle était spéciale vous savez et je ne me suis pas encore habituée à sa disparition, c'est comme si elle était encore là, pour moi. Cette maison est tout habitée de sa présence.

Génial. Il ne manquait plus que ça.

Mary la suivit sur un chemin dallé. Armée de sa lampe de poche, la dame éclaira une maison située juste derrière la sienne. Impossible de la remarquer depuis la route, elle était beaucoup trop petite.

— C'est ici. Au 4 bis. Les gens commettent toujours l'erreur. Et le sauna au fond du jardin est à vous aussi. Je vous laisse à mi-chemin ! Il fait beaucoup trop froid pour moi, souffla-t-elle en faisant demi-tour, se hâtant de repartir.

— Merci !

Effectivement, le chalet était bien caché, pensa Mary.

— Donnez le bonjour à Otso et Paavli de ma part ! cria Wilma avant de disparaître au coin de sa maison.

— Qui ça ?

Mary n'obtint pas de réponse. La petite dame venait sans doute d'entrer chez elle.

C'est le bouquet. Un chalet minuscule et une voisine qui croit que des esprits nordiques hantent les lieux, Otso et Paavli !

Pas très rassurée, Mary glissa la clé en métal dans la serrure, juste au-dessous d'un heurtoir noir en forme de renne. Elle entra et alluma en songeant qu'il faisait aussi froid dedans que dehors.

À gauche de ce mini-hall se trouvait un salon dont les murs étaient totalement recouverts de lambris vert et à droite, la cuisine. Le plafond était blanc avec des poutres en bois. Au sol, un vieux parquet dont certaines lattes étaient déclouées. Elle découvrit en face de l'entrée une sorte de porte battante qui donnait sur l'arrière du chalet et qui n'avait pas l'air d'être totalement hermétique – ce qui expliquait le froid ambiant –, on aurait plutôt dit une énorme chatière. Il faudrait en changer si elle ne voulait pas mourir de froid.

Elle tâta les radiateurs et tourna les thermostats à fond, espérant qu'ils fonctionnent. Une cheminée trônait au milieu du salon, elle pourrait donc facilement chauffer la pièce. Elle posa son sac et inspira une bouffée d'air frais tout en regardant les étagères. Des photos de famille, d'autres avec des gens qu'elle ne connaissait pas, une belle collection de romans, des livres de cuisine, une paire de jumelles, des bougies, quelques CD de chanteurs finlandais et français.

Elle continua la visite à l'étage par la première pièce qui se trouva être la chambre et, alors qu'elle cherchait l'interrupteur, elle entendit un bruit. Comme un raclement de gorge, le bruit qu'aurait fait un majordome s'il y en avait eu un. Ayant pris goût à la vie avec du personnel, une vaine bouffée d'espoir l'envahit.

Elle repéra enfin le bouton et alluma.

— Soyez la bienvenue, madame.

Sursaut. Onde de choc. Misère !

Mary laissa tomber son sac et regarda autour d'elle, affolée à la perspective de tomber sur l'un des deux esprits.

— Vous aimez les œufs brouillés ?

Avait-elle encore des vapeurs d'alcool ? Un perroquet gris, parlant parfaitement sa langue, trônait au centre d'une grande cage de forme rectangulaire remplie de jouets et de perchoirs en bois.

— Donc, fit-elle en s'approchant les sourcils froncés, tu es capable de parler ?

— C'est l'heurrre de mon bain ! brailla le volatile, la faisant sursauter.

Elle recula et fouilla dans son sac à la recherche de son téléphone qui venait de sonner, ce qui était plus qu'étrange vu qu'il était déchargé.

Lorsque la sonnerie retentit à nouveau, Mary frissonna.

— Otso ? Paavli ? Vous êtes là ? Vous vous marrez bien, hein ? dit-elle, en levant les yeux au plafond. Mais moi, je ne vais pas pouvoir rester. Désolée !

Hors de question que je reste une seconde de plus dans cet endroit de fou !

Prise de panique, elle se jeta sur le téléphone fixe et composa toutes sortes de numéros. Son père. Allison. Jason. Sybile. Sa voisine. La police. Les urgences. Et elle finit par une vieille camarade d'école qui l'avait aidée à faire ses devoirs, un jour où Jason était absent.

Aucun ne répondit. Il y avait bien de la tonalité pourtant ! Elle imagina que les esprits nordiques s'en donnaient à cœur joie. Elle déraillait complètement ! À peine arrivée et elle était persuadée d'être en contact direct avec un démon.

En descendant dans le salon, Mary se prit la poutre d'angle de l'escalier en pleine tête. À bout de nerfs, elle se laissa tomber sur le canapé. *Pourquoi ? Pourquoi est-ce que ça m'arrive maintenant ?* Elle attrapa le sachet de papillotes dans son sac et en avala trois d'affilée, espérant ainsi calmer la crise d'angoisse qui menaçait d'arriver. Ce fut seulement à la quatrième qu'elle remarqua une petite enveloppe sur la cheminée. Les instructions de son père ! En se précipitant pour la récupérer, Mary se prit malencontreusement les pieds dans le tapis, sa tête heurta le coin de la table basse, et elle s'écroula, aussi sonnée que si elle avait reçu un uppercut sur un ring de boxe. Comme si cela ne suffisait pas, elle se retrouva la bouche pleine de poussière.

Ce fut alors qu'elle vit une ombre géante passer devant la fenêtre.

Un frisson d'angoisse irradia dans tout son corps. Est-ce que sa tête avait frappé le sol trop fort ? Est-ce que du sang coulait de sa tempe ? Elle trembla, effrayée à l'idée de mourir ici toute seule.

L'ombre passa devant la seconde fenêtre.

— Partez ! hurla-t-elle. Partez !

Se pouvait-il que ce soit encore le chauffeur ?

Mary se traîna jusqu'au téléphone et composa le numéro des urgences. Mais pas de tonalité. C'en était trop, elle manqua d'air et perdit connaissance.

Quand elle se réveilla, elle était allongée sur le dos avec la soudaine impression d'avoir atterri dans la quatrième dimension. Tout peut basculer en quelques minutes. On croit que ça n'arrive qu'aux autres, qu'on a le temps, qu'on le saura avant. Qu'on pourra s'y préparer. Mais c'est faux. Son heure était arrivée et elle n'avait rien vu venir.

Pour l'instant, je suis toujours de ce monde. C'est vrai. Mais j'ai peur pour ma santé mentale. Mes parents auront ma folie sur la conscience ! Et même si je vais sans doute devoir me faire soigner en racontant mon enfance par le menu sur le divan d'un psychiatre aux tarifs exorbitants, je ne veux pas que l'on m'interne.

L'ombre était encore apparue derrière la fenêtre. Noire. Informe. Volumineuse. Elle était là, elle rôdait.

Lorsqu'elle l'entendit entrer dans le chalet, Mary ferma les paupières, n'osant plus bouger. Soit cette andouille de chauffeur était revenue pour lui foutre la trouille, soit – et c'était plus probable, mais tout aussi flippant – sa voisine avait raison et il s'agissait d'un des deux esprits nordiques.

Sentant soudain la chose s'approcher au-dessus d'elle, Mary osa ouvrir un œil.

Et ses yeux s'écarquillèrent devant la plus grosse paire de testicules de tous les temps.

7

« Sois courageuse et sois gentille. Où il y a de la bonté, il y a du bien et quand il y a du bien, il y a de la magie. »

Extrait du film *Cendrillon*

Un renne s'était matérialisé au-dessus d'elle et il était en train de lui lécher les pieds.

Elle resta immobile une longue minute à crier en silence. Oui, en silence, car elle était tellement amochée et terrorisée qu'aucun son n'aurait pu sortir de sa bouche. Pour ne rien arranger, elle sentit sa tempe gonfler comme une montgolfière. Même Bruce Willis n'avait jamais vécu un truc pareil ! La vérité, c'était que Bruce aurait fait dans son froc. Ha ! Ha ! Le grand Bruce, hein ? Mais Mary Banks n'allait pas se laisser déstabiliser, elle ! Action, réaction !

Puisant dans ses dernières ressources, elle prit sa voix la plus grave, la plus virile, la plus Barry Whitée possible et elle lui asséna :

— Pousse-toi, Rudolph !

Eh bien, qu'on le croit ou non, la bête l'écouta. Mary jeta aussitôt un coup d'œil à sa montre.

0 h 02.

Profond soupir de soulagement suivi d'une énorme, et ô combien jouissive bouffée d'espoir : la journée de l'échec venait enfin de se terminer.

D'un mouvement vif, Mary se retourna sur le ventre et rampa le plus vite possible jusqu'à la cuisine tout en attrapant le sachet de papillotes au passage. Ses anxiolytiques. Aussitôt relevée, elle revêtit un tablier en toile cirée à motifs écossais, en fredonnant le générique de Rambo. De quoi se donner l'énergie nécessaire pour affronter son adversaire. Elle chercha des gants comme un cambrioleur passerait au crible une maison. Ses gestes étaient précis, méthodiques, elle avait la concentration d'un joueur d'échecs avant une finale de championnat. Elle en trouva sous l'évier entre deux toiles d'araignées et en enfila une première paire, puis une deuxième, après avoir ouvert un sachet neuf. Repensant aux Moon Boots de Stella qui encombraient l'entrée, elle courut les enfiler. Elles étaient trop petites d'une pointure, mais est-ce que Rambo avait fait le difficile, lui, dans la jungle ?

Pour finir, elle attrapa une spatule en bois, la plus longue – déjà qu'elle avait peur d'à peu près tous les animaux domestiques, alors ce genre de bestiole monstrueuse dépassait son entendement – et retourna dans le salon.

Mary ignorait comment elle parviendrait à ne pas tomber dans les pommes une seconde fois en se retrouvant à quelques mètres de la bête. Elle songea à l'attraper par ses bois, mais elle craignait de l'affronter de face. Et si elle la chargeait ? La réponse était simple : elle se retrouverait empalée sur le mur de la cheminée, entre un portrait de Stella assise sur les genoux du Père Noël et une étagère remplie de vieux pots de confitures.

Mary se demanda comment tout ça allait finir. Elle abandonna l'idée de sortir le renne de force et tenta plutôt de l'appâter. Il avait forcément une faiblesse, un péché mignon, un truc qui permettrait de l'attirer à l'extérieur. Car pour l'instant, ce dernier trônait dans le salon et n'avait pas l'air de vouloir en partir.

Elle courut jusqu'au frigo et attrapa tout ce qu'il y avait de comestible : saucissons, vieilles tranches de fromage sous plastique, céleris et pommes pourries. Aucun des aliments qu'elle mit sous les naseaux de l'animal, enfin à deux mètres de ses naseaux à vrai dire – elle gardait un pied dans le hall en se tenant au chambranle de la porte – ne semblait lui convenir.

Elle se gratta la tête, réfléchissant à cent à l'heure. Il aurait fallu qu'elle en apprenne un peu plus à son sujet : ses goûts, ses défauts, ce qu'il détestait. À quelle heure il faisait pipi ou caca.

— Petit, petit, petit, viens voir maman.

Aucune réaction. Peut-être qu'il ne parlait que le finnois ?

— Allez ! Avance un peu. On va sortir ensemble, tous les deux.

L'animal la regarda avec un air plutôt doux et elle réalisa que cette phrase pouvait prêter à confusion. Finalement, cette bestiole comprenait parfaitement l'anglais ! On aurait même dit qu'elle lui avait souri.

Un vieux proverbe chinois lui revint en mémoire. Probablement un truc qu'elle avait lu dans une papillote : « L'ennemi le plus dangereux cache une épée derrière chaque sourire. »

Ne relâche pas ta garde, Mary !

Elle allait avoir besoin de sécuriser le périmètre. Comment son père aurait-il géré la situation ? Il ne l'avait pas formée pour ce genre de menace.

« On bat l'ennemi par des conseils plutôt que par l'action » – proverbe allemand.

Voyant que l'animal n'avait pas bougé d'un centimètre, elle prit une grande bouffée d'air et commença à lui parler d'une voix douce.

— Tu sais, Rudolph, il fait bon, dehors. Si tu veux conserver un beau poil et tomber toutes les biquettes du quartier, je te conseille de sortir. Rien de tel que l'air vivifiant de ton pays pour avoir bonne mine !

Il ne broncha pas.

— Tu devrais te dégourdir les pattes ou tu vas devenir obèse. Trente minutes de marche par jour, c'est le minimum !

Rien.

— Tu n'avais pas une partie de traîneau ? Quelle est ta chanson préférée ? *Cerf, cerf, ouvre-moi, ou le chasseur me tuera…*

De plus en plus stressée, Mary sentit de la sueur couler sur sa nuque. Elle repensa à toutes les papillotes qu'elle avait mangées dans sa vie. Dire que son existence ne tenait plus qu'à ces conseils de pacotille !

« Frappe l'ennemi avant qu'il ne te frappe » – proverbe libyen.

Ce fut alors que l'animal se mit à bouger.

Mary sursauta, n'osant plus faire un geste. Elle était suspendue dans le vide. Le monde s'était arrêté de tourner, elle ne pouvait plus respirer. Un filet de bave chocolatée commençait à couler à la commissure de ses lèvres, mais elle n'osait pas lever la main pour l'essuyer.

L'animal avança de deux pas, tourna sur lui-même, exactement comme l'aurait fait un chien dans son panier et il se coucha sur le tapis.

Quand Mary parvint à inspirer de nouveau, elle attrapa une dernière papillote.

« Quand ton ennemi tombe, ne te réjouis pas, mais ne l'aide pas non plus à se relever » – proverbe yiddish.

Que pouvait-elle faire ? Elle n'allait tout de même pas écraser le renne comme une araignée ? Même avec les grosses boots de Stella, ce serait difficile.

Mon Dieu, je vais finir folle, comme ma grand-mère, loin de la civilisation, à torcher des cervidés et coudre des plaids en peau de lapin. Allison, Sybile et Jason viendront me voir, du moins au début, puis les visites s'espaceront et pour finir, je recevrai une petite carte à Noël ou pour mon anniversaire. Je la déchiffrerai à l'aide d'une loupe tout en buvant un verre de bourbon, le nez rouge, en compagnie du renne, tandis que le perroquet, à qui j'aurais offert un mini bonnet de laine tricoté de mes mains, me chantera des cantiques finlandais.

Keep cool, Mary !

8

« L'aventure, c'est le trésor que l'on découvre
à chaque matin. »

Jacques Brel

Le lendemain, Mary fut réveillée par les rayons du soleil qui filtraient par la fenêtre de sa chambre. Elle plissa les yeux tandis que des images de la veille lui revenaient. La nuit avait été atroce. Le perroquet n'ayant pas arrêté de gigoter sur son perchoir, elle avait dû l'enfermer dans la salle de bains et elle n'avait dormi que par à-coups, trop effrayée par cette étrange maison. Elle avait envie de s'enfuir pour retrouver son appartement et ses amis. *Je ne suis pas faite pour la campagne. Mes amis me manquent. La ville me manque. Le bruit me manque. Les pots d'échappement me manquent, j'ai déjà mal aux poumons.*

Enfouissant sa tête sous l'oreiller, Mary tenta de se rendormir, mais c'était impossible. Elle allait avoir tant de choses à gérer et elle ignorait comment se sortir de toute cette histoire. Elle pria pour que ses parents lui aient fait une mauvaise blague. Ils allaient téléphoner, c'était certain, et lui dire qu'ils avaient bien rigolé, qu'il s'agissait d'un gag – mission caméra cachée ! – qu'elle pouvait rentrer à la maison.

— Allez, Mary, debout. Plus tu attends et pire ce sera, se lança-t-elle mollement pour s'encourager.

Son estomac faisant des siennes, Mary finit par sortir du lit, à regret. Elle enfila un sweet rouge et l'une des robes de chambre de sa grand-mère – laide, mais pratique avec ce froid –, puis elle descendit l'escalier. Oubliant la poutre, elle s'y cogna encore une fois et ferma les yeux sous le coup de la douleur. Quand elle les rouvrit, le renne la fixait. Ce n'était donc pas un cauchemar, il était bien réel. Elle se plaqua contre le mur. Immobile. Telle une araignée simulant sa mort. *Faites qu'il ne vienne pas par ici. Surtout pas. Surtout pas. Surtout pas.*

Il vint vers elle.

— Pitié ! Va-t'en !

Aucune réaction.

— Qu'est-ce que tu attends ? Que je te prépare ton petit déjeuner ? Allez, file ! Sale bestiole ! Bouge ! S'il te plaît, pousse-toi.

Elle resta quelques minutes sur la dernière marche, à calculer le chemin le plus court jusqu'à la sortie. Les jambes en coton, elle essaya de passer, mais entre le mur et les bois du renne, c'était délicat, elle craignait qu'il ne l'embroche. Tentant de rester calme, elle longea le mur en retenant sa respiration.

— Pas de gestes brusques, souffla-t-elle entre ses dents comme si elle était sur le point de désamorcer une bombe.

Elle ouvrit la porte.

— Allez, sors !

Elle poussa doucement le renne. C'était la première fois qu'elle osait le toucher. Pas de représailles. Elle recommença un peu plus fort et, enfin, il franchit le seuil. Elle en profita pour aller dans le salon récupérer l'enveloppe de ses parents, mais elle ne retrouva que des petits bouts de papier gluants qui jonchaient le sol. Elle en attrapa quelques-uns et tenta de les déchiffrer.

...ne et le perro...
t'occuper d'e...
il mange des...
sois gentille...

Sûrement des recommandations concernant les animaux de Stella. Tant pis, de toute façon, elle ne comptait pas les garder. J'irai chez le vétérinaire, il leur trouvera bien une famille d'accueil, se dit-elle tout en ouvrant les fenêtres pour aérer. Puis elle attrapa les clés et sortit prendre le courrier. Elle fit quelques pas en chaussettes jusqu'à la boîte aux lettres. Mauvaise idée ! Bien que le ciel soit d'un bleu pur, il faisait un froid atroce.

Du coin de l'œil, elle aperçut le renne en train de faire ses besoins. Il était propre, c'était déjà ça ! Il faudrait qu'elle rédige une petite annonce accrocheuse si elle voulait s'en débarrasser au plus vite.

La boîte aux lettres étant gelée, elle avait beau essayer de tourner la clé dans tous les sens, impossible de l'ouvrir. En s'approchant pour souffler sur la serrure, elle glissa et sa lèvre resta collée sur la petite plaque en métal.

— Ce n'est pas très malin d'embrasser les boîtes aux lettres ! plaisanta sa voisine.

Surprise, Mary sursauta et sa bouche se décolla d'un seul coup, lui arrachant un petit bout de peau.

— Vous n'allez pas tenir si vous ne mangez pas. Et la supérette est fermée pendant la pause déjeuner.

— Eh bien, j'irai au supermarché le plus proche, fit-elle, en se tapotant la lèvre meurtrie.

Wilma grimaça.

— Prenez ça en attendant, proposa-t-elle, en lui tendant une corbeille remplie de biscuits. À Saärla, on se soutient entre commerçants. On n'aime pas trop les supermarchés, si vous voyez ce que je veux dire.

Non, elle ne voyait pas. Mais devant l'air enjoué de sa voisine, elle prit le panier et remercia. Elle ignorait comment elle pourrait s'en sortir sans mettre les pieds dans une grande surface si son père lui coupait les vivres.

— Ça sent drôlement bon !

— Ce sont des *joulutorttu*, annonça Wilma, fièrement, des étoiles de Noël finlandaises.

— C'est très gentil à vous, merci. Voulez-vous entrer boire un café ?

— Avec plaisir !

Wilma la suivit dans la cuisine où Mary sortit deux tasses avant de fermer précipitamment toutes les fenêtres. Puis elle chercha le café.

— En bas, à droite, lui souffla Wilma.

— Vous connaissez la maison mieux que moi, vous veniez souvent ?

— Oui, Stella est… *était* ma meilleure amie, répondit-elle d'une voix chevrotante.

Évidemment, Mary l'ignorait. Wilma sécha une larme et lui demanda :

— Avez-vous fait connaissance avec Paavli et Otso ?

Mary lui rendit son regard, interloquée. Alors, il était normal de rencontrer des esprits au pays des mille lacs ? Wilma lui sourit avant de préciser :

— Paavli, le perroquet. Et Otso, le renne.

— Donc, fit Mary, soulagée, je ne suis pas folle.

— Paavli est un perroquet gris du Gabon, une race particulièrement douée pour imiter les humains. Et les bruits électroniques aussi, comme les sonneries de téléphone. Il adorait piéger Stella, ça la faisait enrager !

— Je vois. Il m'a déjà fait le coup.

— S'il s'attache à vous, il parlera de plus en plus.

Eh bien, voilà une excellente raison de ne pas développer le lien.

— Comment va Otso ? Il était très attaché à Stella.

— Oh, répondit Mary, en chassant une poussière imaginaire, je ne saurais vous dire, on vient à peine de faire connaissance. Il a dormi dans le salon.

Sa voisine ne releva pas, apparemment, c'était donc sa place.

— Il a besoin de faire son deuil, ça prend du temps.

— C'est ça.

Quand je vais raconter cette histoire à Allison, elle ne va pas me croire.

— Est-ce qu'il y a un vétérinaire en ville ? Je n'ai aucune idée de ce qu'il leur faut à manger, je ne sais pas comment m'y prendre avec eux.

— Oui, il y a Kustaa. Un homme charmant. Il vous aidera, c'est sûr ! Tenez, je vais vous noter l'adresse de son cabinet. En plus, il habite en face de chez vous. Votre salon donne sur son garage.

— Parfait, merci. Dites, je vais peut-être aller trop loin, mais… est-ce que vous gardiez Otso et Paavli, parfois ?

Ça l'aurait bien arrangée de lui refiler le renne de temps en temps. Une sorte de garde partagée en attendant sa future adoption.

— Oh non, je me suis juste occupée d'eux cette semaine en attendant votre venue. Je les adore, mais je suis allergique aux poils.

Raté.

— Et puis, reprit-elle, Otso a l'habitude d'aller et venir par sa *rennière*. Je ne sais pas comment on dit, enfin j'imagine que le mot n'existe même pas. C'est Stella qui l'a faite construire spécialement pour lui. Elle aimait l'avoir à ses côtés, dans le salon.

— Ce qui explique pourquoi il fait si froid à l'intérieur.

— C'est vrai qu'il a toujours fait un peu frais, mais Stella prétendait que ça la conserverait mieux. Elle avait sûrement raison, sa peau était magnifique pour son âge. Vous aurez peut-être la même dans quelques mois ?

Elle aurait surtout les joues couperosées !

— Et comment puis-je me rendre en ville ? On a l'air éloignées de toute civilisation ici, demanda Mary, en regardant par la fenêtre.

— La camionnette garée entre nos deux maisons est à vous, c'était celle de Stella. Les clés sont sûrement dessus. Mais vous allez devoir conduire à droite, est-ce que ça va aller ?

— Oui, pas de souci, j'ai passé quelques étés en France avec mes parents ces dernières années, j'ai l'habitude.

— Bien. Et si vous avez besoin de déplacer Otso, il y a le van.

— Il monte dedans ?

— Oui, il y est habitué, Stella l'emmenait partout. Il adore ça !

— Parfait.

Mary but une gorgée de café, puis enfourna une étoile de Noël. Et là, elle eut aussitôt très envie de tout recracher. Elle tenta de conserver un visage normal tout en essayant de déglutir. Un silence plana. Wilma l'observait attentivement.

— Venez manger avec moi lundi prochain ! proposa-t-elle.

— Oh… je ne veux pas vous déranger, répondit Mary la bouche engluée, et puis je vais sans doute repartir très vite.

Elle mâchouilla, tenta de balancer la mixture directement dans son œsophage, sans succès. Ça collait dur aux dents, elle aurait pu colmater n'importe quelle fissure avec ce truc.

— Je ne peux pas rester, malheureusement. On m'attend.

Tout en essuyant ses lèvres, elle recracha discrètement le magma de biscuit dans le sopalin qu'elle fourra aussitôt dans sa poche.

— Oh, vous n'aimez pas la Finlande ?

— Si… bien sûr, c'est charmant. Mais ma vie n'est pas ici.

— En êtes-vous certaine ?

*

Bien sûr que j'en suis certaine, pesta Mary en se remémorant la conversation avec Wilma, un peu plus tard, tandis qu'elle se baladait dans des rues aux noms imprononçables. *Comment pourrais-je me faire à ces températures, à ce soleil qui tire sa révérence à 13 heures en plein hiver, mais qui refuse de se coucher pendant l'été ? À ce chalet rudimentaire et sa foutue rennière ?*

Par chance, elle avait réussi à se dégoter un manteau dans l'armoire de Stella ; il n'était ni à son goût ni à sa taille, mais c'était toujours mieux qu'un paréo. Elle était engoncée dans ce vieux vison trop lourd – mais faux évidemment – une paire de lunettes noires sur le nez pour cacher ses yeux cernés. Elle avait l'air d'une vieille actrice italienne en manque de paparazzi. Et puis, dans ce décor lumineux, on ne voyait qu'elle. Tout le monde la regardait passer.

Tout en attendant le notaire qui devait lui faire signer les papiers de la succession et lui remettre les clés du local professionnel de Stella, Mary fit l'inventaire des commerces qu'elle avait vus : une boulangerie, une banque, une supérette, une quincaillerie et une petite brasserie. Un salon de coiffure, deux salons de thé, un magasin de jouets, une poste et une boutique de vêtements. Pas d'office du tourisme. Le cabinet vétérinaire se trouvait légèrement à l'écart, mais manque de chance, il était exceptionnellement fermé cette semaine.

Enfin, après quinze minutes d'attente, elle aperçut le notaire. Muni d'un grand trousseau de clés et d'une sacoche en cuir noir, l'homme d'une quarantaine d'années pressait le pas dans sa direction tout en lui adressant de grands signes.

— Bonjour mademoiselle Banks, Juho Lehtinen, lança-t-il, en lui offrant une douloureuse poignée de main. Ravi de faire votre connaissance. Vous êtes la première personne de la famille de Stella que je rencontre !

Encore un qui comptait la faire culpabiliser ? Comme elle ne réagissait pas, le notaire toussa et poursuivit :

— Le commerce est à une cinquantaine de mètres, suivez-moi.

Mary espéra que la visite ne durerait pas trop longtemps, car l'odeur de transpiration du notaire était à la limite du supportable. Ils marchèrent jusqu'à l'un des deux salons de thé.

— Alors voilà, fit-il, en secouant le trousseau comme si la bonne clé allait apparaître par magie.

Il faisait presque nuit maintenant, il était 17 heures. Le salon était à l'angle, ce qui aurait constitué un bon emplacement s'il y avait eu du monde dans les rues. Or, il n'y avait pas âme qui vive.

— C'est celle-là ! s'exclama soudain le notaire, aussi satisfait que s'il avait réussi à sortir un lapin de son chapeau.

Ils entrèrent et Mary découvrit une pièce de taille moyenne, laissée à l'abandon. Les murs étaient couverts d'une peinture écaillée aux tons incertains et le sol, d'un parquet brut. Il leur était quasi impossible d'avancer à cause de multiples cartons et d'objets en tout genre qui encombraient l'espace. Ça sentait le renfermé, mais pas assez pour masquer l'odeur des aisselles de M. Lehtinen.

Mary grimaça, déçue que tout soit en si mauvais état.

— Stella vendait des marrons chauds, le meilleur café de la ville et des chocolats sublimes qui nous manquent à tous, s'exclama-t-il, en écartant les mains pour désigner l'intérieur de la pièce.

Pitié, n'agite pas les bras !

— Ma grand-mère ne tenait pas un cabinet d'architecture d'intérieur ?

— Non, pas du tout. Et quand on voit l'état du magasin, on comprend pourquoi, s'esclaffa-t-il.

Mary tenta de se frayer un chemin dans la boutique. Les tables étaient abîmées, la plupart des chaises étaient cassées, toutes les vitres maculées de gras. Un meuble épicier vert pâle, couvert de poussière, se dressait derrière le comptoir en bois.

— Stella ne travaillait plus ici depuis un moment, dit le notaire.

— C'est ce que je vois.

Elle ne s'attendait pas à un commerce aussi vétuste et encore moins à un salon de thé ! Plusieurs cadres ornaient les murs. Mary s'en approcha pour les observer.

— Ce sont des photos des maris de votre grand-mère, gloussa bêtement le notaire. Elle était très sentimentale !

— Je ne peux pas m'occuper de ce commerce, finit par dire Mary. Ça prendrait des semaines pour le retaper. Je n'ai pas d'argent, je ne sais pas comment faire.

— Vous n'aurez pas de loyer à payer, fit-il, en haussant les épaules.

— Mais comment financer les travaux ?

— Avec des petits boulots en parallèle ! Il y a toujours des services à rendre par-ci par-là. Tenez, c'est le journal local, vous trouverez sûrement votre bonheur là-dedans.

— Franchement, vous pensez que je pourrais ouvrir un cabinet d'architecture d'intérieur ?

Il baissa les yeux.

— On a des goûts plutôt simples par ici. On décore nous-mêmes nos maisons. En plus, il y a du stock, c'est vous qui voyez, mais… ce serait plus simple de rouvrir le salon.

Il la conduisit dans la réserve. Des sacs de café, de farine, de sucre. Des moules de toutes formes et, à nouveau, des dizaines d'objets obstruant le passage : piles de vêtements posées à même le sol, vieilles lampes, tableaux, cadres, commodes colorées…

— Le grand succès de Stella, c'était ses bonbons aux chocolats. Une recette secrète, qu'elle n'a jamais partagée avec personne ! Certains auraient tué pour mettre la main dessus. Vous ne la connaitriez pas, par hasard ? demanda-t-il sans arriver à masquer la nuance de convoitise dans sa voix.

— Pas du tout, c'est la première fois que j'en entends parler. J'ignore comment je pourrais retaper ce salon de thé, être aux fourneaux et au service en même temps. Sans doute pour gagner une misère, vu la taille de ce village.

— Ce n'est pas Londres, c'est sûr, mais les gens adoraient venir prendre un café et une bonne part de cake. Ils repartaient tous avec des chocolats.

Mais il me gave avec ses chocolats !

— Vous ne gagneriez pas des millions, insista-t-il, mais vous vous en sortiriez. Et puis, il y a beaucoup de touristes en hiver. Ils viennent voir les aurores boréales.

— Super. Ça fait du monde, en effet.

— Oui. Beaucoup, acquiesça-t-il, imperméable à l'ironie dans sa voix.

— En plus, il y a déjà un salon de thé, soupira-t-elle, en se dirigeant vers la porte pour en finir. Et il semble beaucoup mieux que celui-ci.

Le notaire se mit à transpirer, l'air gêné, ce qui effraya Mary. *Pitié, ouvrez la porte, je vais mourir asphyxiée !*

— Il appartient à Mme Anttila, toussota-t-il. Tout le monde sait qu'elle rêve d'arrêter, ne vous en faites pas.

Mais quelque chose disait à Mary que si, elle devait s'en faire, et même un peu plus que ce que prétendait ce notaire. Elle décida de couper court à la visite, demanda à signer les papiers et se retrouva avec les clés de la boutique qu'elle ferma seule, après le départ du notaire, non sans avoir aéré un long moment.

Après cette visite éclair tout aussi décevante que le reste, pour se changer les idées, Mary décida de boire un verre dans la petite brasserie avant de repartir. Elle commanda une boisson locale à base de fruits et songea à manger là, certains plats lui faisant de l'œil, comme cette soupe de saumon ou ces saucisses gratinées au fromage. Mais elle réalisa qu'elle allait devoir commencer à surveiller ses dépenses. N'étant pas du genre à tenir ses comptes, elle ignorait si on lui avait versé son dernier salaire et n'avait aucune idée du montant qu'il lui restait en banque. En général, lorsqu'elle se retrouvait dans le rouge, elle parvenait aisément à convaincre son père de lui accorder une avance – voire de combler son découvert s'il était dans un bon jour – et elle réussissait à se remettre à flot le mois suivant.

Elle paya ses consommations avec son dernier billet et se rendit à la banque consulter son solde au distributeur. En découvrant, sur l'écran, une somme à seulement trois chiffres,

Mary frissonna : 444 €. Mais non ! Quatre, quatre, quatre. Elle secoua la tête. Pas possible.

Les distributeurs finlandais peuvent blaguer, comment font-ils ça ? C'est dingue !

Mary esquissa un léger rictus au cas où elle serait filmée. Elle s'attendait à beaucoup plus. Genre quelques milliers d'euros. Dans les 4 000. Y avait-il une erreur ? Au 14 du mois, elle aurait déjà dépensé la quasi-totalité de son salaire ? Tout en consultant le relevé, elle constata qu'on lui en avait seulement versé la moitié et s'aperçut avoir payé une fortune au pub : 1 700 € ! Mais combien de bouteilles de champagne le barman avait-il ouvertes ?

Note mentale : bannir le mot « tournée générale » de mon vocabulaire.

Elle ferma les yeux et tenta de respirer avant d'ouvrir un seul œil pour découvrir la ligne suivante : 234 €. Le cadeau d'anniversaire d'Allison. Ce n'était pas donné, mais elle avait craqué et n'avait pas hésité une seule seconde en apercevant ce pull en cachemire dans une vitrine.

Et encore 234 € !

Tiens ! J'en étais sûre, voilà une première erreur !

Ah non. Mary se souvint qu'à peine sortie de la boutique, elle n'avait cessé de penser à ce pull et y était immédiatement retournée pour s'acheter le même en bleu afin de ne pas se torturer l'esprit plus longtemps.

Elle remonta le fil de ses dépenses, les paupières plissées, et découvrit plusieurs lignes allant de 50 à 400 € dont elle n'avait aucun souvenir – sûrement la faute à ce jus de fruits qui lui donnait un mal de crâne épouvantable. Il devait s'agir du renouvellement de sa garde-robe d'automne pour un total qui, à vue d'œil, avoisinait les 1 400 €. Mais c'était son argent après tout, et peu importe qu'elle dépense l'intégralité de son salaire, il était bien là pour qu'elle puisse se faire plaisir, non ? Elle n'avait pas d'enfants et… Bon sang, comment aurait-elle pu prévoir qu'elle allait supporter un tel cauchemar ? Oui, la vie était pleine de surprises, mais il était quand même très rare de se retrouver sur la paille à cause d'une vieille et stupide tradition familiale. Utilisant les quelques grammes d'optimisme qui lui restaient en stock, Mary se persuada qu'elle ne mourrait pas de faim tout de suite, ayant encore de quoi tenir financièrement plusieurs semaines si elle se serrait la ceinture. Et ce n'était pas ici, seule et perdue au fond des bois, qu'elle allait payer des tournées générales !

Alors qu'elle essayait de retirer le solde sur le compte, la machine refusa de lui octroyer plus de 50 €. Anéantie, Mary tenta à plusieurs reprises d'obtenir son argent et en était à distribuer des coups de poing au distributeur lorsqu'on l'interpella.

— Il y a un problème ? demanda une voix dans son dos.

Elle se retourna. Un policier l'observait avec sévérité. Il était petit pour un flic.

— Évidemment, s'énerva-t-elle. Ce truc refuse de me donner mon argent.

Elle fila un bon coup de pied pour appuyer ses dires.

— Contrôle d'identité. Vos papiers, s'il vous plaît.

Mary leva les yeux au ciel. Manquait plus que ça ! Docile, cependant, elle fouilla dans ses poches et fit tomber une enveloppe.

Il la ramassa et l'ouvrit.

— Eh ! Faut pas vous gêner ! s'exclama-t-elle, tout en songeant qu'elle aurait dû la détruire, comme convenu.

— Maria Suarez, c'est vous ?

Il la fixait d'une telle manière qu'elle paniqua.

— Pas vraiment. Ce n'est pas ma véritable identité, tenta-t-elle pour le rassurer.

Non, mais pourquoi j'ai dit ça !

Lorsque le flic retourna à sa voiture et revint avec un alcotest, Mary réalisa qu'elle allait vivre une nouvelle forme d'humiliation.

— Vous plaisantez ! Je n'ai bu que du jus d'airelle !

— Soufflez là-dedans, madame Suarez. Ne faites pas d'histoires.

— Je ne *suis pas* Mme Suarez ! hurla-t-elle à bout de nerfs. D'une, je ne suis pas encore mariée, et de deux, c'est juste le nom de code de ma mission. Vous comprenez ou vous êtes trop petit pour ça ?

*

— C'est une énorme méprise, se lamenta Mary une fois assise derrière les barreaux.

Après s'être excusée auprès du policier en prétextant que l'angoisse de ces derniers jours, cumulée au goût bizarre du jus de fruits, lui avait carrément fait perdre la tête, Mary lui avait donné tous les autres papiers pour tâcher de se disculper. Il avait lu les mots écrits par Bernard Banks, notamment celui indiquant qu'elle devait voler les joyaux de la Couronne au 4 bis d'une certaine rue dans le royaume de Saärla, et cela n'avait que renforcé sa suspicion.

Sa voisine de cellule la jaugea, une femme qui semblait tout à fait respectable – à croire qu'on enfermait tous les honnêtes gens de la ville par ici. Sentant qu'elle hésitait à la questionner, Mary la devança :

— Simple contrôle d'identité, fit-elle, en ôtant son vison.

Hors de question de passer pour une criminelle !

Mary apprit que la femme souhaitait devenir romancière et qu'elle essayait de se mettre dans la peau de tous ses personnages, quitte à se faire enfermer. Pleine de sagesse, elle exposa son point de vue à Mary :

— La vie, c'est comme un patchwork. Il faut faire les bons choix, assembler les bons tissus sinon, on se retrouve avec un couvre-lit tout moche.

Mary n'était pas sûre que ce proverbe puisse figurer dans un recueil, mais elle devait admettre que l'image était bien trouvée.

— Mary Banks ?

Le policier était de retour avec Wilma. Mary sauta du banc en la reconnaissant et enfila aussitôt son manteau. Aucune envie de rester ici une seconde de plus. Elle salua la romancière et sortit en quatrième vitesse.

— J'ai appelé Wilma, qui a eu la gentillesse de venir vous chercher. Mais je vous ai à l'œil, l'avertit le policier.

Il pointa son index sur elle, comme si ce n'était pas déjà assez clair. Wilma fronça les sourcils :

— Santtu, vous avez enfermé la petite-fille de Stella, c'est moi qui vous ai à l'œil, maintenant !

Le policier se tassa de quelques centimètres, visiblement il craignait la vieille femme. Mary suivit Wilma jusqu'à sa voiture.

— Bon sang, ce que j'ai mal à la tête ! Ce jus d'airelle…

— Oh, ma petite, ce n'est pas un simple jus de fruits, et si vous n'avez pas l'habitude de ce genre de boisson, vous risquez d'avoir une belle gueule de bois au réveil ! Allez, je vous ramène chez vous. Vous récupérerez votre camionnette demain, quand vous aurez dessoûlé.

Elle va me prendre pour une poivrote, se dit Mary en prenant place près de Wilma dans la voiture. Elle n'avait pourtant pas fait exprès de boire. Ce cocktail était très sucré, elle avait cru que le goût fort venait de ce fruit qu'elle ne connaissait pas. Mary bâilla discrètement. Elle avait sommeil, ses paupières étaient lourdes. Elle luttait de toutes ses forces. Wilma conduisait très lentement et à ce rythme, Mary estima qu'elles arriveraient dans deux ou trois jours, à tout casser.

— Merci, Wilma, dit Mary, alors qu'elle apercevait enfin leurs maisons. Merci pour tout.

— Ce n'est rien. Vous feriez pareil pour moi, n'est-ce pas ?

— Bien sûr, répondit-elle, même si elle se voyait mal sortir sa vieille voisine de prison en pleine nuit. Bonne nuit, Wilma.

— Bonne nuit, ma chère.

9

« La peur est une brume de sensations. »

Jules Renard

UNE fois chez elle, Mary fut surprise de trouver Otso dans la cuisine la regardant d'un air inquiet tandis que le perroquet hurlait des insultes depuis l'étage.

Merde, Paavli ! Je l'ai oublié dans la salle de bains.

Elle posa son sac et emprunta l'escalier, dépitée d'avoir en plus à gérer ce genre d'animaux. Décidément, sa grand-mère ne faisait rien comme tout le monde !

— Fais chier ! éructa le perroquet. Je vais crever ici toute seule ! Marre de cette vieille bique ! Pour qui elle se prend ! Fous-moi la paix ! Tu m'écoutes ou pas ?

Il était en train de péter un câble. Mary réalisa qu'elle allait devoir s'en occuper ou il allait devenir complètement timbré.

— Je suis seul ! continua-t-il. Tout le monde m'abandooonneeeeeee !!!

— Paavli, calme-toi ! Pardon, je t'ai oublié, mais c'est dur pour moi aussi. Je dois m'adapter à mon nouvel environnement.

— Plus personne ! Plus de famille ! Rammi est moorrrt, tu comprends ?

— Je vois. C'est Stella qui disait ça ?

— Que des emmerrrdes !

— Allez, viens, on descend.

Elle saisit la cage et se rendit dans la cuisine où elle entendit Otso émettre un bruit étrange.

— Qu'est-ce qu'il a ?

— La dalle ! hurla Paavli. On a tous la daaaaaalle !!!

— Oui, moi aussi, répondit Mary. Il va falloir que je nous trouve quelque chose à manger et que tu arrêtes de crier.

Agacée par tout ce vacarme – Otso s'était mis à taper sur l'une des façades de la cuisine avec ses bois et Paavli n'avait visiblement pas l'intention de la boucler –, Mary posa la cage sur le plan de travail et ouvrit la porte que l'animal lui désignait, découvrant un cellier rempli de nourriture. Le chalet avait beau être petit et arrangé simplement pour une ancienne décoratrice, il n'en était pas moins fonctionnel et cosy.

— Voyons, ce doit être là, dit-elle, en repérant un sac. Des graines pour toi, Paavli, et pour Otso…

Mary n'en avait aucune idée. Il y avait là des paquets de pâtes, de riz, de semoule, des caisses de betteraves et de pommes, une colonne entière remplie de sachets de chocolats – certainement les fameux bonbons de Stella – mais aucun sac de croquettes pour renne. Prise de pitié, elle déposa à Otso une petite assiette par terre, avec des croûtes de fromage, un reste de chips trouvées dans le placard et même le *jululututu* – impossible de se souvenir du nom exact – qu'elle alla récupérer dans la poche de sa robe de chambre.

Il se jeta dessus.

Les animaux nourris et calmés, Mary remplit d'eau leurs gamelles respectives et retourna dans le cellier pour goûter les chocolats.

— Humm, c'est vrai qu'ils sont succulents, s'extasia-t-elle en tapant dans les différentes variétés. Difficile de s'arrêter une fois qu'on a mis la main dedans ! Il faudra que je trouve la recette.

Mary emporta un sachet avec elle, fouilla dans son sac et dans les poches de son manteau à la recherche de son portable, en vain. Elle finit par prendre le téléphone fixe pour appeler Allison et lui raconter à quel point sa vie avait basculé.

— Ton père y est allé un peu fort, c'est vrai.

— Et ma mère ne vaut pas mieux ! Dire qu'ils m'ont fait croire que cette demeure de luxe était à moi !

— Bon. Tu ne vas pas te laisser abattre. Où est passée Mary, la fille la plus optimiste et chanceuse que je connaisse ?

— Elle est morte sous le choc ! J'étais si bien dans cette maison, c'était magnifique. Lotta me chouchoutait, tout était si parfait… Et hop, terminé ! J'ai même perdu mon portable ! Le seul point positif, c'est d'avoir trouvé les chocolats que confectionnait Stella. Une tuerie ! dit Mary en se forçant à refermer le sachet.

— Ce n'est peut-être pas aussi noir que tu le décris. Et je pourrais te prêter de l'argent si tu veux.

— Merci, Alli, on verra. Je vais quand même essayer de me débrouiller seule.

— Comme tu veux, mais n'hésite pas. Même si je n'ai pas beaucoup d'économies, c'est toujours ça. Et ta boutique, alors ?

— Elle craint ! Un vieux salon de thé à l'abandon, rempli de cartons, d'objets inutiles et de sacs de farine probablement périmés ! On est plus proche d'une déchetterie que d'une boutique. Allison, comment je vais me débrouiller avec ça ? Même avec toute la bonne volonté du monde, je n'y arriverai jamais, le travail est colossal ! Je ne sais pas par où commencer, il y a tant de travaux, de tri, de ménage, et je suis… si seule.

Mary sentit une boule d'angoisse grossir et lui comprimer la poitrine. Une boule qui risquait d'asphyxier ses organes vitaux, un à un.

— Tu ne dramatises pas un peu, Mary ? Je suis sûre que ce n'est pas insurmontable, il faut juste que tu t'y mettes. Commence par un petit pas, quelque chose de simple, dans tes cordes. Tiens, tu n'as qu'à jeter tout ce qui est vieux ou abîmé, tu y verras plus clair ensuite. Dès que tu auras franchi cette étape, ça ira tout seul.

— Tu crois ?

— Mais oui, c'est la technique des petits pas. Attaque tout de suite ou ça risque d'être de plus en plus dur de t'y mettre. J'en sais quelque chose, je suis la reine de la procrastination quand il s'agit d'apprendre mes textes.

Mary l'écoutait d'une oreille tout en scrutant derrière le rideau.

— J'ai l'impression que quelqu'un rôde ! Jure-moi d'appeler la police si la communication était coupée.

— Dommage que je ne sois pas là pour t'aider. Je pourrais peut-être venir te voir après mon casting ?

— Oh ! ce serait génial, si je restais aussi longtemps. Mais je compte bien rentrer au plus vite ! Ce pays est trop effrayant et je ne connais personne ici.

— Arrête de voir tout en noir. Tu veux prouver à tes parents que tu es capable de t'en sortir, non ?

— Oui, mais je n'ai aucune volonté.

— La volonté est un muscle. Et plus tu le sollicites, plus il te répond. Tu n'as qu'à faire l'expérience, tu verras. Et c'est valable dans tous les domaines.

— Oui, eh bien, je me ressaisirai en rentrant. Alli, promets-moi de venir, si je restais coincée ici. Je ne veux pas mourir sans te revoir.

Allison pouffa.

— Ce que tu peux être parano ! On dirait que ça s'aggrave depuis que tu es en Finlande. Parlons d'autre chose, ça te distraira. On est allés boire quelques verres après mon cours de théâtre, l'autre soir, et je crois que j'ai toutes mes chances pour le casting. Le prof avait l'air content de ma scène.

— Tant mieux. J'espère que ça marchera.

— Oui, moi aussi. Les rôles ne tombent pas du ciel, en ce moment, ce serait bien que j'en décroche un si je ne veux pas finir dans une pub pour dentifrice.

Elles discutèrent ainsi durant un moment, jusqu'à ce qu'Allison se rappelle qu'elle devait sortir. Une fois leur coup de fil terminé, Mary ayant trop mal à la tête pour regarder la télévision, elle décida de monter se coucher quand elle entendit un bruit étrange à l'extérieur. Cette fois, c'était sûr, il y avait quelqu'un ! Prenant son courage à deux mains, elle sortit discrètement par la *rennière* et saisit une pelle à neige immense – à peine si elle arrivait à la soulever, elle pesait une tonne ! Malgré la nuit, elle aperçut un homme, de dos, en train de regarder par sa fenêtre.

Cette seconde est cruciale, décisive : sinon, c'est moi qui y passe !

Terrorisée, Mary s'approcha en silence, leva la pelle et l'abattit de toutes ses forces sur le gars. Elle manqua la tête et parvint seulement à lui démonter l'épaule. Il poussa un cri atroce avant de s'écrouler.

Oh, non !

Mary frissonna de la tête aux pieds en reconnaissant Santtu, le policier.

— Je suis désolée, monsieur l'agent, bredouilla-t-elle alors qu'il se tenait le bras, je vous ai vu passer devant ma fenêtre et j'ai cru qu'il y avait un voleur. Est-ce que ça va ?

— À votre avis ? Vous venez de me fracasser l'épaule ! Mais bon sang, comment avez-vous fait pour soulever ce truc ! rugit-il, en se mettant à genoux.

— Vraiment, je suis confuse. Venez, on va entrer et mettre un peu de glace avant que ça ne gonfle, ou appeler une ambulance. D'ailleurs, je ne retrouve plus mon portable…

Le visage encore crispé par la douleur, le policier s'était relevé. Il sortit le portable de Mary de sa veste, en la fusillant du regard.

— J'étais venu vous le rapporter, vous l'avez oublié au poste.

— Oh, merci beaucoup, souffla-t-elle, mal à l'aise, alors qu'il tentait en vain de bouger son bras en grimaçant. Est-ce que vous pensez pouvoir conduire ? Voulez-vous que je vous ramène ?

Il secoua la tête en signe de dénégation et Mary composa le numéro qu'il lui dicta. Les minutes qui suivirent leur parurent des heures. Santtu ayant refusé d'entrer chez elle, ils patientèrent dehors, en silence et dans un froid de plus en plus glacial.

— Vous êtes complètement hystérique, finit-il par lâcher en se massant l'épaule alors qu'ils apercevaient enfin l'ambulance.

— Je suis navrée, je me sens tellement angoissée depuis que je suis arrivée ici. Le silence m'écrase, il me rend folle. Si je peux faire quelque chose pour vous…

— Ne me touchez pas ! hurla-t-il, une lueur de frayeur dans les yeux.

Pour éviter tout contact, il fit un bond en arrière, si bien qu'il trébucha sur un pot de fleurs et s'étala de tout son long en poussant un hululement sinistre. Il venait de se retourner les doigts de la main gauche en voulant se rattraper.

*

À présent, ramassée sur son canapé, couverte d'un plaid, Mary ne pouvait s'empêcher de penser que si un rôdeur venait, elle ne pourrait même plus prévenir la police. Elle avait encore plus peur qu'avant.

Puis elle essaya de dormir, mais c'était impossible. Tout ce silence ! C'était vraiment effrayant. Elle comprit enfin Jack Nicholson dans *Shining* : elle était à deux doigts de devenir aussi folle que lui. Peut-être allait-elle tuer le renne et ensuite, ce serait au tour de Wilma ? Chassant ces pensées et jurant de ne faire aucun mal ni à l'un ni à l'autre, elle engagea la conversation avec Otso. Paavli semblait dormir profondément dans sa cage, à présent posée sur la table basse et recouverte d'une couverture.

— J'ai accompagné Santtu jusqu'au bout tu sais, je ne l'ai pas laissé tomber, je n'ai cessé de m'excuser jusqu'à ce qu'il entre dans l'ambulance et que l'on me jette dehors, assura Mary, alors qu'Otso la regardait d'un air soucieux.

Elle repoussa le plaid.

— Ça ne te dérange pas si je me confie un peu ? demanda-t-elle en se redressant, je déteste le silence.

Otso hocha la tête.

Tiens ?! Est-ce qu'il vient d'approuver ? Faisons un petit test.

— Tu penses que je vais devenir folle si je reste ici ?

Nouveau mouvement de tête. Soudain parfaitement éveillée, Mary sauta sur la méridienne et s'installa, jambes croisées.

— Peut-être qu'il faut que je commence par mon enfance, qu'en dis-tu ?

L'animal bougea sa patte avant vers la droite.

— Ça veut dire oui ? questionna Mary, en le scrutant comme s'il s'agissait d'un thérapeute.

Second déplacement de patte.

— D'accord ! Un mouvement à droite pour oui. Et pour le non ?

L'animal, mis au défi, sembla y réfléchir. Il la fixa et donna un coup sec avec ses bois sur la table basse.

— Fantastique ! s'écria Mary, surexcitée à l'idée de pouvoir communiquer.

— Ta gueuuule ! balança Paavli.

— Mince, tu es réveillé, fit-elle déçue. On ne va pas pouvoir continuer. Dommage.

Otso en profita pour sortir faire ses besoins. Mary s'assit sur le bord de la méridienne et approcha son visage de la cage après en avoir retiré la couverture.

— Écoute, Paavli, il faut que tu modères ton langage. Que dirais-tu d'apprendre une ou deux répliques de film ? Ce serait chouette. On ne laisse pas bébé dans un coin !

— On ne laisse pas mémé dans le foin !

— Je vois. Tu préfères sans doute quelque chose de plus punchy. Essayons ça : Luke, je suis ton père !

— Luke, je suis ta vieille mèrrre ! Pauvre tache !

— Tu le fais exprès, hein ? De toute façon, il est minuit, on va éteindre.

— Leilou Dallas, multipass ! Multipass ! Luke, multipass ! Je suis ta mèrrre ! Pauvre tache !

— C'est bon, c'est bon ! gloussa Mary. Je vois que tu en connais quelques-unes ! Tu feras mieux demain.

Tout comme la veille, à la même heure, Otso entra par la rennière. Il vida sa gamelle d'eau, fit trois tours sur lui-même et s'allongea sur le tapis avant de sombrer comme une masse.

Quelle chance !

Mary dut ouvrir Spotify sur son téléphone et sélectionner une playlist de bruits blancs. Elle poussa le volume à fond tout en mettant son masque de sommeil. Et elle finit enfin par succomber à son tour.

10

« Peu importe la lenteur avec laquelle vous avancez tant que vous ne vous arrêtez pas. »

Confucius

MARY ignorait s'il existait des gens qui aimaient faire le ménage, mais elle, elle détestait cette tâche et s'était toujours arrangée pour la déléguer. Debout au milieu du salon de thé de Stella, les bras chargés de deux seaux remplis de produits ménagers, elle avait du mal à croire que sa vie ait basculé à ce point. Deux heures plus tôt, après avoir pris un rapide petit déjeuner, elle avait demandé à Wilma de la déposer en ville afin de récupérer sa camionnette et commencer le tri. Mais voilà qu'à présent, l'once d'énergie qui l'avait poussée au réveil avait totalement disparu et Mary ignorait par où commencer.

Elle posa les seaux et s'assit après avoir essuyé la poussière sur la chaise. Quelques minutes s'écoulèrent avant qu'une première idée ne s'impose à elle : si elle voulait s'en sortir, elle allait devoir tenir ses comptes avec précision. Aussi, pleine de bonne volonté, elle saisit son agenda dans son sac, traça deux traits pour séparer son ancienne vie de la nouvelle et commença à noter :

Vendredi 15 octobre
Solde initial : 444 €
Dépenses : 17 € (les 2 jus de fruits d'hier)
Gains : 0
Solde : 427 €

Respire Mary, ça va aller !

Accoudée à la table maculée de gras, la joue écrasée contre sa paume, le dos avachi, n'ayant aucune envie de s'y mettre, elle continua de gribouiller mollement.

Moral : 1
Action à mener aujourd'hui : ménage local
Motivation : 0
Nombre de soupirs : 14 (Un record.) Dont un si long que j'ai failli perdre un poumon.
Note technique : 10
Note artistique : peut mieux faire.

En parlant de note artistique, elle songea qu'elle aurait besoin d'être présentable si elle ne voulait pas faire fuir ses futurs clients, elle ne pouvait pas continuer à porter les affaires de sa grand-mère, et puisqu'elle n'avait rien emporté d'assez chaud ni d'assez chic, elle décida de placer ce problème en première position sur sa liste. Premier petit pas ! Elle commencerait donc par ça. Se redressant d'un coup, elle fila hors du salon, soulagée de s'en échapper et heureuse de s'être trouvé une occupation intéressante.

Une heure plus tard, ravie d'avoir retrouvé un peu de motivation et coché la première case de sa liste en se dégotant des vêtements finlandais charmants – certes, elle avait dû renoncer à l'achat d'une couverture chauffante, mais si Stella était parvenue à s'habituer au froid, elle y arriverait aussi –, Mary déposa ses achats dans le coffre de la camionnette et décida de se rendre dans l'autre salon de thé, situé à l'angle opposé du sien, pour rencontrer sa future ex-concurrente. Lorsqu'elle vit la pancarte sur la vitrine, Mary espéra qu'elle signifiait « à vendre » et que Juho Lehtinen ne lui avait pas menti. Elle se demanda si elle ne devrait pas louer ce local, qui semblait en bien meilleur état, plutôt que de retaper celui de Stella.

Elle prit quelques secondes pour observer les lieux avant d'entrer. C'était fascinant ! Tout l'intérieur était bleu, du sol au plafond, y compris le mobilier qui devait dater des années 1970. Elle s'approcha du comptoir derrière lequel une vieille dame venait d'apparaître. Vêtue d'une longue robe en laine noire et d'un châle en crochet bleu ciel, elle semblait, à l'instar de son établissement, appartenir à une autre époque.

— Oui ? Qu'est-ce que je vous sers ?

— Un thé, s'il vous plaît, répondit Mary en s'installant au comptoir aux côtés d'un homme d'une cinquantaine d'années qui terminait son café. Et je prendrai aussi une part de tarte aux myrtilles.

— Ah non, désolée, il faut réserver pour les pâtisseries. À mon âge, on n'a plus de temps à perdre, vous savez, alors, je ne prépare que ce que l'on me commande pour la journée.

— L'est pas commode, en profita pour lui glisser l'autre consommateur.

Mary ne put s'empêcher de penser qu'effectivement, le moment était peut-être venu de remplacer cette dame qui semblait à bout.

— Je n'ai jamais vu un salon de thé comme le vôtre.

La vieille femme actionna la bouilloire tout en haussant un sourcil, l'air irrité.

— Tout bleu, s'empressa d'ajouter Mary.

— Je ne vois pas ce qu'il y a d'extraordinaire. Ça ne vous plaît pas ?

— J'adore ! D'ailleurs, maître Lehtinen m'a dit que vous vouliez le vendre ?

— En effet, c'est écrit sur la vitrine.

Elle déposa deux sachets dans deux tasses fumantes et lui en tendit une.

— Désolée, je ne lis pas encore le finnois, s'excusa Mary.

— Je suis trop vieille pour continuer, j'ai fait mon temps et, pour tout vous dire, je m'ennuie, depuis peu.

— Justement, dit Mary, j'envisage éventuellement d'ouvrir mon propre salon de thé.

— C'est vrai ? Mais c'est formidable si la relève est là ! Comprenez bien, si je continue malgré mon âge, c'est parce que je possède le seul salon de thé du village et ça me fait de la peine de fermer, à cause des habitants. Mais si quelqu'un se lance, ça change tout ! Voulez-vous le visiter ?

— Pourquoi pas ? J'ai déjà le local en face du vôtre, mais celui-ci a l'air en bien meilleur état.

La main de Mme Anttila se crispa imperceptiblement sur sa tasse.

— Ne me dites pas que vous êtes la petite-fille de Stella !

— Si, en effet ! déclara fièrement Mary, sachant que sa grand-mère était très populaire.

À ces mots, Mme Anttila renversa sa tasse. Déstabilisée, Mary ne sut si elle devait poursuivre ou non. Comme elle n'était sûre de rien – probablement un nouveau tour que lui jouait son imagination –, elle enchaîna :

— Oh, ce n'est pas pour tout de suite, il y a beaucoup de travaux à faire, d'abord.

— Ha ! hoqueta soudain la dame en épongeant le liquide, c'est sûr qu'il est loin de m'arriver à la cheville.

— Qui ça ? demanda Mary.

— Son local ! Il est loin d'être aussi joli que le mien. Toutes ces couleurs…

Mary ne l'aurait pas formulé ainsi, mais elle ne comptait pas en débattre, cette dame lui faisant soudain froid dans le dos.

— Donc, vous ne m'en voudrez pas si je me lance ? osa-t-elle tout de même.

— Vous lancez dans quoi ? répéta Mme Anttila, en la regardant droit dans les yeux.

— Je vais reprendre le local et ouvrir un salon de thé.

— Vous ne manquez pas de toupet ! Klaus, tu entends ça ? Mademoiselle je-sais-tout vient me narguer et m'expliquer qu'elle veut me faire mettre la clé sous la porte !

Klaus pouffa, mais ne se risqua pas à prendre parti.

— Non ! s'offusqua Mary, ce n'est pas du tout ce que j'ai dit ! Vous venez de me confirmer… le panneau…

— Ce n'est pas à vendre ! pesta la dame en traversant la salle pour retourner la pancarte qui claqua dans un bruit sec.

Mary fut parcourue de frissons.

— Écoutez-moi, mademoiselle Banks, c'est bien votre nom ?

Mary hocha la tête. Mme Anttila revint derrière le comptoir en se plantant face à elle.

— Alors mademoiselle Banks-je-me-la-pète, je ne vais pas vendre, je ne suis pas aussi vieille que vous semblez le penser, j'ai encore une vingtaine d'années devant moi avant d'arriver à la retraite et ce n'est pas une petite gamine pourrie gâtée de la ville comme vous qui va venir gâcher ma réussite professionnelle. Maintenant, sortez !

Cette femme est complètement folle !

— Je suis désolée si je vous ai contrariée, mais vous m'avez affirmé que le local était à vendre, je suis perdue…

Était-elle bipolaire ? Mary tenait enfin son Jack Nicholson !

— C'était le cas jusqu'à présent, oui. Mais je vous ai dit une autre chose. Que je m'ennuyais ! Or, ce n'est plus d'actualité.

— Toujours aussi rancunière, se moqua Klaus, en secouant la tête.

— Mais je ne lui ai rien fait ! objecta Mary, en se tournant vers lui.

— Vous, non, précisa-t-il, mais votre grand-mère, en revanche…

— Cette peste m'a volé mon mari ! cracha Mme Anttila. Alors, vous n'êtes pas la bienvenue ici.

Oh, c'est donc ça.

— Je suis désolée de l'apprendre, mais je n'y suis pour rien !

La vieille lui retira sa tasse de thé des mains.

— On ferme !

— Quoi ? Mais je n'ai même pas eu le temps de boire !

— Allez, oust ! Dehors ! Vous feriez mieux de vous y mettre tout de suite, vu l'état de votre boui-boui. Si Stella avait passé moins de temps à séduire les hommes du village et plus à travailler, vous n'en seriez pas là !

Mary jeta un œil à Klaus. Il semblait approuver cette dernière phrase.

— Très bien, dit Mary, en tentant de ne pas perdre la face, j'y vais.

Elle se leva et enfila son manteau avant d'enchaîner :

— Ça ne me fait pas peur ! J'en ai vu d'autres, mentit-elle. Je vais le rénover, ce salon, et ce sera le plus beau de la ville. Il y aura de la quantité et du choix. Vous me supplierez de vous servir mes pâtisseries !

— La seule chose que les gens voudront, marmonna Klaus, en sortant un billet de son portefeuille, c'est les bonbons de Stella.

La vieille dame se raidit à cette évocation et lui arracha le billet des mains.

— Quelle ambiance ! râla-t-il en se levant. On se croirait revenus au temps de Stella.

Mary en profita pour le suivre et ils se dirigèrent de concert vers la sortie.

— Et bonne chance pour le ménage ! cria Mme Anttila depuis le comptoir.

— Aucun problème ! rétorqua Mary, en laissant passer Klaus avant de claquer la porte derrière elle.

Dehors, Klaus soupira.

— Elles étaient en froid depuis de nombreuses années et se sont fait toutes les crasses possibles. C'était presque devenu un jeu entre elles. La mort de Rammi, le dernier mari de Stella qui se trouvait aussi être l'ex de Mme Anttila, leur a flanqué un sacré coup. Stella n'avait plus de motivation à venir travailler et Mme Anttila n'avait plus personne à ennuyer, plus de piquant dans sa journée.

De l'autre côté de la vitre, la vieille dame les fusilla du regard tout en accrochant une nouvelle pancarte, rédigée en anglais, cette fois.

Interdit aux membres de la famille Banks !

— Je crois que vous lui avez redonné goût à la vie, plaisanta-t-il en boutonnant son manteau. Elle va pouvoir reprendre sa petite guéguerre ! Qui distrayait tout le village, d'ailleurs. Je me souviens de la fois où elles se sont mutuellement crevé les pneus.

— Mais je n'y suis pour rien ! Et je ne compte pas me battre contre elle !

— C'est ce qu'on va voir.

— C'est tout vu.
— Elle vous poussera à bout.
— Je ne me laisserai pas faire !
— Parfait.
— Parfait ! s'écria Mary, en traversant la route.

11

« *Le moine en fuite n'échappe pas à son monastère.* »

Proverbe chinois

MARY n'en croyait pas ses oreilles. Elle en avait vu des fêlés à Londres ou ailleurs, mais là, ça dépassait tout ce qu'elle avait connu. À peine eut-elle passé la porte de son local qu'elle s'attela au ménage pour expulser toute la colère accumulée. Elle commença par faire la poussière. Comptoir, meuble épicier, étagères, tables… tout y passa. Elle décrassa les chaises qui n'étaient pas cassées et jeta les autres dans la réserve. Puis elle poussa tous les cartons en un tas afin de libérer l'espace.

En sortant pour secouer ses torchons, elle aperçut Mme Anttila qui accueillait ses clientes à la porte. La dame adressa un grand sourire à Mary tout en lui montrant ostensiblement le grand plat de tarte aux myrtilles qu'elle tenait à la main. Mary secoua ses torchons un peu plus fort, espérant que la poussière vole jusqu'à cette vieille pie et son appétissante tarte, mais avec le vent contraire, tout lui revint dans la figure. La dame ricana et referma la porte derrière ses clientes.

Vexée, Mary rentra et s'assit sur une chaise pour s'essuyer le visage avec l'un des derniers torchons propres. Cela faisait seulement deux heures et elle était déjà à deux doigts d'abandonner. Elle se remémora alors les mots de sa concurrente et se releva d'un coup.

Qu'est-ce qu'elle croit ? Que je ne suis pas capable de nettoyer ce local ? Que je ne suis qu'une gamine pourrie gâtée de la ville ? C'est ce qu'on va voir !

Retrouvant un peu de motivation, elle passa l'aspirateur dans toute la pièce. L'odeur qui se dégageait de l'appareil était horrible mais elle n'avait pas trouvé de sacs neufs et elle avait bien trop peur d'aller dans la réserve emplie d'araignées pour fouiller.

Satisfaite d'avoir si bien avancé, elle alluma toutes les lumières du local afin que sa voisine n'en perde pas une miette et elle ouvrit la porte pour aérer.

Deux dames sortant du salon de thé opposé traversèrent la rue et se dirigèrent droit sur Mary.

— Bonjour ! Êtes-vous la petite-fille de Stella ? demanda l'une.

Cette fois, Mary hésita à répondre et marmonna un « oui » inaudible.

— Enchantée, je suis Martta et voici mon amie, Raakel. Comptez-vous ouvrir bientôt ?

— Oui, c'est l'idée, répondit Mary, dès que j'aurai tout repeint.

— Allez-vous vendre les chocolats de votre grand-mère ? la questionna la dénommée Raakel. D'après nos sources, elle en cachait dans son chalet.

— Je ne sais pas, souffla Mary, agacée de subir un interrogatoire.

— Ma pauvre ! Le sol est si sale, commenta Martta en avisant les lattes toutes crasseuses. Vous n'allez jamais vous en sortir !

La femme avait raison et, à cet instant, Mary avait plus envie de s'enfuir que de terminer le travail.

— Vous en faites une tête, observa Raakel.

Les deux amies rirent de concert.

— Tenez, c'est pour vous, ajouta Martta. Une belle part de tarte aux myrtilles, c'est la meilleure de toute la ville. Il faut bien que vous ayez un peu de réconfort avec tout ce ménage !

— Oh, c'est très gentil ! s'exclama Mary en tendant la main, soudain touchée par leur geste.

Une seconde s'écoula avant que Martta ne lâche volontairement la pâtisserie qui tomba par terre :

— Oups ! Pardon, c'est fou ce que je suis maladroite. Dommage, c'était la dernière !

Non mais je rêve !

— Bon, il faut qu'on y aille, s'impatienta Raakel, il fait froid, et l'odeur qui se dégage de votre salon est franchement insupportable. Au revoir et bon courage pour la suite !

Incroyable !

— Pas facile de travailler ici si la mère Anttila possède sa propre armée ! s'énerva Mary.

Mais Martta et Raakel étaient déjà parvenues au bout de la rue. Mary dut ramasser et jeter la part de tarte elle-même avant de se remettre au travail, non sans les avoir mentalement traitées de pas mal de noms d'oiseaux. Puis elle prépara un grand seau d'eau chaude et commença à lessiver le sol. Alors qu'elle frottait le parquet avec ardeur pour la troisième fois – l'eau de lavage devenant si noire à chaque fois que Mary ne cessait de renouveler l'opération – elle aperçut Mme Anttila, plantée devant sa propre vitrine, en train de l'espionner, un sourire moqueur aux lèvres.

De rage, Mary attrapa la petite baguette poisseuse du store de sa vitrine et tira un coup sec pour le faire descendre, mais il lui tomba sur la tête. Elle perdit l'équilibre. Et ses fesses atterrirent dans son seau de ménage, sous les yeux amusés et ravis de Mme Anttila !

*

Une fois chez elle, Mary se changea et décida qu'elle n'avait plus une minute à perdre dans ce pays. Trop c'est trop ! Elle saisit son agenda et commença à griffonner quelques chiffres d'une main rageuse :

Moral : –10
Angoisse : + 30
Risque de commettre le pire : beaucoup trop élevé !
Solde : ...

Elle croisa les doigts en se connectant à sa banque. Quelques secondes de suspens. *Pitié, faites que je n'ai pas tout dépensé ! Qu'il m'en reste juste assez pour le billet d'avion.*

Alibi : expliquer à mon père que j'ai dû être rapatriée. Problème de bouts de doigts gelés ou autre. Faire recherches.

Voilà. En se dépêchant, elle pourrait avoir le vol de 23 h 30. Elle avait pesé le pour et le contre pendant de longues minutes, mais après avoir frappé un policier à coups de pelle, fait de la prison, perdu un bout de lèvre, risqué sa vie en ingurgitant les biscuits de sa voisine dans un chalet glacial et démarré une petite guéguerre avec Attila en personne, Mary estimait qu'elle avait gagné le droit de rentrer en Angleterre.

Une mission, ça se refuse. Et c'est à Londres que je prouverai à mes parents de quoi je suis capable.

Quand elle raconterait toute cette histoire à son père, ils en riraient et passeraient à autre chose. (Vraiment insister avec cette histoire de doigt amputé, au cas où. Et penser également à ressortir le dossier où Miles s'est octroyé trois semaines de vacances aux Maldives alors que la boîte était en plein rush.)

Une fois son billet réservé, Mary rangea le chalet, fit ses valises, coupa l'eau et ferma tous les radiateurs. Elle laissa un mot à Wilma ainsi que les clés, lui demandant de les déposer dans la boîte aux lettres du notaire afin qu'il puisse mettre en vente le chalet au plus vite, et de s'occuper des animaux le temps qu'elle leur trouve une famille d'adoption. Elle évita de leur dire au revoir, à cause de l'étrange pincement au cœur que lui causait cette séparation.

Mais bon sang, on se connaît à peine !

La camionnette n'ayant presque plus d'essence, Mary se rendit à l'arrêt de bus, en suivant à la lettre le plan élaboré quelques heures plus tôt.

Elle vérifia sa montre trois fois de suite. Il y avait bien un bus à 20 heures. Le seul et unique.

Quelle pression ! Malgré le froid, elle avait décidé de l'attendre vingt minutes plus tôt, pour être certaine de ne pas le rater. Quant au chauffeur, il ne pouvait pas la louper ! Elle portait son vison et une frontale trouvée dans la cave ; elle était donc bien visible, avec le port de tête altier d'une personne fière d'avoir pensé à tout.

À 20 heures pétante, Mary aperçut le bus au loin. Soulagée, elle expira tout l'air contenu dans ses poumons.

À 20 heures et dix secondes exactement, elle eut le bus sous les yeux. Retenant sa respiration, elle décrocha imperceptiblement sa mâchoire inférieure.

Et à 20 heures et quinze secondes, elle pouvait désormais admirer le pare-chocs arrière et la publicité vantant les mérites d'une bière locale aphrodisiaque. Elle en resta la bouche grande ouverte.

Alors qu'elle était incapable d'inspirer de nouveau, elle se sentit au bord de l'implosion. À l'intérieur de son petit buste, à la place de ses poumons devenus soudain obsolètes, vivaient désormais King Kong, Hulk et la poupée Chucky, réunis. Elle aurait pu hurler comme une bête. Pourquoi le bus ne s'était-il pas arrêté ? Elle était bien visible pourtant, la petite ampoule de sa frontale grésillait, certes, mais fonctionnait parfaitement !

Mary inspira profondément. Il y avait forcément une erreur : il devait s'agir d'un bus balai ou quelque chose du genre. *Le mien est en retard et va arriver, ce qui me laissera toujours le temps d'avoir mon avion dont le billet m'a coûté les yeux de la tête, ratatinant mon solde à… Mieux vaut ne pas y penser.* Mary secoua la tête, perdant ainsi sa frontale et son dernier gramme d'optimisme.

Mais voilà, pour une raison qui lui échappait totalement, le bus ne revenait pas.

À 20 h 30, résignée, le nez congelé et les narines dégoulinantes, avec la sensation d'avoir été frappée à coups de parpaing, Mary rentra chez elle, enfin plutôt chez Wilma, pour y récupérer ses clés.

— Mary ! Que se passe-t-il ? Vous partez en voyage ?

— Oui, mentit Mary, lugubre.

Inutile de la vexer en avouant que je souhaite fuir la Finlande.

— Je voulais faire un tour en Russie, mais j'ai raté le bus. Enfin, il est passé et il ne m'a pas vue, ajouta-t-elle en frappant ses deux mains sur ses cuisses. C'est dingue ! Je suis devenue la femme invisible. Je fais pourtant une surface de trois mètres carrés avec ce manteau ! Dites, j'avais laissé les clés du chalet dans votre boîte aux lettres, pourriez-vous…

— Oui, bien sûr ! fit Wilma en attrapant son trousseau. Oh ! ma petite, vous auriez dû m'avertir que vous comptiez prendre le bus. En Finlande, il faut faire signe au chauffeur pour qu'il s'arrête.

— Oh non, vous n'y êtes pas du tout. J'étais là, pile devant l'arrêt, il a bien vu que je voulais prendre le bus.

Wilma secoua la tête.

— Non, se braqua-t-elle. Il faut lui faire un signe de la main, comme ça, c'est tout simple. Pour lui indiquer que vous voulez qu'il s'arrête.

Mary roula des yeux si fort qu'elle eut peur qu'ils restent coincés à l'arrière de son crâne. Puis elle récupéra son trousseau et insista pour déchirer la lettre avant que Wilma ne la lise. Pour finir, elle s'enferma à double tour dans son chalet, le cœur en miettes, la jauge d'espoir au plus bas : elle venait de perdre toutes ses économies dans ce fichu billet d'avion. Une cinquantaine d'euros. Voilà ce qu'il devait lui rester, à présent. Une somme ridicule. Comme elle. Bon sang ! Cette fois elle était bel et bien coincée là !

12

« Le changement n'est jamais douloureux.
Seule la résistance au changement l'est. »
Bouddha

IL PLEUVAIT depuis six jours. Six jours que son moral s'accordait à la météo. Six jours que Mary traînait dans sa hutte, en pyjama et vieilles chaussettes, emmitouflée dans les robes de chambre de Stella, sans avoir remis les pieds en ville, et encore moins dans son horrible salon de thé. Tôt ou tard, il allait falloir qu'elle fasse une lessive si elle ne voulait pas porter aussi les culottes difformes de sa grand-mère, et des courses, car elle allait manquer de betteraves – elle ignorait pourquoi Stella en possédait des caisses entières. Elle avait espéré de toutes ses forces que ses parents reviennent en arrière, qu'ils aient pitié d'elle et mettent fin à ce stupide défi. Voyant que ce n'était pas le cas, elle s'était mise à boire. Chaque soir, elle se servait un verre de bourbon en imaginant Miles bien au chaud dans son bureau, demandant à changer les cadres, la plaque sur la porte, et feuilletant des catalogues pour commander son nouveau fauteuil. Ou peut-être qu'il jouait aux fléchettes sur son portrait ? Tout le monde faisait ça, non ?

Du coup, elle avait sorti le sien. C'était une photo découpée dans un magazine sur laquelle Miles posait fièrement aux côtés de son père. L'ayant déjà utilisée à plusieurs reprises, le cliché était criblé de trous. Le problème, c'était qu'elle avait eu beau fouiller toute la maison, il n'y avait aucune fléchette et, trop maladroite, elle n'osait se résoudre à lancer des couteaux.

Il faudrait qu'elle réagisse, qu'elle fasse un petit pas comme le lui avait conseillé Allison mais elle n'arrivait pas à se reprendre, c'était au-dessus de ses forces. Elle se trouvait engluée dans un monde parallèle dans lequel rien ne lui était familier, tétanisée par le peu d'argent qu'il lui restait, piégée dans le village le plus froid de la Finlande, elle qui avait toujours rêvé de cocotiers et de sable chaud. Un comble ! C'était fou comme tout pouvait basculer. Et comme il paraissait alors difficile de remonter la pente. On avait vite fait de se laisser aller, c'était presque quelque chose à surveiller comme l'huile sur le feu. Tout comme marcher sur un lac gelé, il fallait être attentif à la plus petite fissure, au moindre crissement, car une fois sous l'eau, il était presque impossible de s'en sortir. Placez une personne dans un environnement différent et vous aurez une tout autre image d'elle. Tel un vêtement, notre lieu de vie a le pouvoir de nous rendre beau ou laid. Fatigué ou dynamique. Amical ou non. Il finit par nous déteindre dessus.

Elle allait donc devenir une campagnarde bourrue, oubliant la mode et le shopping. Elle ne verrait plus aucune expo, elle entendrait vaguement parler d'une pièce de théâtre, sans jamais pouvoir y assister. Elle se contenterait de feuilleter les programmes télé, puis, exténuée par la vie au grand air, elle irait se coucher, le ventre plein et les joues rosies par le froid.

Wilma venait la voir presque tous les jours. Elle lui apportait des œufs et des plats typiques – saumon-patate ou patate-saumon – que Mary congelait en prévision de la famine. Car elle n'était pas dupe, elle se doutait bien qu'elle aurait du mal à joindre les deux bouts, cet hiver, et qu'il allait falloir qu'elle se bouge pour gagner sa croûte.

Toutes les nuits, elle vérifiait que les portes et les fenêtres étaient bien fermées, nourrissait les animaux, puis elle montait se coucher. Et toutes les nuits, elle redescendait, incapable de dormir seule à l'étage, pour finir avec sa couette et son oreiller devant la télé, aux côtés de Paavli et d'Otso. Elle commençait à s'habituer à leur présence et s'était même mise à leur parler. Elle s'allongeait sur la méridienne, devant la cheminée, les jambes croisées, et pour quelques heures, tout en restant à l'affût des bruits extérieurs, elle leur racontait sa vie.

Le renne avait tout d'un vrai psy. Tel un professionnel, il se contentait de hocher la tête ou parfois même, d'émettre quelques bruits de gorge : elle en concluait alors que le moment était venu de poursuivre, qu'ils tenaient peut-être quelque chose.

— Que vais-je devenir, Otso ? Pourquoi est-ce si difficile de rester sur le bon chemin ?

Elle piocha une première friandise, poussant un petit soupir de satisfaction, en laissant fondre le chocolat. Chaque bonbon était recouvert d'un papier soigneusement annoté de petites réflexions sur la vie, de bons mots, de conseils et parfois de questions. Ce qu'elle aimait dans les citations de Stella, c'était qu'elles commençaient bien, mais finissaient à sa sauce. Aucune d'elles ne se terminait normalement : « La vie ne vaut pas d'être vécue, si tu n'es pas allée voir une aurore boréale. » Ou : « En avril, ne te découvre pas d'un fil, mais va acheter du pain aux figues. »

Oui, la plupart des dictons étaient ratés, mais c'étaient ceux qu'elle préférait. Pourquoi ? Peut-être y avait-il une part de beauté dans l'imperfection ? Et peut-être que ce qu'elle aimait dans l'imperfection, c'était son côté sincère et vrai.

— Tu sais Otso, je n'ai pas beaucoup avancé dans ma vie amoureuse.

— On ne laisse pas bébé dans un coin ! brailla Paavli depuis la table basse.

— C'est ça ! Bravo, tu progresses. Ça va nous changer de multipass, se moqua Mary. Bref, mon dernier compagnon s'appelait Ben. Un architecte rencontré sur un chantier.

Otso donna un coup sur la table.

— Quoi ? Tu n'aimes pas son prénom ? Tu as raison, attends la suite…

Mary piocha une nouvelle friandise et en lança une à Otso.

— J'étais très amoureuse de lui, mais apparemment, ce n'était pas réciproque : tout s'est terminé la veille de Noël.

— Père Noël ! hurla Paavli, Père Noël ! La receeeeette !

— Euh… tu ne m'aides pas beaucoup, là. Tiens, fit-elle en lui lançant des graines. Il m'a quittée comme une vieille chaussette et a pris l'avion pour les États-Unis. « Sans rancune », il m'a dit.

Otso brama.

— C'est clair ! s'écria Mary, ravie qu'il comprenne. J'ai mis des mois à m'en remettre ! Et depuis, je n'arrive plus à me lancer dans une nouvelle relation. Je sais que ça choque mes amis, mais je préfère attendre, je n'ai pas l'intention de repasser par là. J'ai trop souffert, vous comprenez ?

Otso répondit par l'affirmative en bougeant sa patte avant et Paavli lança un « Trou duuuc !!! », signifiant qu'il avait parfaitement saisi le fond du problème.

Mary écouta quelques instants les bûches craquer dans la cheminée, puis elle reprit :

— Quand j'étais adolescente, j'étais sûre que je trouverais l'homme de ma vie sans problème. Que j'allais le rencontrer assez vite et qu'à trente ans, nous aurions déjà une famille et une maison en construction. Mais voilà, je ne l'ai pas déniché et, pour ne pas rejeter toute la faute sur moi, il est juste d'ajouter qu'il ne m'a pas trouvée non plus. Pas de bol. Maintenant que je suis perdue ici, avec trois habitants au kilomètre carré, je me dis que tout est fichu.

— Rammi est mooort !! pleurnicha Paavli. Tout est fichu !

« Bouge-toi ou tu vas perdre six mois de ta vie », lui avait écrit Sybile quand elle lui avait raconté dans quelle misère elle était tombée.

Mary savait bien que son amie avait raison. Il fallait qu'elle se ressaisisse. Elle repensa alors au comptable et pria pour qu'il l'attende bien sagement, même si cela lui paraissait improbable qu'un homme comme lui reste célibataire.

Allongée sur sa méridienne, elle en était là de ses réflexions quand elle entendit une voiture arriver. Elle se redressa, colla son nez sur la vitre et vit un gros 4 × 4 noir se garer en face de chez elle. Son voisin, le vétérinaire, venait de rentrer de vacances. Un homme à la carrure de Viking si elle en jugeait à la taille de sa parka.

Il sortit plusieurs sacs de la voiture et entra par la porte du garage, sans regarder en direction de la maison de Mary. Il aurait pourtant dû être surpris d'y voir de la lumière.

Mary se dit qu'elle avait enfin trouvé la motivation nécessaire pour sortir de sa tanière : l'occasion était venue de se débarrasser de ses animaux.

13

« *Il faut se concentrer sur ce qu'il nous reste et non sur ce qu'on a perdu.* »

Yann Arthus Bertrand

Dès son réveil, Mary sauta du canapé pour appeler le cabinet vétérinaire. Elle composa le numéro tout en se rendant dans le cellier qu'elle avait encore laissé ouvert et se demanda, en refermant la porte, pourquoi la quantité de betteraves semblait avoir diminué de moitié.

— Pas avant le 29 ? Bon, très bien, mais appelez-moi si jamais une place se libère, répondit Mary, déçue de devoir encore patienter une semaine.

— Il est l'or ! Il est l'oooooooôôôr ! brailla Paavli, en réponse à la sonnette d'entrée qui venait de retentir.

— On dit l'heure, pas l'ooôôr !

Mary raccrocha et ouvrit à Wilma.

— Bonjour, Mary. Comment allez-vous ce matin ? Vous semblez fatiguée.

— C'est parce que je dors mal, la campagne me stresse.

Tout ce silence lui tapait sur les nerfs, mais Mary garda ses réflexions pour elle.

— Vous savez, on peut être heureux partout, décréta Wilma. Le bonheur, c'est un état d'esprit, ça se cultive.

— Je sais, souffla Mary, en haussant les épaules. En temps normal, je suis une fille positive. Mais ici… tout est si différent.

— Eh bien, utilisez ces différences ! Soyez créative ! Qui sait, vous trouverez peut-être quelques pépites sur votre chemin. Des pépites que vous n'auriez jamais pu découvrir ailleurs qu'en Finlande. C'est précieux.

— Vous avez raison. Même si, pour l'instant, ces « différences » me font tout rater.

— Ne vous faites pas de souci, vous apprendrez à prendre le bus et tout un tas d'autres choses très pratiques. Avez-vous pu vous faire rembourser votre billet ? demanda-t-elle, en avisant les bouteilles d'alcool dans la poubelle.

— Non.

Wilma attrapa les bouteilles une par une et les cala dans une petite caisse prévue à cet effet en marmonnant :

— Ça ne sert à rien d'enfiler les gueules de bois si c'est pour jeter les bouteilles.

— Pardon ?

— Recyclez-les au supermarché, cela vous fera gagner un peu d'argent. C'est là que se trouve l'automate. Il s'agit de l'une de nos particularités.

— De l'argent ? Bien sûr que je vais les recycler !

— Si vous voulez, j'en ai d'autres. Je vais les préparer, vous n'aurez qu'à passer les prendre, je vous les offre. Mais j'oubliais, j'étais venue vous apporter des biscuits. J'ai invité mes petits-enfants pour le goûter et je veux vous en faire profiter aussi.

— Merci. Ça sent… bon.

— Parfait, je vous laisse déguster ! J'ai une deuxième fournée à lancer !

Alléluia !

Mary referma la porte et déposa les biscuits dans la gamelle d'Otso qui en était friand. Elle ignorait pourquoi, mais ça lui sauvait la vie à chaque fois car Wilma surveillait de près la consommation de ses gâteaux par Mary.

— Et dire qu'elle va organiser un goûter pour ses petits-enfants ! Les pauvres !

— Les pauvres ! C'est dégueu ! répéta Paavli.

— J'essaie de t'apprendre des phrases culte et c'est tout ce que tu retiens ?

— Des phrases cuuuls !

Mary soupira. Il allait falloir qu'elle lui apprenne les bonnes manières ou elle n'arriverait jamais à refourguer ce perroquet. Elle déjeuna rapidement avant de se mettre à la recherche de toutes les bouteilles vides du chalet, quitte à en finir une ou deux au passage. Wilma avait raison, le bonheur, c'était dans la tête. Après ces six jours passés à se laisser aller, le moral au plus bas, il était temps de refaire surface. Après tout, la vie n'était peut-être pas si cruelle et Mary allait sûrement apercevoir la fameuse lumière qui se trouve toujours au bout du tunnel. Il ne tenait qu'à elle de décider d'être heureuse et elle était bien déterminée à tout faire pour s'en sortir. Il suffisait de prendre les choses du bon côté. Et d'ouvrir l'œil pour découvrir les fameuses pépites dont Wilma parlait.

Mais pour l'instant, les pépites pesaient aussi lourd que des lingots.

Rien de tel qu'un peu d'effort physique pour se sortir de toute cette mouise et retrouver le moral !

Mary sortit chargée comme une mule, mais décida de ne pas utiliser la camionnette afin de réserver le peu d'essence qu'il lui restait pour le jour où elle devrait emmener Otso chez Kustaa, le vétérinaire.

Lorsque son téléphone sonna, elle fut surprise de voir qu'il s'agissait de son père. Une bouffée d'espoir l'envahit : et s'il avait décidé de stopper la mission ? Elle croisa les doigts.

— Alors ma chérie, attaqua-t-il aussitôt, tu t'en sors ? As-tu pu avancer ?

Raté.

— Oui papa, bougonna-t-elle. D'ailleurs, je vais au travail là, je ne veux pas me mettre en retard.

— Je t'entends souffler comme une bête, qu'est-ce que tu fais ?

— J'y vais à pied.

— Tu n'as pas de véhicule ?

Si, mais tu as une idée du prix de l'essence en ce moment ?!

Mary inspira profondément. *Rester positive. Le bonheur, c'est dans la tête.*

— J'en profite pour faire un peu de sport, tous ces paysages exceptionnels, c'est magnifique ! Je me plais beaucoup ici et je suis ravie de pouvoir allier travail et effort physique, c'est merveilleux !

— Bon, parfait, répondit son père, sans cacher sa surprise. Tu as l'air enchantée, je suis très fier de toi. Combien as-tu sur ton compte ? Moi, j'avais l'équivalent de 6 000 € quand j'ai repris la boîte.

Mary déglutit.

— Oh, pareil à peu de choses près.

— C'est bien. Je te conseille de peser le pour et le contre avant de faire tes achats. Les bons choix, c'est vital lorsqu'on a un budget serré comme le tien.

Toujours peser le pour et le contre avant d'assassiner qui que ce soit.

— Je sais, papa. Merci du conseil.

— Je suis ravi de voir que tout se passe bien. Tu veux parler à ta mère, elle est juste à côté ?

— Non ! Impossible, se radoucit-elle, je suis presque arrivée et j'ai une tonne de boulot qui m'attend.

— OK, on te laisse travailler, alors. À très vite !

Les bons choix, les bons choix, pesta Mary en passant devant la vitrine où la merveilleuse couverture chauffante trônait encore. *Oh, j'ai vraiment assuré. Pesé le pour et le contre de chacun de mes choix, j'ai parfaitement géré la situation : cette mission, c'est du velours ! Comment lui avouer que j'ai préféré acheter des petits hauts branchés plutôt qu'une couverture chauffante et qu'en investissant le peu d'argent qu'il me restait dans une tentative d'évasion ratée, j'ai grillé ma seule fusée de détresse ?*

C'était décidé, à présent, elle ferait toujours les choix les plus judicieux, exit les pulsions et les envies égotiques, place à Mary la Raisonnable.

Arrivée au supermarché, pressée de se libérer du poids de ses (trop) nombreuses bouteilles, elle trouva l'automate et y déposa son fardeau, récupérant ainsi un bon d'achat de… TADAAAAM : 6 € 45. Ce n'était pas foufou, mais Mary en fût extrêmement fière. C'était la première fois qu'elle se donnait autant de mal pour gagner de l'argent et cela la remotiva. Un petit pas vers la lumière. Et qui sait, si elle continuait de vider la cave de Stella, elle deviendrait peut-être riche.

Attentive à son budget comme jamais, elle se contenta d'acheter des pâtes et un lot de trois grosses boîtes de thon en promo. Tandis qu'elle faisait la queue pour payer, elle découvrit d'autres types d'automates près de la sortie et questionna la caissière à leur sujet quand vint son tour.

— Ce sont des machines à sous, répondit cette dernière en bipant les articles. La plupart de nos supermarchés en sont dotés.

Une étrange fenêtre s'ouvrit dans la tête de Mary. Une fenêtre derrière laquelle brillait de l'or, des bijoux et des valises pleines de liasses. C'était la solution parfaite pour se refaire.

— 6 € 20, lança la caissière.

Mary paya et se hâta d'aller voir les machines de plus près. Wilma avait raison : la Finlande regorgeait de pépites, il suffisait de les dénicher !

Mais tu pourrais aussi tout perdre.

Mais je pourrais aussi gagner, se contra-t-elle l'œil fixe, *avec de la chance. Et j'ai justement juré d'être positive.*

Comment créait-on de la chance ? Fallait-il croiser les doigts et frotter trois trèfles à quatre feuilles contre un fer à cheval ?

Il te reste 25 centimes en poche !

Ravie d'être enfin capable de sagesse, Mary inspira une grande bouffée d'air et sortit sans toucher aux maudites machines. Elle se rendit dans sa boutique où elle déposa ses courses, ouvrit les radiateurs au minimum par souci d'économie, et se mit au travail de bon cœur, non sans avoir ostensiblement regardé ce qui se passait chez sa rivale.

Après sa précédente tentative désastreuse, la première chose à faire était de trier tout ce foutoir si elle voulait pouvoir mettre un pied devant l'autre et terminer le ménage. Elle renversa le contenu des trois plus gros cartons sur le plancher, ce qui eut le mérite d'ajouter encore plus de bazar. Puis elle inscrivit respectivement sur chacun d'eux « à jeter », « à donner » et « à garder ». Elle saisit ensuite le premier objet qui lui tomba sous la main, une lampe dont le tissu de l'abat-jour était jauni et maculé de taches de gras. Elle la déposa dans le carton des objets à jeter avant de se raviser : le pied en fer forgé était original et superbe, il suffirait de changer l'abat-jour pour recréer une lampe digne de ce nom.

Quelques heures plus tard, elle avait déjà trié une bonne partie des affaires. Seul hic, la plupart avaient atterri dans le carton « à garder ». Mary soupira et mit de l'eau à bouillir. Pourquoi était-il si difficile de jeter, alors qu'il ne s'agissait même pas de ses propres affaires ? Apparemment, elle souffrait de la même tendance à tout conserver que sa grand-mère.

Stella, nous avons un point commun.

Mary plongea distraitement son sachet de thé dans son mug tout en s'approchant de la vitrine. Dehors, la nuit commençait à tomber. Elle regarda son nouvel environnement : des boutiques parfaitement illuminées, des façades toutes plus colorées les unes que les autres, quelques passants à pied ou à vélo, le tout sous un ciel de plus en plus sombre. La neige ne saurait tarder. Et bientôt, tous les habitants devraient faire face aux nuits polaires.

Le salon de thé de Mme Anttila paraissait si chaleureux et accueillant, vu de sa propre boutique ! Elle eût envie de traverser la rue et de s'y réfugier. Mais le souvenir de la terrible scène qui les avait opposées lui redonna de la vigueur. Pas question qu'elle se laisse aller, elle ne donnerait pas ce genre de satisfaction à cette vieille bique.

Mary vida sa tasse, coupa les radiateurs et décida qu'il était temps de rentrer avant qu'on n'y voit plus rien ; elle avait encore une bonne heure de marche devant elle pour se rendre au chalet. Mais alors qu'elle était sur le point d'éteindre, Mme Anttila fit son entrée.

— Bonjour, lança la vieille dame, en scrutant la pièce et les cartons alignés le long du mur. Je viens pour les dons.

Mary oscilla entre la peur et la colère. Mme Anttila fixait l'un des portraits, ses lèvres pincées en une fine ligne.

Sans doute son ex-mari, le n°5 de Stella.

— Les dons pour les équipes sportives de la ville, reprit la vieille bique. Tous les commerçants de Saärla participent et sponsorisent ainsi les jeunes.

Mary sentit l'angoisse poindre dans sa poitrine.

— Et puisque vous avez décidé d'ouvrir bientôt votre propre salon de thé, poursuivit sa rivale, vous faites à présent partie des commerçants, non ?

— Oui, en effet, bégaya Mary, qui avait soudain perdu dix degrés de chaleur corporelle.

Elle attrapa son sac à main. Ouvrit lentement son portefeuille et regarda son dernier billet de 50 € avec un pincement au cœur comme s'il s'agissait d'un sac de luxe qu'elle était sur le point d'abandonner sur une aire d'autoroute.

Mme Anttila prit le billet et attendit dans un silence pesant.

— Stella avait de nombreux défauts, mais au moins, elle était généreuse, fit-elle remarquer. Une qualité qui ne semble pas se transmettre.

Piquée au vif et trop fière pour en rester là, Mary racla les dernières pièces de son portefeuille.

— Nous acceptons les chèques ! s'offusqua Mme Anttila en agitant la main pour refuser.

À deux doigts de la syncope, Mary attrapa son sac au moment où le téléphone de l'épouvantable vieille sonnait. Elle fit semblant de farfouiller à la recherche de son chéquier pour mieux tendre l'oreille.

— C'est impossible ! s'étrangla sa rivale. Et elle te lâche à la dernière minute ? « Blessée », tu dis ? Mais… comment vas-tu faire pour trouver quelqu'un ? Le concours a lieu dimanche, tu n'auras pas le temps de l'entraîner.

Tout en écoutant attentivement son interlocuteur, les yeux de Mme Anttila ne quittaient pas Mary, toujours aux prises avec son sac à main. Un petit sourire lui échappa, un air rusé qui ne plût pas à Mary.

— Attends une minute, interrompit-elle son interlocuteur, si je résume la situation, il te faudrait une partenaire au pied levé pour le concours ? Et c'est bien payé ?

Mary releva vivement la tête, tel un écureuil ayant repéré une grosse noisette.

— Deux mille euros ! s'exclama Mme Anttila, en roulant des yeux, mais à ce prix, les candidates vont se bousculer !

Mary, surexcitée, se désigna du doigt trois fois de suite. Mme Anttila eut de nouveau ce petit rictus inquiétant. Mary décida de ne pas en tenir compte.

— Elias, roucoula la vieille femme, je crois que j'ai la personne qu'il te faut.

*

Installée sur la petite table de la cuisine, quelques bougies allumées et un plaid étalé sur les jambes, Mary faisait ses comptes. Elle avait frôlé la cata, mais heureusement, elle savait reconnaître une opportunité lorsqu'il s'en présentait une. Dans deux jours, elle participerait à ce fameux concours de Porter de femme avec le petit-fils de Mme Anttila et empocherait 2 000 € juste pour se laisser soulever.

— Là, on atteint le summum de la pépite ! ricana-t-elle, galvanisée par la perspective de faire le plein d'essence *et* de s'offrir une couverture chauffante programmable.

Vendredi 22 octobre
Solde initial : 427€
Dépenses : 102 € (vêtements) + 267 € (billet d'avion) + 6,20 € (courses)

Mary attrapa les douceurs au chocolat de Stella en se souvenant qu'elle avait également dépensé son unique billet de 50 € pour une œuvre caritative. Mais elle décida de ne pas modifier ses comptes afin de garder son moral au beau fixe et s'enfila trois chocolats d'un coup.

Un bruit de voiture la tira de ses réflexions : ce devait être son voisin. Intriguée, elle courut se poster devant la fenêtre du salon et vit le beau vétérinaire sortir de son gros 4 × 4, claquer la portière, puis entrer chez lui. Était-ce le moment d'aller se présenter ? Elle hésita. Il avait l'air pressé. Et pas forcément de bonne humeur.

Finalement, elle remit deux bûches dans la cheminée et s'installa sur le canapé avec son agenda pour terminer ses comptes, anticipant avec joie son futur gain.

Gains : 6,45€ (recyclage) + 2000 € (concours pépite !)
Solde : 2058,25€ !

Nouveau bruit de porte. Mary attrapa les jumelles pour regarder son voisin Kustaa sortir de chez lui par la porte de service. Et là, elle dût reconnaître que le gars était vraiment bizarre. En entrant, il avait les cheveux courts et châtains et maintenant, ils étaient longs et blonds.

Promis, je n'ai encore rien bu !

Ce type ressemblait à tout sauf à l'idée qu'on pouvait se faire d'un vétérinaire. La curiosité de Mary ne fit que s'accroître. Elle s'approcha pour mieux voir et ses jumelles touchèrent la vitre dans un bruit sec. Kustaa se retourna.

Malédiction !

Elle plongea aussitôt en direction du sol. Est-ce qu'il l'avait vue ?

Quand elle entendit la voiture démarrer, elle osa enfin se relever. Elle se redressa tout doucement, sentant ses joues chauffer sous le coup de l'émotion, et resta cachée encore quelques secondes derrière les rideaux, au cas où son voisin serait toujours là.

Mais à l'exception d'Otso, en train de se soulager dans l'herbe pour la troisième fois de la soirée, il n'y avait plus personne à l'horizon.

Je suis morte de honte mille fois depuis que j'ai mis les pieds en Finlande. Mais au moins, ça me tient chaud.

14

« C'était long, c'était dur, mais nous y sommes arrivés. »

Proverbe finlandais

DEPUIS toujours, le dimanche était la journée où Mary aimait se la couler douce, mais ce jour-là, exit les grasses matinées, séries Netflix, bain et masques en tout genre, elle avait une mission spéciale : participer au concours de Porter de femme qui se tenait chaque année à Saärla et empocher les 2 000 € qu'Elias lui avait promis. Une somme folle et complètement disproportionnée par rapport à l'effort demandé, mais concernant les Finlandais, elle n'était plus à une bizarrerie près.

Mary et Elias se tenaient donc derrière la ligne de départ aux côtés de dizaines de couples en train de s'échauffer.

— Un casque ? Non, pas besoin, gloussa Mary. Tu ne vas quand même pas me laisser tomber ! Encore moins sur la tête ! Combien de temps tu dois tenir ? En tout cas, c'est très excitant, ça ressemble aux poteaux de Koh Lanta !

— Mets-le, c'est obligatoire. Ma grand-mère ne t'a rien dit à propos de l'épreuve ? demanda Elias.

— Elle m'a juste expliqué que le championnat était très important pour toi, que tu t'entraînais depuis des mois et que c'était la raison pour laquelle tu étais prêt à payer autant. C'est mot pour mot ce qu'elle a dit. Ça ne va pas ? Tu as l'air bizarre ?

— C'est juste que j'avais espéré que tu t'y connaîtrais un peu plus. Il ne s'agit pas de te *soulever* le plus longtemps possible. Je n'ai pas beaucoup de temps pour te former et…

— T'inquiète, le coupa-t-elle, j'apprends vite.

Il en fait une tronche ! Ce n'est quand même pas si compliqué de se laisser porter !

Sans prévenir, Elias la souleva et la balança sur son épaule. À présent, casquée, en mini-brassière verte et mini-short assorti, portée comme un vulgaire sac à patates, la tête en bas et les cuisses crochetées contre la poitrine de son partenaire, Mary n'en menait pas large. Et la première idée qui lui vint à l'esprit était : « Pourquoi ne me suis-je pas épilée les mollets ? » Elle ignorait totalement qu'elle se retrouverait en sous-vêtements en plein mois d'octobre. Mais curieusement, elle avait chaud.

Et puis, une seconde idée se mit à tourner en boucle tel un pic-vert coincé à l'intérieur de son cerveau, qui en frapperaient les bords à coups redoublés : pourquoi n'existait-il pas de vaccin contre les flatulences ?

Mary s'apprêtait à vivre un enfer, elle comprenait mieux pourquoi Mme Anttila lui avait parlé de ce concours. Un point pour la vieille bique, rumina-t-elle en la voyant dans le public, près de la ligne de départ, un large sourire aux lèvres.

Si j'en ressors vivante, elle aura affaire à moi.

Un coup de feu donna le départ. Mary hurla.

Et son cri redoubla d'intensité lors du premier saut d'obstacle : Elias allait la tuer !

— Ne me lâche pas ! Ne me lâche jamais, tu entends ! hurla-t-elle avec une voix dont elle ne reconnaissait pas le timbre.

Cette fois, c'était sûr, elle était possédée par Chucky.

— Mais non ! souffla-t-il sous l'effort. Serre les cuisses et t'inquiète, je t'ai bien en main.

Alors que la tête de Mary rebondissait en cadence contre le bas du dos raidi de son partenaire, elle se demanda si elle allait aussi y laisser ses dents.

— Agrippe-toi bien à ma taille et mets ta tête de profil ! lui conseilla-t-il. Je me prends des coups de menton et c'est pas cool !

— Mais pourquoi ma tête ne peut-elle être du côté de ton ventre, ce serait plus mou, articula péniblement Mary.

— Jamais personne n'a voulu, la position est trop… ambiguë !

— Tu oublies cette idée ! s'écria-t-elle, réalisant soudain sa bourde.

Mary avisa les prochains obstacles et ferma les yeux, priant pour que son estomac ne lui sorte pas par les trous de nez. Une minute s'écoula. La pire de toute sa vie.

— Bon, on a passé les sauts, lança Elias, de plus en plus essoufflé.

— Quoi ? fit-elle, en rouvrant les yeux.

— On est dans les temps. *Hyvin tehty !* Ça veut dire bravo. On forme une belle équipe ! Je suis très fier de toi, tu as un réel potentiel. Même si ta voix est devenue très bizarre et me fait carrément flipper. Sans parler de tes idées de génie pour faire évoluer la position de nos partenaires féminines ! se moqua-t-il.

À cet instant précis, alors qu'il s'évertuait à slalomer entre des piquets rouges et bleus, Mary sut quel serait son plus gros regret, une fois allongée sur son lit de mort. Pourquoi n'avait-elle pas écouté Elias et ses recommandations sur la nécessité de jeûner avant la compétition ? Dire qu'elle avait des haut-le-cœur était un euphémisme. Elle serrait les dents de toutes ses forces, persuadée que le contenu de ses intestins – des betteraves – allait jaillir sur le public au prochain virage.

— On va bientôt se retrouver dans un trou rempli de boue, cria Elias. Je te préviens, c'est la partie désagréable et, malheureusement, le rythme va beaucoup ralentir. Mais promis, j'essaie de ne pas te faire tomber dans toute cette mélasse !

Non, mais je rêve ! Sortez-moi de là !

Alors que tous les couples autour d'eux glissaient et chutaient, les femmes se retrouvant à quatre pattes dans la fosse, le visage couvert de glaise, Elias parvint à traverser avec grâce en un temps record, sans lâcher sa partenaire horrifiée par la scène qui se déroulait sous ses yeux. Un exploit qui les propulsa directement dans le Top 3.

— Attention Mary, l'épreuve finale !

Ma parole, il s'éclate. Comment peut-il prendre autant de plaisir à courir avec soixante kilos sur le dos ?

— Retiens ta respiration, OK ? Prête ?! Youhououou !!!

Ils plongèrent dans un lac. Mary crut mourir. Et aussi stupéfiant que cela puisse paraître, alors qu'elle se débattait de toutes ses forces pour remonter à la surface et prendre une précieuse gorgée d'air, Elias ne la lâcha pas. Jamais. Durant tout le temps passé sous l'eau, la tête en bas, il la garda bien accrochée contre son buste.

Au bout d'une minute, quasiment asphyxiée, Mary vit défiler toute son existence.

Ce fut bref. Quelques souvenirs d'enfance, ses premiers dessins, son diplôme, sa vie de fêtarde, et puis… des dents énormes. Celles d'Otso, peut-être.

Jusqu'à ce qu'elle reçoive une grande baffe dans la tête.

— Elle revient à elle ! s'exclama Elias.

HOURRA ! cria la foule en délire.

— C'est fini, Mary, on a gagné !!! *Hyvin tehty !*

*

De retour chez elle, Mary se fit couler un bain pour détendre son corps et tenter de se réchauffer. Sa voix était enfin redevenue normale – Chucky avait dû se noyer dans le lac –, mais pas elle : impossible de contrôler ses tremblements tant elle grelottait. Le plus dur fut de se déplacer avec ses muscles tétanisés, lorsque son portable sonna.

— Sybile, je suis tellement heureuse de t'entendre ! Tu n'imagines même pas ce que je viens de vivre, dit-elle, en se glissant dans l'eau brûlante. Le grand huit de notre enfance, à côté, c'est de la rigolade !

Et elle lui raconta toute l'histoire.

— Ils m'ont même prise en photo pour leur journal local. Je ne pouvais plus bouger mes membres, j'avais l'air d'une méduse verte échouée sur le sable. Mais le pire, c'est cette sensation de n'avoir rien fait de bien de ma vie. Une fois le film terminé, j'ai eu envie de m'écrier : c'est tout ? Mon enfance, mon diplôme et puis… le néant, jusqu'à Otso. Qu'est-ce que ça signifie ?

— Qu'Otso est l'homme de ta vie ? hasarda Sybile, écroulée de rire.

— C'est un renne !

— Les desseins de la nature sont impénétrables ! Plaisanterie à part, je ne suis pas la plus qualifiée pour te répondre, j'ai un doctorat en physique, tu connais mon côté cartésien. Peut-être que tu ne te souviens pas de tout ce que tu as vécu ? Il faudrait pouvoir demander le replay à Dieu ! se moqua-t-elle à nouveau. Là, je pourrai vraiment te donner mon avis.

— En tout cas, j'ai gagné beaucoup d'argent, c'est le point positif. Je vais pouvoir acheter de l'essence et une couverture chauffante.

Un silence embarrassé.

— Je vois, dit Sybile. Bon courage alors. Je suis sûre que tu vas t'en sortir. Ne te laisse pas aller. Et j'ai trop hâte que tu reviennes !

— Oui, moi aussi, soupira Mary. Il faut que je raccroche, mon bain est gelé.

Et c'est bientôt l'heure de mon activité favorite !

Depuis qu'elle avait vu son voisin sortir en douce avec un grand sac noir et des cheveux longs, Mary vivait quasiment le nez collé à la fenêtre de son salon lorsqu'elle était à la maison. Oh, ce n'était pas tout à fait « en douce » puisqu'il vivait seul, mais c'était ainsi qu'elle se plaisait à l'imaginer. Kustaa, le beau vétérinaire de la ville, l'homme généreux à la carrure de Viking : que dire d'un type qu'elle avait vu s'évader avec une perruque blonde ? Cet homme avait un sacré problème. Elle se voyait mal l'inviter à dîner pour faire connaissance, imaginant qu'il se rendait plutôt à des soirées de transsexuels et qu'ils auraient peu de choses en commun. Mais peu importait, c'était amusant de l'espionner, il avait piqué sa curiosité et elle ne voulait pas le louper s'il ressortait un jour, attifé de la sorte.

Alors qu'elle se préparait un plateau-repas en vitesse, pressée de retrouver son poste d'observation, elle reçut un appel de Jason.

— Salut, Jase ! Comment vas-tu ? Toujours autant de travail ?

— Ça va un peu mieux. Les programmes se mettent en place petit à petit. Encore quelques bugs à régler et tout sera opérationnel. Je pourrais enfin souffler. Et toi ?

— C'est la misère !

— Tant que ça ?

— Oui. J'ai perdu tout mon argent, enfin, le peu qu'il en restait, dans le billet d'avion, en voulant fuir. Cette fois, je suis bel et bien bloquée dans ce pays. Il faut que je retape le salon de thé de ma grand-mère, tout en trouvant du travail si je veux manger et payer les factures. Du coup, j'ai décidé de jeter un œil aux petites annonces.

Elle soupira en songeant au stress que cela représentait.

— J'espère que tu trouveras rapidement, compatit Jason.

— Ceci dit, j'ai un perroquet et un renne ! Je pourrais aussi les vendre.

— Allison m'en a parlé. Et si tu mettais leurs profils sur les réseaux sociaux ? Ce serait une manière rapide de les faire connaître et de toucher des acheteurs potentiels.

— Alors là, vas-y, je te donne carte blanche ! C'est toi le spécialiste, après tout, plaisanta-t-elle. Et sinon, tu as des nouvelles d'Allison ?

— Oui. Elle a tourné dans une nouvelle pub pour du parfum, seulement elle n'a jamais voulu prononcer la réplique telle qu'elle était écrite. Du coup, elle s'est fait virer du tournage et va devoir payer des indemnités.

Mary ne put s'empêcher de rire devant le tempérament indomptable de son amie.

— Sacrée Alli. Quel caractère ! Mais alors, elle aura peut-être le temps de venir me voir !

— C'est possible, je n'en sais rien. Que fais-tu de tes soirées ? Ce n'est pas trop long ?

— Oh, si ! Je m'ennuie comme une mite au Salon du nylon. D'autant plus que je ne dors pas beaucoup, les nuits sont donc très longues. Mais ça me laisse le temps de réfléchir.

— À quoi ?

— Je me demande comment arriver à trier les affaires de Stella, tu n'imagines même pas le nombre de trucs accumulés dans son commerce ! J'ai du mal à jeter. J'hésite tellement que tous les objets se retrouvent dans le carton à garder.

— Essaie quand même de te décider plus vite, si tu ne veux pas y passer les dix prochaines années. Moi, je prends toujours mes décisions entre soixante secondes pour les plus faciles, et dix minutes pour les plus complexes. Mais jamais plus. Il m'arrive même de tirer à pile ou face quand ça se corse, et tu sais quoi ? Ça n'a jamais été pire que si j'avais pesé le pour et le contre pendant des semaines. Au contraire : retarder une décision n'a que des conséquences négatives. L'idée, c'est de consacrer la majeure partie de ton temps à l'action.

— Comment pourrais-je agir alors que je ne sais pas ce que je veux ?

— Le problème, c'est que tu as toujours suivi une voie toute tracée, c'est normal que tu sois perdue ! Et c'est ce que ton père voulait te faire ressentir.

— Oh ! Jase, comment fais-tu pour y voir si clair ? Je n'avais jamais envisagé cela ainsi.

— Eh bien, tu devrais. À mon avis, ton père n'a pas tout à fait tort.

— Tu penses que je suis pourrie gâtée ?

— Mais non, seulement tu vis dans un cocon. Tes parents t'ont offert ton appartement, tu n'as pas de loyer et tu peux dépenser ton salaire à ta guise. Alors aujourd'hui, c'est le moment de te poser la seule et unique question : la vraie Mary, celle qui adore faire la fête et voir ses amis, qu'est-ce qu'elle attend vraiment de sa vie ?

— Tu as raison, soupira-t-elle. Je me suis comportée comme une ado, jusque-là.

— Tu n'es pas la seule ! On devrait nous filer une année de RSA, après le lycée, pour qu'on puisse y réfléchir.

— Le RSA ? Comme en France ?

— Non, une Retraite Spéciale Avenir. Des tas de gens se trompent de voie simplement parce qu'ils n'ont pas assez pris de temps pour se demander ce qu'ils voulaient faire de leur vie.

— On fait des études, et puis on se rend compte qu'elles n'étaient pas pour nous.

— Exactement ! C'est comme gravir une échelle et s'apercevoir, à la fin, qu'elle n'est pas posée sur le bon mur. Il manque des moments de réflexion dans nos parcours.

— C'est juste. Mais du coup, je me sens encore plus au fond du trou. J'aime l'architecture d'intérieur, mais parfois, j'ai l'impression qu'il me manque quelque chose, le contact avec les gens au quotidien peut-être, un peu plus de créativité… je ne sais pas. L'idée de m'être peut-être trompée de voie, ça me fout les jetons.

— Tu sais, l'échec n'est pas le contraire de la réussite, c'en est plutôt un ingrédient essentiel. Élimine ce qui ne va pas et tu trouveras ton idéal. Quand tu auras réussi, plus personne ne se souviendra de ce que tu as raté. L'échec est juste une manière d'acquérir de l'expérience, rien d'autre.

À ce moment, Mary aperçut Kustaa sortir de chez lui. Elle prit un bonbon au chocolat et l'enfourna tout entier.

— Je change complètement de sujet, mais j'ai un voisin plutôt louche. L'autre soir, il portait une perruque. Je crois qu'il se déguise en femme ! Il portait aussi un gros sac noir.

— Fais gaffe à ce genre de mec, Mary, l'avertit Jason, d'un ton solennel.

— Il doit être homo, ça expliquerait qu'il se travestisse.

— Et si c'était plutôt un psychopathe qui utilise cette ruse pour approcher les femmes ? Il a peut-être des tas d'outils pour les découper dans son grand sac !

Elle manqua s'étouffer d'effroi avec son chocolat. Elle n'avait pas pensé à ça !

— Oh, mon Dieu ! Je viens de le voir passer et je n'ai pas fermé ma porte à clé. Il est là ! Il arrive !

— Mary, ne raccroche surtout pas !

Elle posa le téléphone sur la table basse, son cœur tambourinant dans sa poitrine. Pourquoi n'avait-elle pas imaginé le pire, comme elle le faisait d'habitude ? Où était passé son cerveau reptilien censé la protéger ?

Elle sortit sans bruit par-derrière et attrapa la pelle qui lui avait permis d'assommer le policier. Elle avait vu Kustaa se diriger vers son entrée, elle se positionna donc sur le côté de la maison, immobile, le souffle court, tous les sens en alerte. Que devait-elle faire ? Lui fendre le crâne avec sa pelle ? Il faisait si noir, elle ne distinguait rien. Et elle avait déjà amoché le policier, elle risquait la perpétuité si elle recommençait.

Tant pis : à trois, je fonce !

1… 2…

— *Hei !* Bonsoir.

Il était là, juste devant elle. Elle avança prudemment, sa large pelle à la main.

— Vous accueillez toujours vos visiteurs comme ça ? demanda-t-il, sans qu'elle puisse distinguer son visage.

— Seulement quand ils me font peur, grimaça-t-elle en reposant la pelle au sol, sans la lâcher pour autant. D'autant qu'il est rare d'avoir de la visite ici. Que me vaut le… plaisir de la vôtre ?

— Puisque nous sommes voisins, je me suis dit : autant faire connaissance. Vous m'invitez à entrer, il fait plutôt froid, dehors.

Et il pénétra dans la maison sans attendre sa réponse.

Zut ! Crotte ! Noooon !

Elle laissa tomber la pelle et le suivit jusqu'au salon où il put observer les jumelles posées sur le canapé, le plaid étendu comme une tenue de camouflage et le carnet de notes.

Merde, merde, merde !

Et puis, sur la table basse, le verre plein de bourbon, la bouteille bien entamée à côté, les chips et les nombreux emballages des douceurs de Stella.

Je jure que c'est une autre fille que moi qui vit ici, Votre Honneur !

— Je suis venu vous apporter des gélules pour Otso, finit par dire Kustaa, manifestement en train de jauger la scène. Wilma m'a dit qu'il n'allait pas très bien.

Si farcir la pelouse de crottes liquides était un symptôme, alors oui, elle pouvait dire que le renne était barbouillé. Kustaa posa les gélules sur la table et se retourna. Pour la première fois, elle vit son visage de près, à la lumière. Et sans perruque.

Oh my god!

Cet homme était un mélange de Cary Grant et de Jude Law. Elle eut aussitôt envie de le séquestrer, comme dans *Misery*.

Si je lui pète les deux jambes, je pourrais le garder rien que pour moi !

Il était magnifique. Comment pouvait-on être beau à ce point ? Mais soudain, l'image de la perruque lui revint et toutes ses pensées libidineuses s'effondrèrent. Travesti ou tueur en série ? Quel gâchis ! Ses magnifiques yeux marron la fixaient et elle se demanda s'il pouvait entendre ses pensées comme Mel Gibson dans *Ce que veulent les femmes*.

Soudain, une voix légèrement cryptée en provenance de son téléphone, sur la table basse, se fit entendre : « Mary, tu vas bien ? Mary, réponds ! Je suis mort de trouille ! Mary, fais gaffe au travelo ! Il est peut-être dangereux… Tu veux que j'appelle la police ? »

Tétanisée, elle ne bougea pas. Elle crut même que sa respiration s'était figée, cristallisée au-dessus de leurs têtes. Comment trouver une repartie convenable, une porte de sortie ?

Son voisin serra les mâchoires et la fusilla du regard.

— Je vais y aller, lança-t-il d'une voix si rauque que Mary la sentit vibrer le long de sa colonne vertébrale telle une corde de contrebasse.

Non ! Pitié !

Elle eut envie de crier mais se retint pour ne pas aggraver son cas.

Reste !

Elle n'avait jamais vu un homme aussi séduisant et il avait tenu trois minutes avec elle.

Mary entendit claquer la porte d'entrée et vit son beau voisin traverser le jardin d'un pas vif, jusqu'à sa propre maison.

Reviens ! Je t'aime. Même en travelo.

15

« Si la vie t'offre un être inattendu, qui rend ton monde merveilleux, n'essaie pas d'en connaître la date de péremption, elle te sera révélée en temps voulu. Profite de ce qui t'a été donné, avec authenticité et infinité. »

Joëlle Laurencin

Impossible pour Mary de s'endormir après cette rencontre désastreuse. Elle se rejoua la scène mille fois dans sa tête pour tenter de se rassurer. Kustaa avait peut-être une vision complètement différente de la situation ? Après tout, il était possible qu'il en fasse une tout autre lecture, même s'il avait paru assez contrarié :

Petit 1 : je jardine dehors avec ma pelle quand il arrive. Je suis un peu surprise alors, normal, je me cache derrière la maison.

Petit 2 : il entre chez moi et trouve les jumelles. J'ai bien le droit de regarder la faune, non ? Oui, parfait, jusque-là, tout colle.

Petit 3 : Et pour l'alcool… j'ai reçu des amis, je n'ai pas eu le temps de tout débarrasser depuis leur départ. Il n'est pas censé savoir que je ne connais personne ici.

Mary se dit qu'elle se faisait sans doute du souci pour rien. Elle irait voir Kustaa le lendemain et lui donnerait la preuve qu'elle était une fille équilibrée. Intelligente. Et surtout : normale. Il ne lui manquait plus qu'une explication pour Jason qui avait hurlé le mot « travelo » au téléphone.

Mary en était là de ses réflexions quand elle s'endormit profondément.

Beaucoup plus tard – était-ce déjà le lendemain ? –, elle sauta du canapé en songeant qu'il n'y avait plus une minute à perdre pour repartir sur de bonnes bases avec son voisin. Elle se doucha et se lissa les cheveux autant qu'elle le put. Elle enfila une tenue normale – à elle, pas à Stella –, tant pis si elle avait froid, et elle se rendit dans le cellier. Rien de tel que d'offrir les fameux chocolats dont tout le monde raffolait pour se faire pardonner. Avec ça, elle allait marquer des points, c'était certain.

Une fois devant la porte de son voisin, Mary songea qu'elle n'avait même pas préparé sa défense. Qu'allait-elle lui raconter pour se disculper ?

Kustaa mit du temps à venir. Cela laissa quelques minutes à Mary pour y réfléchir. Elle sonna une seconde fois et enfin la porte s'ouvrit, dévoilant un Kustaa vêtu d'un simple caleçon.

Déstabilisée, Mary en perdit ses excuses.

— Oh, désolée, vous étiez en plein essayage… *Habillage* ! rectifia-t-elle aussitôt. Je tombe mal !

Mince. Enchaîne Mary, enchaîne !

— Je suis venue vous apporter les bonbons de Stella, ils sont délicieux. Et rares ! ajouta-t-elle pour le dérider. Vous les connaissez ?

— Oui, mais, qu'est-ce qui se passe ? Ça ne pouvait pas attendre ?

— Eh bien, hier soir, vous aviez l'air contrarié, et je ne voulais pas que vous vous fassiez des idées à mon sujet.

— Il est à peine 6 heures, bougonna-t-il.

— *Ah ?* Pas plus ?

Elle sentit ses joues chauffer et lui tendit piteusement l'un des sachets, tout en se maudissant de ne pas avoir regardé l'heure. Mais comment se repérer, dans ce pays où il fait tout le temps nuit !

— Merci, dit-il, en se passant une main sur le visage pour se réveiller. Je ne vous invite pas à entrer, … ?

— Mary.

— Oui, Mary, vous êtes une lève-tôt, c'est ça ? Contrairement à vous, je ne suis pas du matin. J'aimerais aller me recoucher si vous permettez.

— Bien sûr, oui, allez-y. Je voulais juste vous dire que j'étais désolée pour hier soir, cette histoire de travelo, c'était une vieille blague entre mon ami et moi. Ça n'avait rien à voir avec vous.

Pas de réponse. Était-il mal à l'aise ?

— Ça ne me dérange pas en tout cas ! s'empressa-t-elle de clarifier. On pourrait même être copines, s'échanger des trucs et toutes ces choses que font les femmes, vous voyez ? Enfin, c'est quand même dommage avec un physique comme le vôtre.

Kustaa fronça les sourcils.

— J'ai du mal à vous suivre, soupira-t-il, mais comme je vous le disais, il est encore tôt.

Elle lui tendit encore deux sachets, soucieuse qu'il puisse goûter toutes les sortes.

— Vous êtes donc de la famille de Stella ? se força-t-il à demander, en remerciant d'un hochement de tête.

— Je suis sa petite-fille. J'ai hérité de la maison, alors je vais habiter ici quelque temps.

— Changement de vie ?

— Oui, on peut dire ça. J'étais à un tournant dans ma carrière et je me suis dit que je pourrais m'installer dans votre charmant pays, rouvrir le salon de thé de Stella, proposer des pâtisseries anglaises, refaire ma vie et…

— Ce n'est pas que je me les gèle, la coupa-t-il en grimaçant.

Mary scruta le caleçon de son voisin et piqua un fard.

Punaise, mais mes yeux sont incapables de se contenir ! Couchés !

Il esquissa un léger sourire pour la première fois.

— Je vous laisse, dit-elle. Excusez-moi encore.

Cette fois, le regard de Mary s'attarda sur les jambes musclées de Kustaa. Elle recula, déçue de ne pas pouvoir bavarder plus longtemps.

— Il faudrait mettre des collants, lui suggéra-t-elle. Si vous voulez, je pourrais vous en prêter, Stella en avait plein. Des neufs, évidemment ! Ne vous inquiétez pas.

Au vu des mâchoires crispées de son voisin, Mary se dit qu'il était temps de s'arrêter là. Elle recula encore sans le quitter des yeux, fit volte-face, puis, réalisant soudain à quel point la situation était loin de s'être améliorée, elle accéléra, glissa et tomba pile entre leurs deux maisons.

Bien joué, Mary, se dit-elle en sentant ses mains s'enfoncer dans une matière molle tandis que Kustaa la fixait toujours, l'air intrigué.

C'est un désastre !

Elle lui sourit alors de toutes ses dents et agita la main le plus naturellement possible pour lui signifier que tout allait bien.

Sa main pleine de merde.

Merci Otso.

16

*« Garde-toi, dans la vie, de rien différer :
que ta vie soit l'action, encore l'action ! »*

Johann Wolfgang von Goethe

Après cette rencontre en demi-teinte et s'être lavé les mains, Mary décida qu'il était temps de trouver un travail alimentaire, de rénover ce foutu salon de thé, de dégoter les premiers clients et de se tirer fissa.

Grâce à la première annonce potable repérée dans le journal du matin et ayant un certain feeling avec les enfants, elle s'apprêtait à postuler en tant que gouvernante chez les Virtanen. Encore eux ! Il ne lui manquait plus que la tenue adéquate, qu'elle trouva dans la penderie pleine à craquer de Stella : tailleur bleu marine et foulard blanc.

— Parfaite ! lança-t-elle, en jetant un dernier coup d'œil devant la glace. Souhaite-moi bonne chance, Paavli !

— Merrrrde ! Va chier !

Elle enfila son vison sans relever la grossièreté. Ce perroquet va devenir invendable à mon contact ! se dit-elle en se rendant à l'adresse indiquée où une longue file d'attente s'était déjà formée devant la porte. Mary avait pourtant trente minutes d'avance.

Elle eut beau penser à tout l'argent qu'elle pourrait investir dans les travaux si elle obtenait le poste, au bout d'une heure debout dans le froid, sa motivation se dégonfla aussi vite qu'un soufflé au fromage et elle décida d'abandonner. Elle n'avait pas de qualifications et n'aurait aucune chance face à des femmes dont ce devait être réellement le métier. Et puis, même avec les gants, elle avait les mains gelées.

Mary capitula et se dirigea vers la petite cabane à marrons au coin de la rue. De quoi se réchauffer après cette heure d'attente abominable. Il était presque l'heure de déjeuner, mais elle n'avait pas faim. Elle opta pour un vin chaud en guise d'apéritif. Puis deux. Puis trois. Les gobelets étaient minuscules, mais de délicieux arômes d'épices, d'orange et de cannelle s'en échappaient. Cela la réchauffa et lui fit un bien fou.

Elle s'assit sur le trottoir pour se reposer un peu, fouilla dans son sac, se gratta la cheville et, alors qu'elle commençait à se sentir plutôt bien, une pièce de monnaie atterrit près d'elle. Elle releva subitement la tête, la femme qui venait de lui jeter une pièce s'éloignait déjà. Mary se dit qu'elle avait vraiment touché le fond !

— Elle n'a plus d'argent, la dame, maman ? demanda un petit garçon d'environ cinq ans. On peut lui donner une pièce, nous aussi ?

— Je ne sais pas..., répondit la mère, déconcertée. Est-ce que tout va bien pour vous, madame ?

Mary piqua un fard et se releva aussitôt. Elle hésitait entre éclater en sanglots et sauter au cou de l'inconnue pour qu'elle l'adopte. Elle avait les plus beaux cheveux du monde et son fils était trop mignon.

— J'ai juste voulu me reposer un peu, fit-elle, en secouant la tête. Comme c'est gênant, cette femme m'a prise pour une

SDF ! Peut-être à cause de mes vêtements. J'ai dû les emprunter à ma grand-mère, je n'ai rien emporté d'assez chaud en quittant Londres.

— Vous arrivez de Londres ? Moi aussi ! s'exclama la mère en souriant. Je m'appelle Hanna et voilà Malcom, mon fils.

Et elle lui tendit la main. Mary la serra comme si c'était la dernière au monde, puis, peut-être à cause du froid, du désespoir ou du vin chaud, elle se mit à raconter toute sa vie. Comment ses parents l'avaient mise dehors pour qu'elle comprenne par où ils en étaient passés eux-mêmes. Les six mois pour faire ses preuves, six mois loin de ses amis, de sa famille.

— Non, déclara-t-elle solennellement, je n'aime plus mes parents. Non, je ne veux plus leur parler. C'est cruel. Si soudain. Comment faire pour ne pas leur en vouloir ? C'est vrai, je ne me suis jamais assumée, j'ai toujours été protégée par mon entourage. Conclusion : j'ai peur dès que je me retrouve seule. Peur dès que le silence règne et ici, croyez-moi, il gouverne ! En maître !

Hanna hocha la tête poliment pendant que Mary reprenait son souffle. Elles semblaient partager une aversion commune pour le silence, ce qui lui parût être un bon point. Elle lui expliqua ensuite que parfois, elle craignait que la peur lui fasse commettre le pire. Allait-elle, traumatisée par la solitude, assassiner Wilma, sa voisine ? Elle vivait jusque-là tranquillement chez elle, à Londres, et il avait fallu que ses parents la mettent à l'épreuve, tout ça pour donner l'entreprise à Miles sans oser le lui avouer en face. Voilà ce qu'elle dirait en cours d'assise !

— Oh, excusez-moi de vous déballer ma vie comme ça, je ne sais pas ce qui m'a pris, bégaya-t-elle en rougissant. Il faut juste que je dorme un peu. Je n'ai toujours pas récupéré du décalage horaire.

— Mais vous n'êtes pas arrivée depuis deux semaines, déjà ?

— Si, mais… Oh, la vérité c'est que la vie à la campagne est terrible !

— Vous vous sentez seule ?

— Tellement ! chuchota Mary, prête à pleurer.

Hanna rit et lui proposa qu'elles se tutoient et qu'elles aillent boire un verre ensemble, au chaud, afin qu'elle retrouve son calme.

Mais je suis si calme, pourtant !

Mary accepta, cela lui faisait du bien de parler à quelqu'un d'autre qu'à Otso et elle n'avait pas envie que la rencontre prenne fin.

Une fois assise à l'intérieur du café, la chaleur fut si brutale après l'heure passée dans la rue que ses joues se mirent à la brûler. Elle commanda un thé froid et hésita à se passer les glaçons sur le visage lorsque le serveur apporta leurs boissons, mais elle craignait d'effrayer sa nouvelle amie.

— J'ai essayé de postuler comme gouvernante chez la famille Virtanen, mais il y avait la queue jusque dans la rue !

Hanna sourit.

— Tout le monde veut travailler pour eux. Tu n'as aucune chance si tu n'as pas une liste de qualifications longue comme le bras. À moins que tu ne sois recommandée par la reine d'Angleterre ?

— Pas vraiment, soupira Mary, déconfite.

— Alors, c'est mort.

Mary lui demanda ce qu'elle faisait dans la vie. Hanna lui expliqua qu'elle tenait le magasin de jouets au bout de la rue et que ça avait toujours été son rêve, même si ses finances n'étaient pas vraiment au beau fixe et qu'elle n'avait pas prévu de le tenir toute seule. Malcom les écoutait d'une oreille distraite en soufflant sur son chocolat chaud.

— Tu as de la chance d'avoir un job auquel tu tiens, répliqua Mary, sans poser plus de questions à sa nouvelle amie. Moi je viens de me rendre compte que je n'étais pas sûre d'avoir choisi la bonne voie.

C'était la première fois que Mary osait se l'avouer. Ce devait être la pression de ces derniers jours qui retombait. Et peut-être aussi l'effet vin chaud à répétition.

— Je sais que j'adore tout ce qui touche à la décoration et que je vais hériter de l'entreprise de mon père, un cabinet d'architecture d'intérieur. Mais est-ce vraiment ce que je veux ? Si ça n'avait pas été aussi facile, est-ce que c'est ce que j'aurais choisi ?

— Je comprends, répondit Hanna, après avoir avalé une gorgée. C'est plus simple pour toi de rester dans ta zone de confort. C'est une route connue, agréable à suivre. Mais les trésors sont rarement sur ce chemin. Ils sont plutôt enfouis là où il y a des tas d'obstacles. C'est sous les embûches que se trouve le bonheur.

C'est bien beau, mais de quels genres de trésors parle-t-elle ?

— Je ne sais même pas ce que je voudrais ou pourrais faire d'autre.

— Eh bien, c'est le problème de la plupart des gens, soupira Hanna. C'est pour ça que tu stagnes : tant que tu ne sais pas précisément ce que tu désires, tu restes sur le même chemin. Un jour, tu sauras. Et ce jour-là, tu seras capable de soulever des montagnes, ton père n'aura plus besoin de te mettre au défi. Tu te lèveras avec plaisir le matin et tu détesteras tes soirées ou tes week-ends parce que la seule chose que tu voudras faire c'est revenir à ton travail.

Ça existe ? Pour l'instant, les week-ends et les soirées sont la base de ma vie. L'unique source de bonheur. Comment pourrais-je renoncer à tout ça ?

— Il faut d'abord que je trouve le moyen de gagner de l'argent, ce que j'ai ne sera pas éternel et n'est pas suffisant.

Hanna réfléchit, les deux mains sur sa tasse.

— Est-ce que tu sais cuisiner ?

— Oui, j'aime bien. Les gâteaux, en particulier.

— Il va y avoir un concours de cuisine dans quelques jours, c'est le maire qui l'organise. Il adore ça, les concours. Il en crée des tas ! Le budget de la commune y passe en partie, il y aura sûrement une jolie somme à gagner. En général, ça peut aller jusqu'à 1 500 €.

— Ça vaut le coup d'essayer !

Cumulés à ce que j'ai déjà gagné, je pourrai me nourrir et financer le matériel nécessaire aux travaux dans le salon.

— Bien, il faut que je parte, dit Hanna, en nouant son écharpe. J'ai promis à ce petit monstre d'aller au cinéma et c'est bientôt l'heure de la séance. Et puis le maire vient vers nous, je te laisse !

Elle se hâta d'enfiler son manteau, l'air soudain très pressée. Elle lui adressa un clin d'œil et tourna les talons, s'éloignant presque en courant. Mary rassembla alors ses affaires et se dirigea à son tour vers la sortie quand ledit maire l'interpella.

— Tiens… Voilà notre nouvelle habitante ! Martine, c'est ça ?

— Mary, pas Martine, le corrigea-t-elle.

Il grimaça et commanda deux vins chauds. Devait-elle lui préciser qu'elle en avait déjà bu trois ?

— Alors, fit-il en se tournant vers elle, lui tendant un verre, vous vous plaisez chez nous ?

— Disons que c'est un peu isolé.

Elle but une gorgée. Manqua se brûler les lèvres.

— Isolé ? Vous rigolez ! On a Saärla et juste à côté, une station de ski. Il y a tout ce qu'il faut. Que voulez-vous de plus ?

Des bars.

Du réseau.

Des boutiques.

Des fêtes.

Un homme.

L'image du Père Noël fit également irruption dans son esprit tandis que le maire saluait les hommes qui arrivaient. Elle but une nouvelle gorgée. C'était chaud, à la fois amer et sucré, cela lui fit beaucoup de bien. Tous ses muscles se détendirent et la réalité disparut petit à petit. Elle s'évaporait pour se mêler à l'odeur de vin et de cannelle. Mary oublia alors son vison trop lourd, son avenir tout pourri et sa nouvelle vie de merde.

— Alors, comment allez-vous faire pour reprendre le commerce de Stella ? demanda-t-il, en faisant signe au serveur de les resservir.

Elle commençait à comprendre pourquoi Hanna était partie en courant. Il lui tendit son deuxième vin chaud et l'interrogea du regard. Elle se dépêcha de vider son premier verre avant de répondre :

— Eh bien, je suis en train de tout ranger et nettoyer. Un bon coup de peinture ne serait pas du luxe. Mais en attendant de pouvoir ouvrir, je cherche du travail, en fait. Si vous entendez parler de quelque chose.

— Fallait le dire plus tôt ! Je pourrais vous caser chez Järvinen Sports. Je le note et on en reparle. Ah, tant que j'y pense, je ne vous ai pas vue sur la liste !

— Quelle liste ?

— Celle du prochain concours !

Il s'empressa de sortir une feuille de sa veste et un stylo.

— Alors, votre nom, c'est…

Il commença à noter : « Martine… »

— Mary ! Mary Banks.

Les joues de Mary chauffèrent autant que le mug dans ses mains.

— Bien. Nous vous attendrons après-demain au pub. À 20 heures.

— Il y a un pub ? releva-t-elle, soudain revigorée.

— Oui. À dix minutes. C'est l'endroit branché de la ville.

— Quelle ville ?

Pour un peu, elle reprendrait presque un vin chaud.

— L'endroit branché du coin, si vous préférez, dit-il avant de s'éloigner.

— OK, je viendrai ! cria-t-elle un peu trop fort à son intention.

Électrisée par la perspective de sortir et de rencontrer du monde, Mary réalisa qu'elle n'avait même pas eu la présence d'esprit de lui demander quel genre de plat il fallait préparer. Y avait-il un thème ? Elle reprit un énième vin chaud et se renseigna auprès du serveur. Il haussa les épaules et lui dit qu'il suffisait d'amener un plat qui serait numéroté et jugé par le maire et ses secrétaires. Mais que la voix du maire comptait triple.

— Un peu comme au Scrabble ! lança Mary, dans un grand éclat de rire.

Visiblement, le gars n'avait pas saisi le sens de sa blague.

— Comme au Scrabble ! Ha ! Ha ! insista-t-elle lourdement, persuadée qu'il ratait quelque chose. Vous voyez ! Non ? Mais si ! C'est… triple… la lettre… les points.

Incapable de s'exprimer clairement, elle paya sa dernière consommation et se rendit dans son salon de thé où elle travailla tout l'après-midi, motivée comme jamais.

Quand elle rentra, assez tard, elle fut surprise de trouver un paquet devant sa porte avec un mot : « Pour Mary ». Elle devina immédiatement que c'était de la part de son voisin. Voilà qui devenait intéressant ! Que pouvait-il contenir ? Des fleurs pour se faire pardonner ? Pas sûr, le paquet était plutôt grand.

Des lis ? Et on emballerait les fleurs, en Finlande, pour les protéger du froid ? Ça colle.

Arborant un sourire jusqu'aux oreilles, Mary se hâta de déchirer le papier aux motifs d'animaux et trouva une seconde petite carte, non pas sur des fleurs, mais sur un manche en plastique dont l'extrémité était dotée de mâchoires en métal noir.

Son sourire et ses espoirs s'effondrèrent aussitôt en lisant le mot :

Une pelle à crottes.
Il va falloir ramasser.

K.

17

« Il n'y a pas d'âge pour réapprendre à vivre. On dirait même qu'on ne fait que ça toute sa vie : repartir, recommencer, respirer à nouveau. Comme si on n'apprenait jamais rien sur l'existence, sauf parfois une caractéristique de soi-même, une endurance, une vaillance, une légèreté, quand ce n'est pas une impuissance, une lâcheté. »

Françoise Sagan

Solde initial : 2 058,25 €
Dépenses : plein d'essence : 80 €
Nouveau solde : 1 978,25 €

Le lendemain matin, grâce à la coquette somme gagnée lors du concours de Porter de femme, Mary put à nouveau se déplacer en camionnette. Elle eut la chance de trouver une place de parking près du salon, ce qui allait être pratique pour charger toutes les vieilleries qu'elle devait emmener à la déchetterie.

En refermant la porte de son local, Mary jeta discrètement un œil chez sa concurrente. Elle vit Martta et Raakel y entrer, mais fut ravie de voir qu'à part ces deux femmes, il n'y avait pas un chat. Elle se prépara un thé, un sourire aux lèvres, puis commença à inspecter les derniers cartons qu'elle devait trier quand son téléphone sonna.

Mary décrocha et cala son portable avec son épaule tout en continuant à sortir les objets un à un.

— Miles, qu'est-ce que tu veux ?

— Bonjour, Mary ! Tu n'as pas l'air de bonne humeur ? C'est ton environnement qui te tape sur le système ? Tu ne te fais pas à la campagne ?

— Comment es-tu au courant ?

— Je me suis occupé personnellement de tes billets. Ton père ne voulait pas que tu partes trop tôt, mais, tu me connais, j'ai insisté. Ah, et… le cadeau d'anniversaire était mon idée, histoire que tu profites une dernière fois de ta vie de princesse ! Et puis, le fait que tu arrives lors de leur Journée nationale de l'échec me paraissait tout à fait approprié, ricana-t-il.

— Tu ne perds rien pour attendre ! Dès que je rentre… je te vire. Prépare ton carton, rétorqua-t-elle, en renversant le contenu du sien par terre.

— Ha, ha ! Tu me vires ? Il faudrait encore que tu réussisses à sortir de ce trou ! Comment vas-tu faire sans papa ? Je suis sûr que tu n'as aucunes économies sur ton compte, je me trompe ? Oh, mais je ne vais pas te laisser tomber, tu peux compter sur moi. Je vais t'offrir une lampe de luminothérapie.

— Pourquoi ?

— C'est mauvais de ne pas voir le jour. Rappelle-moi à quelle heure le soleil se couche déjà ?

— Pour ta gouverne, il fait nuit en fin d'après-midi, comme chez nous !

— Ça ne va pas durer. (Elle l'entendit claquer un tiroir.) Allez, je te laisse, j'ai une réunion avec Bethany. Je crois qu'elle veut que je décore aussi sa maison de Malibu, tout près de celle de Julia Roberts.

Mary raccrocha, exaspérée. Comment osait-il la traiter comme ça ? Bethany était sa cliente ! C'était elle qui l'avait trouvée, elle qui l'avait convaincue de signer chez eux, après plusieurs déjeuners et croquis !

Elle se leva et fit chauffer de l'eau en apercevant Mme Anttila sortir et fermer son propre salon. Mary passa ensuite en revue le contenu des derniers cartons tout en sirotant son thé et en observant sa concurrente qui était de retour, les bras chargés de courses.

En terminant le tri, elle remarqua que la vieille sortait à nouveau, l'air pressé. Intriguée, Mary s'approcha de la vitrine pour mieux l'épier. Juste avant d'entrer dans la quincaillerie, Mme Anttila se tourna et la salua pour lui montrer qu'elle l'avait repérée. Elle en ressortit quelques minutes plus tard, un énorme tableau noir sous le bras, qu'elle disposa devant sa vitrine sur une chaise.

Tandis que la vieille femme y inscrivait le menu, Mary s'installa à la table sur laquelle elle avait laissé son déjeuner et décida de feuilleter le journal local, avec à nouveau l'espoir de dégoter un petit boulot afin de financer les travaux. Hormis les dépenses concernant la peinture, elle allait avoir besoin de racheter des chaises. Il lui faudrait également de l'argent pour payer les courses. Elle pourrait conserver les tables si elle les ponçait et les vernissait. Quant à la vaisselle, elle n'était pas de première jeunesse mais elle était acceptable. Et Mary se contenterait du vieux parquet.

Hors de question de laisser Miles s'installer à ma place !

À sa grande surprise, Mary découvrit un article qui parlait d'elle et qui annonçait la réouverture prochaine du salon de thé Les Extras de Stella par Martine Banks, sa petite-fille.

Au moins, je sais de qui le journaliste tient ses sources !

L'article était accompagné d'un pauvre cliché de son commerce à l'abandon : vitrine sale, cadre de porte rouillé, enseigne abîmée.

— Il faudra aussi que je repeigne l'extérieur, souffla Mary, dépitée. Et que je remplace les lettres manquantes.

« LES EX...S DE STELLA »

Elle continua sa pause avec quelques recherches sur Pinterest pour le concours du lendemain. Mary possédait quasiment tous les ingrédients pour réaliser la tarte aux pommes qu'elle venait de repérer, à condition que les farines de la réserve ne soient pas périmées ! Elle nota également la recette des fameuses étoiles de Noël que Wilma lui avait apportées, histoire de se forger sa propre opinion avant de conclure que les pâtisseries finlandaises étaient mauvaises.

En relevant la tête de son portable, elle fut surprise de voir que le salon en face était bondé. Les gens attablés bavardaient, souriaient et semblaient se régaler ! Mary jeta un œil au menu sur la pancarte. Velouté de butternut, quiche aux poireaux et au saumon, mousse au chocolat.

Pour quelqu'un qui voulait arrêter, elle s'est surpassée !

Mary en avait l'eau à la bouche. Elle but une gorgée de thé tiédasse et ouvrit sa lunch box : semoule et betterave.

Dégoûtée, elle prit son repas en vitesse avant de réparer le store, devenu soudain sa priorité. Pour finir, elle chargea les chaises cassées et les objets à jeter dans la camionnette, emporta tous les ingrédients dont elle allait avoir besoin pour réaliser les pâtisseries, et se rendit à la déchetterie qui était sur sa route.

*

Une fois chez elle, après avoir nourri les animaux et fait le tour de la pelouse avec sa pelle à crottes – drôlement pratique –, Mary aperçut des fillettes passer dans la rue. Sans doute les petites-filles de Wilma, pensa-t-elle en les regardant se prendre pour des chevaux.

Elle décida alors de préparer les étoiles de Noël et d'aller les offrir à sa voisine pour la remercier de son accueil chaleureux – et pour que les fillettes puissent bénéficier d'un goûter comestible.

Deux heures plus tard, comme à son habitude en sortant, Mary jeta un œil à la maison de Kustaa. Il y avait de la lumière ce qui était étonnant vu qu'il ne rentrait pas du cabinet avant 19 heures en général.

— Bonjour, Wilma ! Tenez, je vous ai apporté des étoiles, j'ai vu que vous aviez de la visite ! sourit Mary.

— C'est très gentil à vous, mais il n'y a personne chez moi, s'étonna Wilma.

— Les deux fillettes ?

— Lyyti et Eeva ? Non, ce sont les filles de Kustaa.

— Ah, il a des filles.

Alors son goût pour les hommes serait récent ?

— Oui, répondit Wilma, il est séparé depuis peu.

Mary lui tendit le panier mais sa voisine refusa de le prendre.

— Eh bien, allez-y ! Allez le leur offrir !

— Non, je les ai faites pour vous, pour vous remercier de tout ce que vous m'avez déjà apporté.

— Il y en a trop pour moi toute seule. Allez-y, et comme ça vous ferez connaissance avec Kustaa !

— Bon, si vous insistez.

Wilma l'encouragea encore une fois de la main sans la quitter des yeux et Mary n'eut pas d'autre choix que d'obéir.

18

« Il est des moments où les rêves les plus fous semblent réalisables à condition d'oser les tenter. »

Bernard Werber

MARY inspira une grande bouffée d'air et sonna.

Pitié, faites qu'il aime les gâteaux ! se dit-elle. Et surtout, qu'il ait tout oublié de nos premières rencontres !

Elle était si mal à l'aise, lorsque Kustaa ouvrit la porte, qu'elle bafouilla une phrase idiote en lui tendant le panier.

— Bonsoir, je suis venue vous apporter des turlutes.

Il haussa un sourcil interrogateur.

Mince, comment disait-on étoile de Noël, en finnois ?

— Heu pardon, des jouluturlutes, se reprit-elle.

Génial. Quelle entrée en matière ! Un psy gagnerait des millions avec moi !

— Merci, lui répondit-il, l'air amusé.

— Je tiens aussi à vous remercier pour votre… cadeau.

— Je vous en prie. J'espère qu'il vous a été utile.

— Oui, très, répondit-elle, embarrassée.

— Eh bien, entrez, si vous avez une minute. Pour une fois que je suis habillé ! plaisanta-t-il.

— Vous sortiez ? dit-elle, en enjambant son fameux sac noir.

— Non.

Elle sourit poliment et le suivit jusqu'à la cuisine. Elle se sentait intimidée d'être là, dans sa maison. Seule avec lui.

— En fait, ajouta-t-il, je devais, mais j'ai un imprévu.

Des bruits de cavalcade dans l'escalier et les deux petites filles vues plus tôt dans la rue déboulèrent en courant et se postèrent derrière lui.

— Voilà Lyyti et Eeva. Vous dites bonjour.

— *Hyvää iltaa !*

— En anglais, les corrigea-t-il gentiment. Je pense que notre voisine ne parle pas le finnois.

— Bonsoir, je m'appelle Mary.

— Oh ! Comme Mary Poppins ! dit Eeva, la cadette.

— Alors, c'est elle qui vient nous garder ? demanda Lyyti.

— Non, non…, répondit-il, mal à l'aise. Allez vite jouer dans vos chambres.

Il tapa des mains et elles repartirent aussi vite qu'elles étaient arrivées.

— Désolé, elles sont très curieuses.

— Oh, je comprends.

— Excusez-moi, je vais devoir passer un coup de fil pour annuler ma soirée, leur nounou n'est pas libre ce soir et mes parents non plus.

— Je peux garder vos filles si vous voulez, lança-t-elle sans réfléchir.

Il avait l'air tellement déçu.

— Si vous ne voulez pas annuler, reprit-elle. Vous avez l'air très triste. Je sais que nous nous connaissons à peine, mais…

Il ne semblait pas convaincu.

— Ne vous inquiétez pas, je fais ça tout le temps avec mes nièces, ajouta-t-elle pour le rassurer.

Oh ! mais pourquoi j'ai dit ça ? Avec mon plus beau sourire en plus.

Lyyti et Eeva avaient dû tout écouter depuis l'escalier, car elles arrivèrent et le supplièrent :

— Dis oui, s'il te plaît, papa.

— Non, c'est… c'est vraiment gênant, vous n'êtes pas nounou, je ne peux pas vous demander ça.

— Je cherche du travail. Et pour l'instant ça n'a rien donné, dit-elle en haussant les épaules. Et je sais m'y prendre avec les enfants. (Une pause.) J'habite juste à côté, vous saurez où me trouver si vous voulez me faire la peau.

— Dans le jardin ? dit-il, en regardant ses mains.

Finland : one point.

England : zero.

Elle vit qu'il hésitait encore.

— Vous ne les gaverez pas de chocolats ?

— Promis.

— Vous les coucherez tôt ?

— Évidemment.

— Vous ne les frapperez pas à coups de pelle à neige ?

— Bien sûr que non ! Vous allez finir par leur faire peur !

— Rassurez-vous, elles n'ont peur de rien et c'est bien ce qui m'inquiète.

— Dis oui, papa ! Allez, dis oui !

— Bien, puisque tout le monde insiste, capitula-t-il, en enfilant sa veste. Je rentrerai vers 1 heure du matin. Merci beaucoup, c'est vraiment très gentil de me dépanner.

— On peut goûter les étoiles tout de suite ? demanda Lyyti.

— Une seule, dit Kustaa, sinon vous n'allez rien manger à table.

Il attrapa son sac, embrassa ses filles en leur faisant promettre d'être sages et se rendit à l'étage pour redescendre quelques secondes plus tard avec sa perruque dans les mains.

Les petites ne font pas de commentaires, apparemment c'est normal ? s'étonna Mary.

— On peut goûter les étoiles ? dit Eeva une fois son père sorti.

— D'accord.

Elle les suivit jusqu'à la cuisine. Le temps que Mary cherche les assiettes, Lyyti et Eeva s'installèrent à la table et sortirent une pochette remplie de dessins et de feuilles vierges.

Mary écarquilla les yeux en découvrant qu'elles avaient dessiné des hommes en robes et cheveux longs.

Toute cette famille a un sacré problème !

— Donc, votre papa porte une perruque ? se risqua-t-elle, en leur servant une étoile de Noël à chacune.

— Oui, répondit distraitement Lyyti, en se jetant sur sa part.

Elle l'engloutit en quelques secondes.

— Je peux en avoir une autre ?

— Non, tu as entendu ce qu'a dit ton père.

Lyyti bouda.

— Est-ce que tu sais pourquoi ton père porte cette perruque ?

Pas de réponse. Lyyti fixait le panier garni, l'air mauvais, si bien que Mary capitula et lui tendit une seconde pâtisserie.

— Parce que ça lui fait plaisir, c'est pour son groupe d'amis, répondit-elle alors.

Parce qu'elles sont au courant ???

Choquée, Mary s'attabla avec elles et décida de poursuivre discrètement l'interrogatoire.

— Son groupe d'amis ? Tu veux dire qu'il voit des hommes ?

— Oui, répondit Eeva.

Oserais-je pousser le bouchon encore un peu plus loin ? Oui ! C'est trop tentant !

— Et tu sais à quoi il joue avec ses « amis » ?

— Non, dit Eeva.

— Moi je sais ! affirma Lyyti, en terminant son assiette. On n'a jamais le droit d'y aller, mais je sais ce qu'ils font.

— Alors ? l'interrogea Mary, autant curieuse qu'effarée.

Quelques secondes s'écoulèrent.

— Tu veux bien me le dire ? s'impatienta-t-elle.

Bon sang, cette petite est plus dure à cuisiner qu'un espion du KGB !

— Je peux ravoir une étoile ? minauda Lyyti.

Et maligne en plus !

— Tu ne vas pas avoir mal au ventre avec toutes ces pâtisseries ?

Lyyti la fixa cette fois avec un aplomb qui n'appelait pas à la discussion.

— Bon, d'accord, mais c'est exceptionnel, et surtout, ça doit rester entre nous ! Pas un mot à ton père.

— C'est pas beau de mentir, dit Eeva.

— Oui, bon, c'est vrai, admit Mary, mais là, on peut.

— Pourquoi ?

Oh, elle ne va pas me lâcher !

— On peut si ça ne fait de mal à personne, marmonna Mary, en attendant que Lyyti termine son étoile.

Par chance, Eeva se contenta de cette explication merdique et reprit son dessin.

— Tu me dois une réponse, insista Mary auprès de l'aînée. Qu'est-ce qu'ils font ?

— Ils sont drôles ! répondit-elle enfin. Ils ont tous des cheveux longs et ils chantent !

— Et ils portent des robes ? s'enquit Mary horrifiée, en se demandant ce que ces petites pouvaient avoir vu exactement.

— Non ! pouffa Eeva en coloriant, pourquoi ils mettraient des robes ?

— Comme sur tes dessins ! rétorqua Mary.

— Sur mes dessins ce sont des anges ! s'esclaffa la petite, ils ont le droit de porter des robes !

— Il y a des hommes qui portent des robes ? s'inquiéta Lyyti.

— Non ! Non !

Mary se sentait sur une pente glissante et préféra changer immédiatement de sujet. Si jamais Kustaa apprenait qu'elle avait mis ses filles sur la piste des travelos, elle ne donnait pas cher de sa peau !

Le goûter terminé, Mary nettoya la table tandis que les gamines enfilaient de vieilles blouses qui devaient avoir appartenu à Kustaa, vu leur taille. Puis elles la forcèrent à enfiler un déguisement d'élan pour jouer au vétérinaire.

Deux examens médicaux et une coloscopie plus tard, Mary leur cuisina des pâtes qu'elles touchèrent à peine si bien qu'elle dut cacher les restes dans le fond de la poubelle histoire de ne pas éveiller les soupçons de Kustaa. Quant au panier vide, elle se désignerait comme coupable. Puis elle monta coucher les fillettes.

— Mary Poppins, tu reviendras demain ?

Elle sourit et les embrassa sur le front.

— Demain, je ne peux pas, mais peut-être une autre fois ?

Les cris de joie qui s'ensuivirent lui prouvèrent qu'elles avaient aimé tout autant qu'elle cette soirée.

Dès que les petites furent endormies, Mary quitta sa peau d'élan – elle s'y était presque habituée – et rangea le tout dans la caisse des déguisements, avant de redescendre laver la vaisselle. Une fois la maison en ordre, elle s'installa devant la télé, lessivée. C'était fou l'énergie qu'il fallait pour garder deux enfants, surtout quand on n'en avait pas l'habitude.

Elle s'endormit et quand elle rouvrit les yeux, Kustaa était tout près d'elle.

— Mary ? Vous avez fait un cauchemar. Je ne voulais pas vous réveiller, mais ça ne semblait pas très plaisant…

Oh, mon Dieu. Encore heureux que je n'étais pas en train de faire un rêve érotique !

Elle déglutit en se remémorant son cauchemar d'élan perdu au fin fond des bois, puis elle se redressa et se recoiffa vite fait avec les doigts pour lisser ses cheveux tout emmêlés. L'électricité statique créée par le déguisement avait fait son effet : elle sentit deux touffes toutes gonflées dans sa nuque.

— Je suis désolée, je me suis endormie…

— Ne vous excusez pas, c'est moi qui suis en retard. Il est près de 2 heures du matin.

Il la regarda bizarrement.

— Vous avez encore quelque chose derrière la tête, lui indiqua-t-il, l'air intrigué. Comme des boules.

— Non, ce sont mes cheveux, bougonna Mary en tentant encore de démêler ses longueurs.

Kustaa sortit son portefeuille. C'était le moment le plus gênant. Elle avait l'impression d'être Julia Roberts dans *Pretty Woman*.

Pourvu qu'il me demande de rester toute la semaine !

— Merci, dit-elle, en acceptant le billet de 100 € qu'il lui tendait.

— C'est moi qui vous remercie. Cette soirée était très importante, j'étais prêt à tout pour m'y rendre. Sinon je n'aurais jamais laissé mes filles à…

— … une inconnue.

Il acquiesça.

Pourquoi est-ce que j'ai la sensation de recevoir une flèche dans le cœur quand il me dit ça ?

Mary le salua maladroitement et se sauva, tandis que son esprit se chargeait d'images où Lyyti et Eeva étaient deux petites princesses et où Kustaa la serrait dans ses bras, devant la cheminée, alors qu'elle aurait préparé des étoiles de Noël pour toute la famille après une journée passée à chahuter dans la neige.

Une douce chaleur l'envahit à cette pensée avant de s'évaporer dès qu'elle retrouva la solitude de son chalet.

19

« Il n'y a pas de honte à perdre ou à échouer.
La honte, la seule qui puisse nous faire honte,
est d'être inférieur à nous-mêmes. »

Alain Ayache

LE SOIR du concours était arrivé et Mary arriva au pub avec une tarte dont elle n'était pas peu fière. Elle avait découpé des cœurs dans de la pâte feuilletée, puis elle avait cuit la pâte et réalisé une compote de fruits aux épices. Pour finir, elle avait disposé les cœurs en rosace sur la garniture. Elle ignorait si ce dessert serait aussi bon que le promettait la blogueuse, mais l'aspect était vraiment réussi.

En entrant dans le pub, Mary découvrit qu'il était plein à craquer. Le maire ne lui avait pas menti, on aurait pu facilement se croire à Londres : du brouhaha, des gens, des bruits de verres et de la musique. Finlandaise. Elle ne comprenait rien, ni aux paroles, ni aux conversations.

Mal à l'aise, elle se sentit à deux doigts de faire demi-tour tant elle avait horreur de se retrouver seule dans un lieu public. Pourtant, elle prit sur elle et se fraya tant bien que mal un chemin, jusqu'à une table vide dans le fond.

Elle y posa la tarte et ajusta le torchon pour qu'on ne la voie pas avant le concours. À ce moment, Hanna surgit devant elle.

— Eh Mary ! lui lança-t-elle, l'air ravie de la revoir. Tu es venue ! C'est super. Est-ce que tu participes ?

— Oui, répondit Mary, soulagée de rencontrer quelqu'un de connu. Mais j'ai le trac !

— Je comprends. Moi à ta place, je serais morte de trouille !

Sa grimace était si exagérée que Mary se sentit interloquée. Il ne s'agissait que d'un simple concours de pâtisserie, quand même. Le rideau se leva, mettant fin à leur conversation et Mary se dit que son amie devait avoir quelques verres d'avance. Ce n'était pas elle qui se risquerait à lui en faire le reproche !

Un tonnerre d'applaudissements accueillit le maire, un superbe micro doré à la main. Il commença un petit discours, mais bien évidemment, en finnois. Hanna essaya de lui traduire quelques phrases, mais ça allait trop vite. Puis Mary entendit un mot qui ressemblait à *martinabinkse* et qui lui disait quelque chose. Tout le monde le scanda jusqu'à ce que le maire se matérialise devant elle et la traîne littéralement sur la scène.

Elle résista et insista pour prendre sa tarte. Lorsqu'elle lui demanda où la poser, il sembla étonné, puis quelqu'un monta sur la scène et embarqua la tarte derrière le bar. Elle vit alors le serveur la découper sur le comptoir et plusieurs personnes se la partager. Les membres du jury ? Mais pourquoi le maire n'était-il pas avec eux ? Mary vit rouge. Elle avait passé l'après-midi sur ce dessert, que se passait-il donc ?

Un bruit de larsen lui fracassa les tympans. Le maire se remit à parler et lui colla une feuille entre les mains. Elle en reconnut aussitôt le titre, en anglais cette fois : *Baby Love.* Elle comprit dans quel traquenard elle était tombée.

On m'a tendu un piège. Mission honte de ma vie !

— On l'applaudit bien fort ! lança le maire en guise d'encouragement.

Tous les yeux étaient braqués sur Mary. Hanna grimaça « courage ! » et la seule idée qui vint à Mary, fût qu'il ne resterait plus une miette de sa tarte à la fin du morceau. Elle avait passé deux heures à préparer ce foutu dessert – sans compter la vaisselle qui traînait encore dans l'évier –, elle n'allait même pas pouvoir le goûter et on voulait qu'elle chante un titre des Suprêmes ?

Le maire la fixait, l'œil brillant. Elle était sûre qu'il était ami avec le policier ; ils étaient de mèche, ça ne pouvait être que ça, une histoire de vengeance. Peut-être même que Miles était de la partie, c'était tellement son style !

Pense à Cameron Diaz dans Le mariage de mon meilleur ami *! Elle chantait comme une casserole et a quand même séduit toute l'assemblée. Tu ne peux pas être pire !*

Elle se répéta cette phrase plusieurs fois de suite quand elle repéra quatre hommes qui approchaient du bar. Impossible de les rater. Ils étaient grands, ils avaient les cheveux longs, ils étaient tatoués et certains avaient des piercings. Ils prirent des chaises pour s'installer au premier rang.

La musique commença. Le micro envoya un second larsen au moment où elle s'apprêtait à chanter. Pourvu que le dieu de l'électricité se manifeste par une coupure !

Oh, mais voilà. Tout fonctionnait.

Elle dut se lancer, c'était sa punition, même si elle ne savait pas exactement pour quelle raison. N'avait-elle pas eu sa dose depuis son arrivée ? Elle entama le premier couplet, l'image de Cameron Diaz ne quittant pas son esprit. Elle ne savait même pas si elle était en rythme, n'ayant pas de retour convenable. Elle avait l'impression d'être totalement décalée.

Ses oreilles bourdonnaient, une honte affreuse l'envahissait, c'était beaucoup plus difficile qu'elle ne le pensait. Quant à la justesse, elle verrait ça une autre fois. Le son de sa voix avait envahi le pub, la mettant au supplice. Elle rata tout le deuxième couplet et raccrocha les wagons *in extremis* sur le refrain avec l'impression d'avoir le souffle coincé dans sa gorge. C'était épouvantable ! Hanna dressa ses pouces en signe d'encouragement, bientôt imitée par les quatre molosses confortablement installés devant elle.

La chanson se termina enfin et Mary se demanda comment faire pour sortir discrètement et ne plus jamais remettre les pieds dans ce bar.

Dommage, c'était le seul de la ville !

Elle quitta la scène, étonnée que personne ne lui jette des cannettes de bières et des papiers gras. Les quatre types applaudissaient même chaudement.

Pour un peu, je pourrais presque y retourner !

Le maire s'approcha en lui tendant un verre.

— Pas mal, Martine, mais vous avez raté un couplet. Vous ferez mieux la prochaine fois.

— Écoutez, il n'y aura pas de prochaine fois. Et je ne m'appelle pas Martine ! J'étais venue pour un concours de cuisine, j'avais préparé une tarte et au final, c'est moi qui en suis une belle ! cria-t-elle.

— Calmez-vous, Martina, c'est juste un karaoké… On est là pour se détendre.

Il l'informa que le concours de cuisine avait lieu le lendemain, qu'il y aurait bientôt un concours de danse et qu'il comptait sur sa présence pour ce dernier. Elle fit mine d'accepter, mais il était hors de question qu'elle se fasse avoir une seconde fois !

— Trois mille euros de prix.

Finalement, Mary s'inscrivit et tenta de rayer les noms des autres participants.

Puis elle fila s'asseoir, osant à peine lever les yeux en passant devant les types.

Lorsque Hanna lui tendit l'un des deux verres qu'elle avait commandés, Mary fit le signe de se trancher le cou, si bien qu'Hanna baissa la tête, mal à l'aise. Puis Mary éclata de rire.

— C'était horrible ! s'écria-t-elle.

— Tant que ça ?

— Oui. Je n'ai pas chanté en public depuis le collège, je crois bien. Et je n'ai jamais été douée.

— Tu t'en es plutôt bien sortie, même si on a eu plusieurs fois l'impression que tu ne chantais pas la bonne chanson.

— Merci bien, ça m'encourage à y retourner !

Elles rirent de bon cœur et trinquèrent.

Mary tenta de se calmer tandis que les participants se succédaient, tous plus doués les uns que les autres. Même les quatre types se prêtèrent au jeu et, finalement, elle dut admettre qu'elle passait une bonne soirée.

Le karaoké fini, une musique douce se répandit dans le pub. Mary en profita pour questionner Hanna sur son travail.

— C'est un peu dur, toute seule, lui répondit-elle. Je ne devrais peut-être pas m'acharner et raccrocher. Mais je ne peux pas. C'est tout ce qu'il me reste de mon mari.

Elle marqua un temps.

— Il est mort dans un accident de voiture, quelques semaines après notre mariage.

— Oh, s'exclama Mary, horrifiée. Je suis si désolée.

Hanna baissa ses yeux trop brillants.

— J'étais enceinte de trois mois, on était fous de joie. On avait créé ce commerce ensemble, on rêvait d'un endroit chaleureux où l'on pourrait accueillir les enfants et leurs parents. Mais à présent, je suis seule pour réaliser ce projet et élever notre fils. Souvent, les gens ont peur de sourire devant moi, de me demander comment je vais, de me parler de leurs soucis. C'est drôle comme personne n'a de problèmes quand je suis là ! Je sais qu'ils ont peur de me faire de la peine, que c'est leur manière de prendre soin de moi. Et ils continuent de venir au magasin acheter leurs jouets, même si je ne suis pas toujours au mieux de ma forme. Voilà, tu sais tout de moi.

— Je vois, finit par articuler Mary. Quelle terrible histoire ! C'est dur, mais au moins, tu as réussi à faire vivre ton commerce.

— Toi aussi tu peux y arriver, il faut que tu trouves quelque chose en plus. Quelque chose qui fasse venir les clients.

— Et rester !

— C'est ça. Un truc réconfortant comme l'étaient les chocolats de Stella. Tu n'aurais pas sa recette, par hasard ?

— Même pas en rêve, soupira Mary.

— C'est vraiment dommage ! Ils en auraient oublié Mme Anttila et ne rêveraient que d'entrer dans ton magasin.

Elles burent un dernier verre, mais la gaieté n'était plus au rendez-vous. Mary récupéra son moule, puis elles rentrèrent chacune chez elles.

Moi qui croyais avoir les pires malheurs du monde en arrivant ici, je me sens soudain bien différente depuis que je connais l'histoire d'Hanna. Et dire que le petit Malcolm n'a jamais connu son père, c'est affreux. Elle a dû passer par tant d'épreuves, j'aimerais beaucoup l'aider.

Mary rentra en songeant que le moment était venu pour elle d'appeler ses parents. Même si elle désapprouvait toute cette histoire, elle savait qu'elle était chanceuse de les avoir, inutile de perdre du temps à leur faire la tête.

20

« Chérissez votre curiosité et cultivez votre imagination. Ayez confiance en vous. Ne laissez pas les autres vous imposer des limites. Osez imaginer l'inimaginable. »

Shirley Ann Jackson

HANNA avait proposé à Mary de venir lui donner son avis pour arranger sa boutique. Ce serait l'occasion pour elle de se changer les idées, avait-elle dit. Mary, enchantée, avait aussitôt accepté. Non pas qu'elle ait vraiment besoin de conseil en décoration, après tout c'était son métier, mais Hanna connaissait bien la clientèle et ses habitudes, ce que Mary, elle, ignorait.

— Déjà, lui dit Hanna, après avoir inspecté les lieux, l'éclairage est insuffisant. Nous manquons de soleil une partie de l'année, nous avons besoin que les magasins soient bien éclairés et chaleureux pour compenser.

Effectivement, l'ambiance était terne, tristounette, limite austère.

— Il faut aussi que je range, dit Mary, en poussant quelques cartons.

Hanna soupira.

— On sent que Stella avait abandonné. Ça manque de couleurs, de luminaires, de douceur. Mais ce local a du cachet. Et beaucoup de potentiel.

— C'est vrai, convint Mary, malgré tous ces défauts et le travail qui m'attend, je commence à m'y sentir un peu chez moi.

Elle se tut. Respira un coup.

— À mes débuts, commença Hanna, j'ai tout fait pour tenir, pour ne pas couler. Parfois, il m'a semblé que ce serait au-dessus de mes forces. J'ai été à deux doigts d'abandonner.

Ses yeux s'embuèrent.

— Je suis désolée, dit Mary, en la prenant dans ses bras.

— Maintenant, j'ai une clientèle d'habitués, finit-elle par dire en essuyant ses larmes, et assez de passage pour joindre les deux bouts. Je ne roule pas sur l'or, mais ça va. Je suis sûre qu'avec quelques modifications, les gens auront aussi envie de venir chez toi.

— Je pensais peindre les murs dans un ton plus clair, garder le sol en bois brut et sabler le comptoir pour qu'il soit plus naturel. Qu'en dis-tu ?

— J'aurais aimé avoir quelqu'un comme toi, à l'époque, qui prenne les choses en main.

Mary se sentit étrangement réconfortée qu'Hanna pense cela d'elle.

— Tu as de la famille ici ? demanda-t-elle à sa nouvelle amie.

— Non. Mes parents vivent en Angleterre et je suis fille unique.

— Moi aussi.

— Cela nous fait un point commun supplémentaire ! Allez, viens, je t'emmène ! On va choisir la peinture.

Chez le quincailler, leur choix se porta sur des teintes lin et taupe, pour un rendu brut et chaleureux. Mary entreposa les pots dans la réserve. Il lui fallait dégraisser les murs et elle ne pouvait pas s'en occuper tant que les cartons encombreraient l'espace de cette manière. Hanna devait filer pour ouvrir la boutique. Elles s'embrassèrent chaleureusement et Mary se dit qu'elle n'avait pas encore été aussi joyeuse et enthousiaste depuis son arrivée. La présence d'Hanna lui apportait de la vigueur et un peu de bonheur.

Une fois seule, Mary se sentit décidée à trier le reste des affaires en appliquant la méthode de Jason. Après avoir tâté les radiateurs qui étaient tous froids, elle s'aperçut qu'un voyant orange clignotait sur la chaudière. N'ayant aucune envie de traverser cette pièce encombrée et remplie d'araignées, elle décida de garder son vison et de résoudre ce problème plus tard. Elle se fit alors un café bien chaud dans le mug le plus grand qu'elle avait pu trouver et se mit au travail en attrapant le premier objet qui dépassait d'un carton : un skateboard.

Allez, Mary, en dix secondes tu décides… Facile : poubelle, je ne vais jamais l'utiliser.

Elle but une gorgée de café tout en songeant que ce skate était en parfait état.

Bon, exceptionnellement dans le carton à garder. D'autant plus que je pourrais l'associer à l'armature de l'une de ces chaises vintages qui traînent pour créer une assise originale. Ou une table basse.

Elle ramassa ensuite une guitare dont la façade avait moisi. *Enfin !* Mary la lança dans la poubelle. La guitare se cassa sous le choc si bien qu'elle aperçut l'intérieur qui était, lui, en parfait état.

Elle but une gorgée de café tiède. Patienta une seconde.

— Non, arrête de me regarder comme ça, souffla-t-elle à la guitare.

Mary tenta de chasser sa nouvelle idée. Si elle ôtait ce qui était abîmé, elle pourrait transformer le reste en une étagère sur laquelle poser des plantes et une guirlande pour sublimer le tout. Elle finit par mettre l'instrument devant le carton à garder.

Elle tomba sur de vieilles pellicules photos, les idées fusaient de toute part. Elle pourrait s'en servir pour créer un abat-jour. *Je ferais peut-être un tabac dans le groupe Facebook des ex de Stella,* gloussa-t-elle, en observant les clichés de sa grand-mère à la lumière du jour. *Stop ! C'est trop. Je n'avance pas, je ferais mieux de tout jeter pour faire de la place et nettoyer si je veux ouvrir cet endroit un jour !*

Une roue de vélo. Pourquoi la voyait-elle soudain avec des fleurs séchées, en décoration murale à la fois poétique, moderne et bohème ?

Une tête de râteau : un support pour verres à pied ! Ou un socle de globe ! Elle pouvait même le transformer en un magnifique dérouleur pour essuie-tout !

Après avoir conservé des ampoules, de vieilles cages à oiseaux et des perles de bois, Mary soupira en s'asseyant une minute. Elle ne pouvait arrêter les idées qui se bousculaient dans sa tête. Ce n'était pas comme ça qu'elle allait avancer. Elle se vit alors dix ans plus tard, toujours assise au milieu des cartons, les cheveux grisonnants et poussiéreux, en ayant juste été capable de virer une vieille pile de magazines.

Je dois rester concentrée. Comment pourrais-je diriger ABK Interior Design si je ne suis pas capable de faire des choix et de maîtriser mes pensées ? Que dirait Jason en me voyant tergiverser autant ?

Un livreur, en frappant à la porte, la tira de ses réflexions.

— Pardon, fit-il, l'air surpris devant le fouillis. C'est bien ici le… salon de thé ?

— Oui, répondit Mary avec aplomb.

— J'ai une livraison pour vous. Deux colis. Si vous voulez bien signer là.

Mary griffonna une signature illisible à cause du stylo connecté et ce n'est qu'une fois le livreur parti qu'elle réalisa soudain qu'elle n'attendait aucune livraison. Ces cartons devaient plutôt être destinés à Mme Anttila.

— Oh, hoqueta-t-elle devant les deux énormes colis.

Elle jeta un regard prudent dans la rue. Le camion de livraison s'éloignait, Mme Anttila, sur le pas de sa porte, semblait le guetter et parut surprise qu'il ne s'arrête pas. Mary se recula prudemment et poussa les deux cartons dans la réserve. La chaudière n'en serait que plus inaccessible, mais tant pis.

Elle s'empressa d'ouvrir le premier, le plus intriguant. Très fin, il faisait pas loin de deux mètres de haut. À sa grande surprise, après avoir dégagé les protections, Mary découvrit une douzaine de manches à balais laqués en noir. Elle grimaça. Mme Anttila était-elle une maniaque du ménage ? Ou une fétichiste du manche ? Peut-être bien une sorcière en manque de moyen de locomotion, se moqua-t-elle en refermant le colis. OK, elle avait reçu une commande à la place de sa rivale. Bien. Elle ne l'avait pas fait exprès, mais ce serait sa petite vengeance pour le concours de Porter de femme. Et puis, qui avait besoin de douze manches à balais ? Ce ne serait pas une grosse perte, cela pouvait même rendre service à cette vieille folle qui semblait avoir de drôles d'obsessions !

Vingt minutes plus tard, même si la pièce était encore loin d'être désencombrée, Mary aspira et lava le sol, avant de décider qu'il était temps de rentrer chez elle.

*

Après cette journée de travail, Mary eut très envie de s'accorder un petit plaisir. Planquée derrière un sapin, jumelles vissées sur les yeux, elle avait décidé de surveiller le beau Kustaa et elle ne perdait pas une miette des déplacements de son voisin à travers les fenêtres. Elle regrettait de ne pas avoir pris un verre de bourbon et quelques chips pour la soutenir dans son attente.

Où allait-il ? Pourquoi sortait-il la nuit, perruqué comme une Barbie, alors qu'il avait deux petites filles à la maison ? Et enfin, que contenait ce fameux sac noir ? Autant de questions qui se bousculaient dans sa tête comme de petites folles curieuses. Des questions qui exigeaient des réponses, raison pour laquelle elle se tenait en embuscade. On était espion de père en fille, dans la famille Banks, elle n'allait pas se décourager ! D'autant plus qu'elle avait vu la nounou arriver, elle était donc certaine qu'il allait sortir.

Soudain, la porte arrière s'ouvrit. Kustaa en franchit le seuil à grandes enjambées et se dirigea droit sur elle. Elle lâcha aussitôt ses jumelles.

Meeeeeeerde !

— Vous m'espionnez ?

— Pas du tout !

Comment justifier qu'elle était accroupie derrière un sapin ? Avec son vison sur le dos, une paire de jumelles et Otso qui broutait non loin de là ?

Mary voulait absolument savoir ce que Kustaa faisait les nuits où il sortait avec sa perruque sur la tête. Elle était bien décidée à le filer, seulement, elle n'avait pas prévu de se faire choper dès le premier soir !

Elle nota l'accoutrement de son voisin tandis qu'il se rapprochait d'elle. Quelle dégaine ! Elle se retint de rire.

— Ce n'est pas la première fois que vous m'épiez, n'est-ce pas ? lui fit-il remarquer sèchement.

— Je vous assure que non !

— Quelle mauvaise foi ! Bon sang, mais qu'est-ce qui vous fascine tant chez moi ?

Mary leva ostensiblement les yeux sur sa perruque. Blonde, synthétique, d'une longueur d'au moins soixante centimètres, digne des plus grandes stars hollywoodiennes. Il y avait de quoi se questionner. Quel contraste avec sa mâchoire et sa carrure !

— Vous pensez toujours que je me travestis, c'est ça ?

— À vrai dire, j'hésite entre travelo et tueur en série, avoua-t-elle, en espérant de toutes ses forces qu'il appartienne à la première catégorie.

— Allez, sortez de derrière ce sapin, vous êtes ridicule.

— Permettez-moi de vous rendre le compliment !

Kustaa lui tendit une main qu'elle accepta et il lui ôta les épines qu'elle avait sur la tête, une fois relevée. Mary frissonna.

— C'est une manie, chez vous, d'avoir des trucs dans les cheveux, dit-il, en faisant tomber les dernières épines.

— Ça vous va bien de dire ça. Votre moumoute est de travers. Et elle est pleine de nœuds, à force… Du coup, c'est loin d'être glamour. Si je peux me permettre un conseil, vous n'avez pas du tout le physique de l'emploi.

Il se hâta de redresser sa perruque, l'air agacé. Mary se dit qu'elle était peut-être allée trop loin au moment où il lui attrapa le bras et la tira jusqu'à son 4 × 4 pour l'obliger à grimper dedans.

— Non, pas la police ! Pitié ! cria-t-elle en se débattant.

Santtu serait capable de la laisser passer la nuit au trou pour se venger. Elle tapa de toutes ses forces contre la portière.

— Vous vous fatiguez pour rien, ricana Kustaa, il y a la sécurité enfant.

— Je veux sortir ! Vous n'avez pas le droit !

— Parce que vous avez le droit de me surveiller, peut-être ?

— Je voulais juste savoir où vous alliez, déguisé comme ça.

— Vous vouliez savoir ? Eh bien, vous allez le découvrir, à vos risques et périls.

Pourquoi prenait-il une tête d'assassin pour lui dire ça ? Pourquoi se penchait-il autant vers elle ?

— Ça vous amuse de me faire peur ? couina-t-elle.

— Oh oui ! Ça vous apprendra à fouiner.

Kustaa démarra et Mary, résignée, s'enfonça dans le siège tout en tentant de mémoriser quelques détails qui l'aideraient à situer où il l'embarquait – juste au cas où.

Il conduisit en silence une vingtaine de minutes, le temps d'arriver devant une grange isolée. Mary chercha un objet qui pourrait lui servir à se défendre. Une deuxième voiture se gara à côté d'eux. En sortirent quatre hommes qu'elle reconnut immédiatement à leurs tatouages et piercings. Les gars du karaoké. Elle les qualifia intérieurement de « pas fréquentables » et regrettait sérieusement d'être là.

— Qu'est-ce que vous fabriquez ici ? Du trafic de drogue ?

Il secoua la tête, une lueur amusée dans son regard, qui restait beau malgré les circonstances.

— Pire.

— Du trafic d'organes ?

— Quelle imagination ! Ça ne doit pas être facile de vivre avec vous. Mais les crises d'angoisse se soignent, vous savez.

Elle ne put retenir un cri d'effroi lorsqu'un des hommes se pencha au-dessus de leur pare-brise. Au moment où elle avisa ses oreilles longues et pointues, elle perdit tout contrôle et sombra dans une crise d'hystérie, avant de s'évanouir sous le choc.

Lorsqu'elle rouvrit les yeux, l'elfe était toujours là, tandis que Kustaa lui assenait de petites claques pour la réveiller.

— Qui êtes-vous ? parvint-elle à articuler alors que le type venait d'ouvrir sa portière.

— Zack, ravi de vous rencontrer.

Il ôta ses oreilles l'une après l'autre.

— J'ai dû vous faire peur avec ce truc. Je les porte pour me mettre dans l'ambiance.

Elle vit qu'il traînait un gros sac noir en forme de guitare.

— Allez, Kustaa, fit un autre type aux cheveux longs et sales. On commence !

— OK, j'arrive, répondit-il, en sortant de la voiture. Suivez-nous, petite trouillarde.

Mary haussa les épaules ; comment aurait-elle pu se douter que les oreilles de l'elfe étaient fausses ? Et de quelle ambiance parlait-il ? Elle avisa son regard dans le rétroviseur, essuya son mascara qui avait coulé, puis les rejoignit dans la grange.

Ils branchaient leurs instruments quand elle arriva et elle regretta de ne pas avoir de bouchons d'oreilles pour atténuer le volume qui semblait poussé au maximum. Si fort qu'elle imagina tous les arbres des alentours perdre leurs feuilles d'un seul coup lorsqu'ils balancèrent les premières notes. C'était horrible. Elle détesta immédiatement cette musique. Son pouls se mit à vibrer dans ses tympans, sa glotte à vrombir au son des baffles et ses oreilles à bourdonner comme un essaim de frelons enragés. Comment pouvait-on jouer ce genre de morceaux ? Kustaa était à la fois guitariste et le chanteur du groupe. Enfin, il barrissait plutôt qu'il ne chantait.

Au bout de deux morceaux interminables et apocalyptiques, Mary aurait payé une rançon pour qu'on la laisse partir. Elle regretta sa curiosité mal placée et se demanda jusqu'à quand son calvaire allait durer. Elle pria pour être délivrée, puis se confondit en excuses intérieures, jurant qu'elle ne recommencerait plus !

Les gars se déchaînaient sur leurs guitares. Tantôt droits comme des I, tantôt pliés en deux, c'était à celui qui agiterait le plus sa tête. Ils avaient tous des cheveux très longs, à l'exception de Kustaa qui portait sa perruque, sans doute pour se mettre dans l'ambiance, lui aussi.

À la pause, Kustaa rejoignit Mary, un sourire aux lèvres.

— Alors, vous aimez ? demanda-t-il, un brin narquois.

— Oui, mentit-elle avec conviction. C'est génial ! J'adore ! C'est frais, c'est dynamique. Ça vous réveille un mort !

Il éclata de rire.

— Vous jouez quoi, exactement ? Des compositions ou des reprises ? Désolée, je n'ai pas reconnu les morceaux.

Il lui sembla qu'elle parlait très fort, sans doute que ses oreilles avaient déjà perdu de leur capacité à cause des décibels.

Nirvana, à côté, c'est limite du Chantal Goya.

— C'est du heavy métal, répondit-il, avant de boire une gorgée de bière.

Elle suivit la progression du liquide jusqu'à sa pomme d'Adam et eut soudain très soif.

— Vous jouez d'un instrument ? lui demanda-t-il.

— Un peu de piano. Mais ça n'a rien à voir, il y a des notes, des accords, une mélodie.

Il sourit et lui tendit une bière.

Enfin !

— Nous aussi, on joue des notes.

Elle n'en avait reconnu aucune et pourtant, elle avait de l'oreille. Elle but une longue gorgée. Inutile de le vexer. Au moment où ils reprirent, elle s'installa sur un vieux canapé qui sentait l'antimite et, en habituée du bruit blanc poussé à fond, elle finit par s'endormir.

Lorsque Kustaa la réveilla, deux heures étaient passées. Ils dirent au revoir aux autres membres du groupe et il la ramena. Elle aurait pu se sentir gênée d'être à ses côtés, mais elle ne l'était pas. Ce type était complètement absorbé par sa musique, il se foutait royalement de la présence de Mary. Elle aurait aimé avoir une passion comme la sienne. Un truc qui lui ferait oublier le reste du monde, l'espace de quelques heures.

Elle réalisa alors qu'elle aimait créer des objets avec trois fois rien, leur donner une seconde vie, avec une fonction souvent très éloignée de leur utilité première, même si elle ne s'était jamais considérée comme une artiste. Et que cela lui vidait complètement la tête quand elle s'y adonnait. Elle repensa aux mines réjouies des musiciens, à leurs visages fatigués mais heureux. Elle devrait sans doute créer ce genre d'objets plus souvent. Elle avait eu des tas d'idées en triant dans sa boutique, pourquoi ne pas commencer par là ? Il y avait de quoi avec toutes les vieilleries de Stella ! Et qui sait, elle pourrait même les proposer à la vente. Cela pourrait bien être le petit plus dont lui parlait Hanna, celui qui déclencherait l'engouement de sa future clientèle.

Une fois rentrée chez elle, évitant soigneusement de s'approcher de la fenêtre pour ne pas donner à son voisin la satisfaction de la surprendre en train de le surveiller, elle se dit qu'elle n'avait pas perdu sa soirée, finalement. Elle avait découvert ce que cachait la perruque de Kustaa – et, bonne nouvelle, ce n'était pas un travelo ! Elle avait aussi trouvé un concept pour sa future boutique, celui d'un salon de thé-brocante.

Mary s'endormit, la tête pleine de rêves et d'objets fous, impatiente à l'idée de démarrer cette nouvelle aventure.

21

> *« La vie est une météo imprévisible. »*
>
> Claude Lelouch

En se levant le lendemain, Mary se dit qu'elle avait encore des séquelles de la veille : elle n'entendait plus rien. Aucun bruit. Aucun son. Pas même l'habituel ronronnement des voitures. Tirant le rideau, elle comprit la raison de ce silence. Il avait dû neiger toute la nuit, la route était devenue aussi blanche et épaisse qu'une meringue. Manque de chance, c'était le jour de son rendez-vous chez le vétérinaire. Et même si ce n'était pas son fort, elle allait devoir conduire ! Les crottes d'Otso devenaient de plus en plus liquides et cela l'inquiétait assez pour qu'elle accompagne son thérapeute favori jusqu'au cabinet.

Lorsqu'elle y arriva, près d'une demi-heure plus tard – c'était le temps qu'il lui avait fallu pour parcourir les six kilomètres sur la route enneigée – il y avait déjà un monde fou. Que des femmes, nota-t-elle avec un certain agacement. Toutes attendaient patiemment, leur animal en cage et les bras chargés de cadeaux en tout genre.

J'ignorais qu'il fallait lui offrir quelque chose ! Est-ce encore une tradition finlandaise ? À moins qu'elles ne soient sous le charme. Elles ne l'ont pas entendu chanter, c'est pour ça.

Au bout de quarante minutes, ce fut enfin son tour. Elle se leva et partit chercher Otso qu'elle avait soigneusement attaché dehors, près du van. Ils traversèrent la pièce sous les yeux ébahis de l'assistance. Mary n'avait peut-être pas de cadeaux, mais elle possédait l'animal le plus intéressant. Les regards posés sur elle n'ayant rien d'amical, elle se demanda si ces femmes étaient jalouses parce que la visite allait prendre un peu plus de temps qu'avec un chaton.

Elles doivent se dire que ce n'est pas du jeu.

Mais elle n'était pas là pour séduire Kustaa, même si elle pouvait faire d'une pierre deux coups. Elle verrait ça plus tard. Pour l'instant, elle avait besoin que Kustaa soigne Otso et l'aide éventuellement à trouver une famille d'accueil. Elle espérait aussi que la consultation ne lui coûterait pas un bras.

Kustaa lui serra la main de manière très professionnelle, quand elle entra. Elle retint un petit rire en pensant à leur soirée de la veille, à sa voix éraillée sur scène et à sa ridicule perruque blonde.

Il commença à ausculter Otso. Les yeux, la mâchoire, les oreilles. Il lui palpa l'abdomen et là, il tiqua. Ses mains revinrent en arrière, il continua de tâter l'animal et prit son stéthoscope pour écouter. Qu'est-ce qu'il était sexy quand il fronçait les sourcils ! Comme elle voudrait être un renne, en ce moment !

Kustaa releva la tête, l'air mécontent.

— Que lui avez-vous donné à manger ?

Mon Dieu, les biscuits de Wilma ! Surtout ne pas avouer.

— Écoutez, j'ai fait ce que j'ai pu. Je voulais vous voir dès le premier jour, mais vous étiez en vacances. Il broute, il pique des trucs ici et là. Je ne suis pas tout le temps derrière lui.

Kustaa ne se dérida pas. Elle reprit :

— C'est justement pour ça que je suis là. Il a des selles de plus en plus liquides, c'est embêtant. Il a avalé le papier avec les instructions pour le nourrir, c'est peut-être ça qui l'a dérangé.

Et les biscuits de Wilma !

Elle n'osa pas lui dire qu'elle ne pouvait pas le garder, il l'aurait peut-être dénoncée pour maltraitance. Kustaa maugréa qu'un renne n'était pas une poubelle de table et il fit son vaccin annuel à Otso. Puis il rédigea une ordonnance qu'il lui tendit.

— Voilà un pansement gastrique à lui administrer tous les soirs.

— Je dois lui coller un pansement sur le ventre ? s'étonna-t-elle.

Kustaa éclata de rire, puis il se reprit et lui expliqua de sa voix douce et grave qu'elle pouvait nourrir le renne de carottes, betteraves et champignons. Qu'il devait manger peu, mais plusieurs fois par jour et que, comme tous les rennes, il raffolait du lichen.

— Si vous avez le moindre problème, je suis là, termina-t-il, en la raccompagnant à la porte.

Mary l'avait écouté religieusement, médusée, se demandant pourquoi la voix de cet homme la bouleversait autant. Elle avait la sensation que derrière chacune de ses phrases se dissimulait la promesse d'un royaume, mystérieux et voluptueux, qu'elle brûlait de découvrir. Car elle en était convaincue, à présent, sous ses airs bourrus et sa perruque blonde, Kustaa cachait une très belle… personnalité.

— Vous embrasserez les petites pour moi ? tenta-t-elle pour lui rappeler cette soirée.

— Je n'y manquerai pas ! se contenta-t-il de répondre.

Elle repartit donc avec Otso, le cœur chaviré et la raison en miettes. Apparemment, ce pauvre renne avait une simple crise de foie, quelques jours de pansement et tout serait réglé. Facile à dire. Comment se débrouiller avec ça ? Est-ce que le renne allait se laisser faire ? Elle en doutait, mais elle comprenait enfin pourquoi Stella possédait autant de betteraves et pourquoi le stock semblait fondre à vue d'œil.

Juste avant de partir, elle relut les deux petites annonces qu'elle avait rédigées et décida de les laisser à la secrétaire.

Paavli
Perroquet très joyeux et attachant. Toujours un (gros) mot pour rire, une vanne par-ci, une blague par là ! Il sera le parfait compagnon de vos bambins. Dès 3 ans. Fonctionne sans piles. Bilingue. Bio !

J'étais bourrée quand j'ai rédigé cette annonce, non ?

Otso
Quoi de plus original que d'adopter un renne ? Idéal pour vos parties de traîneau, déplacements, labourages… sans oublier Noël ! Les bois sont un plus : une fois dans la cuisine, Otso vous servira de porte-torchon. Fantastique aussi pour Halloween : un simple drap et il fera mourir de peur tous vos enfants !

Houlà ! Maintenant, j'hésite. Lu comme ça, à froid, je ne suis pas sûre que ça donne envie.

La secrétaire lui tendit un rouleau de scotch et lui indiqua où mettre ses annonces sur un ton qui n'invitait pas à la camaraderie. Tout en scotchant ses deux feuilles et en se félicitant sur la qualité des photos, Mary secoua la tête en se demandant si ça servait à quelque chose.

Puis elle paya le médicament – des gouttes, pas du sparadrap ! – (26 €), le vaccin (62 €) et la consultation (74 € !).

— Et encore, il vous a fait un prix d'ami, lui fit remarquer l'assistante, en voyant Mary se décomposer.

Elle entendit des murmures de réprobation dans la salle d'attente et surprit un ou deux regards assassins. Pressée d'en finir, elle tapa son code à toute vitesse, ramassa son reçu et tira sur la corde d'Otso en se ruant sur la porte.

Moralité : Animal = gouffre financier, même si c'est un bon thérapeute !

Dehors, il n'avait pas cessé de neiger et la route était à présent recouverte d'un épais duvet blanc. Mary chargea Otso dans le van pour le mettre à l'abri, le temps de travailler quelques heures à la boutique en attendant que la météo se calme et que les routes soient déneigées.

En arrivant, elle fut aussitôt saisie par le froid polaire qui régnait dans son local. N'ayant aucune envie de passer deux heures à grelotter, elle décida de monter les thermostats des radiateurs – tant pis pour la note de chauffage – et de se préparer du café. Une fois sa playlist lancée et tous les outils dont elle avait besoin rassemblés, elle se lança dans sa première création.

Des pellicules mises de côté la veille, elle fit un abat-jour rond qu'elle déposa sur un pied en fer forgé. Inspirée par la neige qui tombait à gros flocons, Mary ne vit pas le temps passer. Elle ne releva pas la tête et fût extrêmement fière du résultat : les pellicules, une fois illuminées, laisseraient apparaître de mini-personnages en bikini devant une mer turquoise et le rendu final serait magnifique. Elle sourit en pensant qu'elle venait de rendre, à sa manière, un hommage à Stella.

En installant la lampe près de la vitrine pour la brancher, Mary aperçut Mme Anttila en grande discussion avec Martta et Raakel, les deux femmes qui étaient venues la narguer, l'autre jour, avec leur tarte aux myrtilles. De toute évidence, elles vénéraient la vieille chouette. Bien sûr, Mary ne pouvait pas entendre leur échange, mais c'était ce qu'elle en déduisait au vu de leur attitude servile. Étrange. Que pouvaient-elles bien se raconter ? Mme Anttila restait figée, à peu près autant que son chignon gris tiré à quatre épingles. Elle semblait tellement austère et guindée qu'une irrésistible image fit irruption dans l'esprit de Mary.

On dirait bien qu'elle a un balai laqué noir dans son... dos.

Mary alluma la lampe, ce qui eut le don d'attirer l'attention de sa rivale qui la fusilla du regard. Les deux femmes restaient silencieuses, têtes baissées. Mary se demanda ce que la vieille chouette leur avait raconté pour les glacer de la sorte. Mais elle balaya ces considérations, il était temps de rentrer avant que la route ne se transforme en piste de glace.

*

Elle essayait de conduire tant bien que mal, mais c'était difficile, car elle ne voyait pas grand-chose, elle craignait de glisser – oui, même en première – et avait peur que le van ne se décroche. Transpirant à grosses gouttes, elle bloqua inconsciemment sa respiration.

Au bout de dix minutes à ce rythme, une longue file s'était formée derrière elle bien que certains véhicules soient parvenus à la doubler. Mais comment faisait-on pour conduire aussi vite sur de la neige ? Elle n'était pas habituée à rouler dans ces conditions.

Quand elle vit les phares d'un camion roulant au milieu de la chaussée, elle donna un gros coup de volant pour l'éviter. L'accident était inévitable, les roues dérapèrent, la camionnette sortit de la route pour venir heurter un arbre.

On cria et on se précipita pour la sortir du véhicule. Elle avait le souffle coupé.

Suis-je blessée ? Non, je n'ai mal nulle part, mais qu'est-ce que j'ai eu peur ! Comment ai-je pu avoir un accident alors que je roulais à dix ?

Quelques minutes plus tard, elle se retrouva assise au bord de la route, emmitouflée dans une couverture de survie, Kustaa accroupi en face d'elle.

Mon sauveur.

Elle pourrait toujours faire semblant de tomber dans les pommes pour qu'il la réanime ? Elle aurait peut-être la chance de sentir le goût de ses lèvres. Elle savait bien qu'il n'était pas médecin, mais c'était presque pareil, non ?

— Comment va Otso ? demanda-t-elle, soudain très inquiète.

— Il va bien, et sa remorque est intacte. Ne vous en faites pas pour lui, j'ai demandé à un ami de vous le ramener.

Il regarda sa montre, il semblait pressé de partir.

— Vous pouvez y aller, vos filles doivent vous attendre. Je me sens bien. Je vais rentrer chez moi.

— Le problème, c'est votre camionnette, elle est dans un sale état.

Il la lui désigna. Elle avait le capot complètement plié.

— Ah ? dit-elle tandis que ses palpitations reprenaient. Et comment vais-je me débrouiller sans véhicule ?

Il haussa les épaules.

— Il va falloir vous acheter une nouvelle voiture, un 4 × 4 si possible, l'hiver est rude ici.

— Mais comment faisait Stella ? Elle avait quatre-vingts ans et elle conduisait à ce qu'on m'a dit ?

Il rit.

— Stella ? En hiver, elle se déplaçait en traîneau. Avec Otso.

Mary déglutit.

— Et ça fonctionne ?

— Il faut croire que oui. Je n'ai jamais essayé, mais j'imagine que ça se conduit un peu comme une luge. Venez, je vais vous ramener.

— Merci.

Pendant qu'il réglait les derniers points avec les personnes qui s'étaient arrêtées pour l'aider, elle s'installa dans son 4 × 4. C'était confortable, rassurant, un véhicule qui tiendrait parfaitement bien sur la neige. Il la rejoignit et prit la route avec une assurance qui la réconforta. Et voilà qu'elle se comportait maintenant comme une midinette. À le regarder en douce. Ses mains. Ses bras. Son visage mal rasé et son regard concentré devant lui tandis que des milliers de flocons dansaient autour d'eux, rendant l'atmosphère aussi féerique que l'intérieur d'une boule à neige.

Que je suis stupide ! De quoi ai-je l'air ? J'ai trente ans, bon sang. Ressaisis-toi, Mary !

Keep fresh, Mary!

Keep indifférent!

Ils arrivèrent à destination, bien trop tôt au goût de Mary. Kustaa se gara devant chez elle, pour lui éviter d'avoir à marcher dans la neige. Elle fut touchée par ce geste prévenant. Mais il laissa le moteur tourner, il n'avait donc pas l'intention d'entrer chez elle.

Quel dommage ! J'aurais pu me sentir mal, à nouveau.

— Voilà, on y est, dit-elle, en détachant sa ceinture à regret. Eh bien, merci pour tout et bonne soirée.

— Il y a un concert lundi soir au pub, venez nous écouter si vous voulez.

Sûrement pas !

— Oui, avec plaisir. Je viendrai, merci.

En traîneau ! ajouta-t-elle avec un brin d'humour tandis qu'il s'éloignait pour se garer devant chez lui.

22

« Ce qu'il y a de mieux dans ce monde, de plus beau, de plus excitant, ce sont les commencements. »

Jean d'Ormesson

MARY mit trois jours à comprendre comment attacher Otso au traîneau qui était rangé derrière le sauna de Stella et elle comprit enfin à quoi servaient toutes les peaux de bête entassées dans le coffre de l'entrée. À se réchauffer les fesses !

La première fois s'était plutôt bien passée. Sans doute la chance des débutants. Mais les suivantes avaient été beaucoup plus épiques : elle avait d'abord failli écraser Wilma et son assiette de gâteaux en reculant dans l'allée, et manquer ensuite de se retourner trois ou quatre fois. Elle s'était aussi pris des paquets de neige en pleine figure.

Et puis, le matin même, Otso avait subitement refusé d'avancer. Elle rentrait des courses, toute joyeuse d'arriver enfin à mener son premier trajet à bien, quand le renne avait stoppé net, sans avertissement. Elle avait d'abord essayé de le cajoler, de lui mettre une carotte sous le nez, puis l'avait copieusement menacé, sans succès. Il avait boudé, secoué la tête dans tous les sens pour finir par se détacher et la larguer en pleine campagne sans tenir compte de ses supplications. Furieuse et transie, elle avait ramassé toutes ses courses avant de se résigner à faire du stop pour rentrer. Par chance, elle avait été prise par Zack, l'homme aux oreilles d'elfe, dans sa dépanneuse qui avait tracté le traîneau jusqu'à la maison. En arrivant, Otso était là, le harnais pendant derrière lui, en train de creuser la neige pour brouter du lichen bien tranquillement comme si de rien n'était.

Se doutait-il de quelque chose ? Savait-il qu'elle essayait de les placer, Paavli et lui ? Et si oui, comment cela était-il possible ? Autant de questions qu'elle décida de remettre à plus tard.

Après avoir rangé ses courses et insulté mentalement Otso dans plusieurs langues – elle n'avait rien à envier à Paavli de ce point de vue –, elle décida de prendre un bain chaud. Elle se fit ensuite un masque hydratant à l'huile de jojoba pour apaiser sa peau rougie par le froid polaire et se prépara une bonne soupe fumante. Puis elle s'habilla pour son unique sortie de la semaine : le concert de Kustaa et de son groupe. Certes, elle était ravie de le revoir, mais beaucoup moins de l'entendre jouer.

Elle enfila sa tenue de pilotage : un jean et un pull oversize sous une combinaison de ski vert pomme. Deux écharpes en laine, deux paires de grosses chaussettes et des boots, sans oublier sa paire de grelots car Otso semblait passer la troisième quand elle les agitait.

Une fois prête, elle hésita à mettre le manteau de Stella – il faudrait vraiment qu'elle s'en achète un plus seyant et moins lourd –, mais elle était bien obligée de le porter si elle ne voulait pas arriver congelée. Elle n'aurait qu'à l'ôter et le ranger sous les peaux de bêtes du traîneau une fois sur place, tout comme le reste de sa tenue.

Puis, après avoir ramassé tout le lichen qu'elle avait pu trouver, elle décida que le moment était venu d'avoir une petite discussion avec Otso : il était hors de question qu'il l'abandonne une seconde fois en route, c'était trop risqué.

— Je ne sais pas si c'est Paavli qui t'a mis des idées dans la tête, dit-elle en l'attelant au traîneau, mais je me suis bien habituée à vous deux, si tu t'inquiètes pour ton avenir et si c'est pour ça que tu m'as plantée ce matin. Et concernant la photo de toi que j'ai laissée chez le vétérinaire, il s'agit d'un simple concours de beauté pour rennes, rien d'autre !

Otso sembla se radoucir ou se faisait-elle des idées ?

— Tu vois, tu n'as vraiment pas à t'en faire. On forme une belle équipe, non ?

Il bougea sa patte avant. Bien sûr, Mary s'en voulait d'abuser ainsi de sa confiance, mais elle avait très envie de sortir et aussi de pouvoir rentrer, alors un tout petit mensonge était-ce vraiment si mal ? Elle en parlerait peut-être à Otso lors de sa prochaine séance !

Elle acheva de le convaincre en lui montrant le panier rempli de lichen qu'il pourrait s'enfiler s'il la conduisait sans faire d'histoires et grâce à cette petite mise au point, le trajet se déroula sans encombre.

Quand elle arriva, le parking était déjà plein. Pas si grave puisqu'il lui semblait préférable de se garer plus loin, Otso pouvant peut-être passer inaperçu derrière les arbres.

Reconnaissante, elle le caressa et lui tendit un biscuit de Wilma.

— C'est la dernière fois, Otso ! Et ça reste entre nous !

Il approuva d'un mouvement de tête plein de grâce.

— Bien, attends-moi là, je ne reviendrai pas trop tard.

À l'intérieur, régnait une chaleur incroyable. Du bruit. Du monde. Et cette musique qui lui cassait les oreilles. Si elle avait pu, elle aurait mis des boules Quies. Elle n'aurait su dire s'ils avaient le moindre talent tant elle était hermétique à ce genre de musique. Manifestement, les Finlandais en étaient spécialistes. Sûrement parce que cela les réchauffait de s'agiter !

Lorsque le groupe prit sa pause, Kustaa la rejoignit, aussitôt imité par ses amis.

— Salut, Mary, dit Zack.

— Salut, Zack. Et encore merci pour ce matin, je te dois une bière.

— Mais non, c'est normal. C'est sympa d'être venue nous écouter. Tu deviens une vraie fan !

— Tu n'as plus peur de Zack ? se moqua Nikke, le batteur du groupe.

— Non, ça va mieux, bougonna-t-elle, mal à l'aise, alors que des filles les rejoignaient.

— Tout le monde se tutoie, si j'ai bien compris, intervint Kustaa.

— C'est un peu l'idée, oui, acquiesça Mary, en souriant.

— OK, ça me va.

— Est-ce que ta camionnette est réparée ? la questionna Zack. Décidemment, tu n'as pas beaucoup de chance avec tes moyens de transport !

— Non, elle est toujours au garage. Je suis venue en traîneau, Otso semble avoir repris le contrôle de ses nerfs.

Elle but une gorgée et tourna la tête. Elle sentait bien qu'ils se retenaient tous de rire.

— Alors, le traîneau, ça te plaît ? s'enquit Kustaa.

— Oui, répondit-elle de plus en plus gênée. J'ai mis quelques jours à comprendre le fonctionnement, mais on semble sur la bonne voie, le renne et moi.

Super, génial, topissime ! C'est tout à fait le genre de conversation qu'on rêve d'avoir avec un type qui ressemble à Jude Law.

Les filles semblaient se moquer de Mary. Elle haussa les épaules, ne sachant comment réagir.

— En tout cas, ajouta Kustaa, en se penchant légèrement vers elle, j'adorerais en faire un tour avec toi, un de ces jours.

Mary but une nouvelle gorgée pour tenter de ne pas virer au rouge, tout en savourant cette petite victoire inattendue. Les filles avaient l'air dégoûtées ; elle les imagina, le lendemain, rendre leurs cartes de bus et se mettre au traîneau !

Mais elle ne dit pas à Kustaa que leur première balade ne se ferait pas tout de suite. Hors de question de l'emmener avec elle tant qu'elle devrait hurler sur Otso et agiter des grelots pour qu'il avance – d'autant que, malgré tout ce cirque, il pouvait encore n'en faire qu'à sa tête.

— Eh, Kustaa ! On reprend ! lança Nikke.

— OK, j'arrive. Il faut que j'y aille. Bonne soirée, Mary.

Il lui sourit et le cœur de Mary s'illumina. Puis il se pencha vers elle et lui déposa une bise sur la joue avant de monter sur scène. Troublée, elle dut se retenir de ne pas sauter de joie tandis que tous ses repères éclataient à l'instant où une petite porte s'ouvrait dans son cerveau : Kustaa était tout ce qu'il y avait de plus viril. Et d'ailleurs, il avait des tas de groupies.

Dont je fais manifestement partie !

Elle resta à côté du groupe de filles pour écouter le concert, mais aucune d'elles ne lui adressa la parole. De toute façon, il est impossible de discuter avec un bruit pareil, se dit-elle en guise de consolation. Elle se retrouvait donc seule en public et elle n'aimait toujours pas ça, même si elle commençait à en avoir l'habitude. Elle décida néanmoins de partir avant la fin, elle ne voulait pas risquer de se retrouver sur le parking avec toutes ces filles qui se moqueraient de sa dégaine, de son traîneau et de son renne.

Une fois rentrée au chaud, ses oreilles bourdonnaient encore, mais quand elle se coucha, elle se sentit sur un petit nuage.

Il m'a souri et il m'a fait une petite bise avant de me quitter. Rien que pour ça, ça en valait la peine.

Il ne lui en fallait pas plus pour que son cœur se mette à espérer. Et elle passa enfin sa première bonne nuit depuis qu'elle était arrivée en Finlande.

23

« Il y a des amitiés foudroyantes qui fondent les âmes d'un seul éclair. »

Alphonse de Lamartine

— ALLÔ, Mary ?

— Allison ? Qu'est-ce qu'il y a ? Tu as une voix très bizarre.

— Ça doit être à cause du froid ! Cet imbécile de chauffeur n'a rien compris à ce que je lui ai dit, je ne suis pas à la bonne adresse !

— C'est moi qui ne comprends rien. Où es-tu ? demanda Mary, le cœur battant.

— Eh bien, je voulais débouler par surprise, mais c'est raté, soupira son amie. Je n'ai aucune idée de l'endroit où je me trouve !

— Attends… Tu veux dire que tu es ici ? En Finlande ?

— Oui. C'est le bon pays, c'est déjà ça !

— Je sais où tu es. J'arrive !

— Dépêche-toi ! Il fait froid, c'est tout noir ici et j'ai carrément les jetons avec toutes tes histoires.

Allison est là, je n'arrive pas y croire !

Le taxi avait dû la déposer chez Wilma. Elle enfila son vison et ses Moon Boots et partit en courant.

— Alli ! cria-t-elle en lui sautant dans les bras, si bien que son amie manqua s'écrouler sous son poids.

Elles rirent comme des folles et cela fit un bien fou à Mary qui eut l'impression de se retrouver chez elle.

— Pardon, Alli, dit-elle, en attrapant l'une de ses valises. Viens, ma hutte est cachée juste derrière !

— Je veux tout savoir ! Comment est ta nouvelle vie ? Tu sais que j'ai failli ne pas te reconnaître ? lui dit Allison, en désignant le manteau de Stella. Qu'est-ce que c'est que cette dégaine ?

— Ça pèse une tonne, mais il fait tellement froid ici.

— Tu ne connais pas les sous-vêtements thermiques ? Ça t'éviterait de te les geler.

— Crois-moi, ils ne seraient pas suffisants. Ce faux vison, c'est la meilleure solution. Je suis tellement contente que tu sois venue ! ajouta Mary, en serrant le bras de son amie.

— Tu peux ! C'est au bout du monde, ton truc !

Elles entrèrent dans le chalet que Mary fit visiter à Allison avant de l'installer avec elle dans sa chambre à l'étage.

— C'est mignon. Petit, mais très cosy, décréta Allison.

— Merci. Disons que tant qu'Otso traîne dehors, le salon a une taille acceptable.

— Ah ! Je suis impatiente de le voir. Et le perroquet ?

— Il dort. Et je te déconseille d'entamer une conversation avec lui, il est très grossier et il a son caractère. Demain, je te montrerai le salon de thé, j'ai terminé le ménage et le tri aujourd'hui mais il reste encore des travaux à faire et la réserve à ranger. J'ai perdu du temps en me lançant dans des créations avec les objets de Stella, mais je suis contente du résultat et je me dis que je pourrais peut-être les vendre.

— Bravo, tu as fini par prendre les choses en main ! Excellente idée. J'ai hâte de découvrir tout ça et de t'aider.

Après un long moment de conversation enjouée, Mary leur servit du bourbon et alluma la télé.

— Tu plaisantes, là ? lui fit Allison, aussi surprise que si elle avait vu un grizzli surgir de la cheminée. Je suis en Finlande, on va sortir ! Et demain, t'inquiète, on bossera dans ton local.

— Crois-moi, répondit Mary, en s'installant confortablement sur la méridienne avec un plaid, on va rester là, ça vaut mieux.

— Qu'est-ce que tu veux dire ?

Mary étira son plaid pour qu'il recouvre bien le bout de ses pieds et fit signe à Allison de venir la rejoindre.

— Tu ne te doutes pas une minute des épreuves qui t'attendent dehors !

— Vas-y, rétorqua Allison, en mettant les poings sur les hanches. Je t'écoute.

— Eh bien, premièrement, tu vas devoir t'habiller *très* chaudement. Ce n'est pas ton petit sous-pull hors de prix qui te permettra de survivre. Ensuite, l'unique chauffeur de taxi traînant déjà au pub pour profiter de sa soirée, nous allons devoir harnacher Otso et prier pour qu'il veuille bien nous conduire à destination. Puis, nous entrerons dans le seul et unique bar du village, un espace bondé et surchauffé qui fera éclater nos vaisseaux sanguins glacés tels du pop-corn. Et enfin, ce soir, c'est karaoké ! Crois-moi, tu n'as pas envie de subir une horde de Finlandais qui s'époumonent.

Mary s'enfila une rasade de bourbon, convaincue qu'Allison voudrait quand même sortir. Son amie n'était pas du genre à laisser tomber. D'ailleurs, elle éclata de rire.

— Allez, dit Allison, en saisissant son verre, cul sec et on y va !

Mary capitula :

— OK ma grande, comme tu veux. Mais tu vas vite le regretter !

*

Elles avaient tout fait pour qu'Otso veuille bien les conduire, mais il avait refusé de prendre une inconnue sur son traîneau, surtout que c'était l'heure de sa sieste au coin du feu.

— C'est fou ce que ce renne t'écoute ! se moqua Allison. Et si on faisait du stop ?

— Mauvaise idée, répondit Mary, en secouant la tête.

Plus têtue qu'Otso et Paavli réunis, Allison s'installa quand même au bord de la route, le pouce levé.

Et elle attendit.

Longtemps.

Mary lui apporta une tasse de thé – ça aurait été bête que son amie prenne froid dès le premier soir –, et tenta de lui refourguer les biscuits de Wilma. Allison cria au scandale, exigeant du bourbon et jeta le tout dans le fossé.

Pourvu que Wilma ne les retrouve pas, s'inquiéta Mary. Puis elle repensa aux paires de skis de fond qu'elle avait vues dans la cave. Elles décidèrent donc de partir à pied et préparèrent un petit sac pour pouvoir se changer dans le bar.

Elles mirent des frontales afin d'éclairer le chemin, ce qu'elles trouvèrent terriblement amusant. Elles burent du bourbon pour se réchauffer et se donner du courage. Mary était sûre que ce moment ferait partie de leurs meilleurs souvenirs.

Lorsqu'elles arrivèrent à Saärla, elles regagnèrent directement les toilettes du pub pour se changer. Elles firent vite, afin que personne ne les voie, mais ressortirent de là avec une dégaine pas possible. Mary avait oublié leurs chaussures, elles n'avaient donc pas d'autre choix que de garder celles qui servaient au ski de fond, tellement vintage qu'elles avaient encore un crochet en métal sur le devant de la chaussure.

— C'est un style, affirma Allison, et ça ne se verra pas dans cette foule !

Mary eut envie de lui dire qu'ici, tout finissait par se savoir, mais elle n'en eut pas le temps. À peine remarquées, elles se retrouvèrent sur scène avec leurs chaussures qui firent se marrer tout le monde.

— Je suis sûre que nous allons finir en première page de la gazette du coin, souffla Mary.

— Parce qu'il y a un journal dans ce trou ?

— Oui. Ils ont un journal et des tas de concours bizarres.

— Incroyable !

Elles chantèrent faux mais en chœur et avec enthousiasme sous les encouragements d'un public plutôt clément. Puis elles allèrent boire un verre. Au même moment, il y eut un gros mouvement de foule et beaucoup de bruit. Une quinzaine de filles entrèrent en même temps, un peu comme si l'on avait ouvert les vannes d'une fabrique de Barbie. Des blondes magnifiques. Grandes, belles, jeunes. Le bar, déjà plein, se retrouva bondé.

— C'est quoi tout ce monde ? demanda Allison. Et tu voulais qu'on reste sagement dans ton chalet ? Il y a une ambiance de dingue ! C'est encore plus fou qu'à Londres, ici !

Lorsque le maire passa près d'elles, Mary lui présenta Allison, et en profita pour le questionner.

— Qu'est-ce qu'il se passe ? Pourquoi y a-t-il autant de monde ?

— On attend le groupe de Kustaa, lui répondit-il.

— Oh, non ! J'ai oublié mes boules Quies, soupira Mary.

— Qu'est-ce que tu dis ? cria Allison, surexcitée.

— Je dis que j'ai oublié mes boules…

— Bonsoir, Mary, la coupa une voix ressemblant étrangement à celle de Kustaa.

Merde.

Elle se retourna. C'était bien lui.

— Je n'ai pas pris mes boules de pétanque ! Bonsoir, Kustaa. Je voulais faire une partie en rentrant… Tant pis, on jouera une autre fois.

Elle haussa les épaules avec une feinte nonchalance.

— C'est ça, ajouta Allison, visiblement médusée. Il faudra que l'on trouve… un autre jeu.

Mary les présenta brièvement l'un à l'autre. Puis Kustaa se pencha et lui fit une bise sur la joue.

Une seule. C'était terrible, pourquoi pas deux ? À nouveau, elle perçu des regards hostiles, comme dans le cabinet vétérinaire.

Il y en a qui l'auraient bien voulue, cette bise !

Kustaa s'éloigna pour rejoindre son groupe, Allison prit Mary par le bras et la tira à l'écart.

— Waouh, s'écria-t-elle, mais c'est qui ce type ? Tu me joues la pauvrette dans sa chaumière et tu fricotes avec un canon intersidéral ? Tu vas devoir t'expliquer Mary Banks !

L'éclairage se fit soudain plus tamisé, évitant à Mary d'avoir à répondre. Sur scène, un homme commença à fredonner une reprise de *The Best*[1] de Tina Turner. Les Barbie avaient joué des coudes et s'étaient toutes agglutinées devant la scène, masquant le groupe. Mary pouvait sentir les vibrations de la voix du chanteur jusque dans son dos, et elle était sûre que tout le monde ressentait la même chose qu'elle. Qui cela pouvait-il être ? Nikke ? Zack ?

— Mais punaise, c'est quoi cette voix ? s'exclama Allison. Je fonds ! Ramasse-moi, je veux ce type.

1. Inspirée de la version de James Bay.

— Arrête, on ne voit même pas sa tête ! Si jamais c'est Zack, il a des oreilles d'elfe, je t'avertis.

— Mais c'est ton Kustaa ! s'exclama soudain Allison.

— Ce n'est pas possible ! Il chante avec une voix de clou rouillé.

Mary resta figée, la bouche ouverte, tandis qu'Allison semblait sur le point de baver sans retenue comme un bouledogue. Il allait falloir que Mary lui prenne rendez-vous au cabinet vétérinaire si elle continuait. La voix résonnait avec une profondeur et un velouté qui l'enveloppait. Et c'était Kustaa qui chantait ainsi ? Kustaa !?

Lorsque le groupe sortit de scène et que la musique du pub reprit, Allison insista pour qu'elles aillent danser.

— Non, vraiment… là, je ne le sens pas, grogna Mary en regardant le bout de ses pieds.

Allison se marra et fila sur la piste de danse. Elle avait la chance de ne pas s'occuper du regard des autres. *J'aimerais avoir cette qualité,* regretta Mary alors que Kustaa venait vers elle.

Elle se retourna pour vérifier qu'il n'y avait pas un top model embusqué derrière elle, ce qui sembla beaucoup amuser son voisin-chanteur-vétérinaire-sauveteur-canon. Lorsqu'il arriva à ses côtés, toutes les filles avaient les yeux braqués sur eux. C'était comme avoir une armée de Barbie Jalouses la dévisageant : son petit ego se regonfla soudainement, il s'épousseta et bomba le torse.

Mais les poupées regardèrent ses pieds toutes ensemble et là, son ego fut mis au tapis.

La honte de sa vie. Enfin, qui rejoignait les *autres* hontes de sa vie. Elle en possédait un catalogue dans tous les domaines : vêtements, accessoires, job, baignoire, concours, karaoké… Si les groupies de Kustaa apprenaient qu'elle ne se déplaçait plus qu'en traîneau, elle n'aurait plus qu'à aller s'enterrer sous les betteraves d'Otso ! *Laissez-moi passer, je suis Mary la Honte ! Existe en deux modèles : gourde ou potiche. En revanche, un seul coloris : rouge cramoisi.*

Tout près d'elle, maintenant, Kustaa se pencha et Mary craignit que les quinze blondes se jettent sur elle pour l'étriper lorsqu'il susurra :

— Tu peux enlever tes boules Quies, chère voisine.

La peau de Mary prit le Ral 223 du nuancier couleurs laquées.

Elles vont penser qu'il m'a dit un truc sexy, pas qu'il fait référence à ma dernière bourde en date !

Il lui tendit un verre. Même si elle ne savait plus à combien elle en était, elle accepta, espérant ainsi être plus à l'aise en sa présence. Tant pis, elle verrait demain pour les conséquences.

— Tu es venue à skis ? plaisanta-t-il.

— Oui, répondit-elle sans se démonter. Otso a refusé de nous conduire. Allison voulait absolument venir, c'est ma meilleure amie, en fait.

— Elle a l'air marrante.

— Elle l'est.

Une pause. Et elle lança :

— C'était magnifique. Ta chanson.

— Merci.

— Tu devrais chanter comme ça plus souvent, ajouta-t-elle, sans oser lui demander pourquoi il préférait leur casser les oreilles avec du heavy métal.

Il grimaça sans répondre. Une Barbie plus aguerrie que les autres vint le chercher et l'entraîna avec elle. Très vite, il disparut derrière une nuée de cheveux blonds et de profonds décolletés.

Dur dur de lutter. Je crois qu'il n'a pas compris l'effet qu'il produit quand il chante de cette manière. Pas compris que sa voix a le pouvoir fou de nous faire tous vibrer dans un véritable frisson collectif, un moment hors du temps. Ni que le souvenir de cette soirée restera gravé dans ma mémoire.

La soirée perdit tout à coup de son intérêt. Comme elles avaient trop bu pour rentrer par leurs propres moyens, même en ski de fond, Zack se proposa pour les ramener avec sa dépanneuse. Kustaa semblait avoir disparu et Mary ne put s'empêcher de regretter que ce ne soit pas lui qui les raccompagne.

Elles grimpèrent et se tinrent debout à l'arrière de la dépanneuse. Mary se dit qu'elles allaient lancer une mode à Saärla. Allison hurla des chansons finlandaises, un plaid sur les épaules, le bras levé, un verre de bourbon à la main. Elle aurait pu tomber si elle ne s'était pas cramponnée à Mary de toutes ses forces.

Quant à Mary… elle était partagée entre une joie inattendue et un gros paquet de peurs variées : peur de voir son amie tomber, d'avoir trop bu et d'être malade le lendemain, peur des loups dans les bois, des Barbie trop nombreuses, des gaffes irréparables et de la solitude. Mais plus encore, peur d'avoir perdu tous ses repères lors de cette soirée. Elle n'avait plus autant envie de repartir. Elle commençait à s'attacher à Saärla et à ses habitants farfelus. À trouver cela normal de vivre perdue dans les bois avec un renne et un perroquet, alors même qu'elle cherchait à s'en séparer, aux côtés de Wilma et de ses infâmes pâtisseries. Et tout près d'un homme séduisant qui la troublait d'une manière étonnante.

24

« L'avenir, c'est ce qu'on a inventé de mieux pour gâcher le présent. »

Extrait du film *Et Dieu créa la femme*

— Hanna, c'est sympa d'être venue ! s'exclama Mary en l'accueillant à la porte de son salon de thé.

— Je te l'avais promis, répondit-elle en ôtant son manteau et en posant son sac rempli de nourriture. Malcom est chez un copain toute la journée alors, je suis libre ! Mais et toi ? Le maire m'a dit qu'il t'avait aperçue au pub avec une amie et je n'étais pas sûre que tu viennes travailler, si tu as de la visite…

— C'est ma meilleure amie, Allison. Elle m'a fait la surprise de débarquer hier soir. Elle devait venir nous aider aujourd'hui, mais elle n'était pas très en forme ce matin, si tu vois ce que je veux dire !

— Je vois très bien, sourit Hanna. Bon, est-ce que tout est prêt ?

— Le café est chaud et les outils sont là.

— Parfait. J'attends tes ordres.

— On va attaquer le sol, soupira Mary.

Elles passèrent la matinée à poncer le parquet afin qu'il retrouve sa teinte naturelle tout en échangeant les dernières nouvelles et plusieurs anecdotes sur leurs vies jusqu'à ce qu'elles meurent de faim.

Après la pause déjeuner pendant laquelle Hanna leur servit une *Lohikeitto* – une soupe composée de saumon, pommes de terre, crème et aneth, délicieuse mais loin d'être légère ! – qu'elle avait apportée, elles se remirent à poncer les dernières lattes dans la bonne humeur malgré leurs ventres trop remplis et leurs dos courbaturés.

— Je vais nous faire un café crème, proposa Hanna en sortant les ingrédients de son sac, une fois le sol terminé. On l'a bien mérité !

— Chouette ! Tu as tout prévu.

Mary récupéra le journal local qu'elle avait acheté le matin même et s'installa au comptoir en le feuilletant distraitement.

— Mais c'est nous ! hoqueta-t-elle soudain, en avisant les photos du karaoké. Allison a l'air d'avoir les plus grosses amygdales de tous les temps !

— Fais voir ?

Mary lui tendit le journal.

— Vous aviez l'air de chanter très fort !

— Pas très reluisant, tout ça, conclut Mary, devant le gros plan sur leurs chaussures.

— Une nouvelle mode ? se moqua Hanna, en lui servant une tasse fumante généreusement agrémentée de marshmallows.

— Un nouveau moyen de locomotion plutôt, répondit Mary, qui se saisit de la tasse en songeant qu'à ce rythme-là, elle allait prendre dix kilos.

Elle trempa doucement ses lèvres dans le liquide chaud et onctueux. C'était riche, pas trop sucré, un vrai régal ! Surtout après cette dure journée de travail.

— Ils font tout un raffut, dit Hanna en regardant passer Santtu et deux policiers dans la rue. Je crois que du matériel a été volé.

— Quel genre ? demanda Mary, en frissonnant, l'histoire du colis d'Anttila lui revenant en mémoire.

— Des équipements de sport, je crois.

Aussitôt soulagée, Mary savoura une nouvelle gorgée.

— Tout le village est en pétard, reprit Hanna. Le championnat approche et les participants comptent sur ce matériel, c'est tout ce que Santtu a bien voulu me dire. À croire qu'il me soupçonne. Il soupçonne tout le monde de toute façon. Il n'est pas encore venu te voir ?

— Non, souffla-t-elle, mal à l'aise, en plongeant le nez dans sa tasse.

Peut-on anesthésier une conscience ? J'ai fait quelque chose de mal et je n'arrive pas à stopper les pensées culpabilisantes qui virevoltent dans ma tête. J'ai brûlé tous les balais. Oui, j'ai menti. Mais la mère Anttila n'avait qu'à se faire livrer à la bonne adresse. Et puis, ce n'est rien comme châtiment à côté de ce qu'elle m'a fait subir ! J'ai vomi mes tripes dans ce lac, sur l'épaule de son petit-fils. Et j'ai failli y laisser un poumon.

— Merci pour ton aide Hanna, sans toi, je ne sais pas si j'aurais eu le courage de m'y mettre.

— Je suis sûre que si. Tu es en train de développer le fameux *sisu.*

— Qu'est-ce que c'est ?

— Un trait de caractère propre aux Finlandais. Ils ont une sorte de mental d'acier, une capacité de résilience hors du commun. Ekke l'avait…

Hanna tenta de bloquer l'émotion qui la gagnait.

— Eh bien, tu l'as toi aussi, ma chère Hanna. Le simple fait que tu sois là, à te battre malgré toutes les épreuves que tu endures, est bien la preuve que tu mérites ce titre.

— C'est gentil, souffla Hanna. Bon, *sisu* ou pas, je suis crevée !

— Moi aussi, mais ma journée est loin d'être terminée et il ne faut pas que je rate le bus du retour !

*

Quand Mary rentra, elle était exténuée et avait le dos en compote. Elle quitta ses bottes, fila dans la cuisine pour se servir une tasse et manqua recracher sa gorgée de thé quand elle aperçut Otso passer.

— Tu lui as mis des boules de Noël sur les bois ?

— Oui, répondit Allison en descendant l'escalier, évitant la poutre de justesse. J'ai trouvé les décos de Noël et j'avais envie de me venger. Il n'avait qu'à nous conduire hier soir !

Allison réchauffa les pâtes aux sardines qu'elle avait préparées tant bien que mal avec le peu d'ingrédients qu'elle avait pu trouver.

— Et tu avais raison, ajouta-t-elle, le perroquet est infernal. Remarque, c'était marrant de communiquer avec lui. Tout en répliques de films ! Je lui en ai appris des tas d'autres, tu veux l'entendre ?

— Non, merci ! Je le préfère quand il dort profondément.

Elles mangèrent tout en bavardant, sans voir le temps passer, jusqu'à ce que la sonnette retentisse.

Mary aperçut sa voisine derrière les carreaux. Elle lui ouvrit et fit les présentations.

— J'ai vu que vous aviez de la visite, dit Wilma. Je vous ai apporté un dessert ! Vous le mettrez au frais, il sera meilleur demain.

— Parfait ! lança Mary, sans pouvoir contenir sa joie.

— Je ne vous embrasse pas, s'excusa Allison, je crois que j'ai pris froid, hier soir.

— Je peux vous soigner, si vous voulez, proposa Wilma, en posant son manteau sur une chaise. Je connais une recette miracle. Mary, vous avez du rhum ?

Les trois femmes s'installèrent dans le salon, aux côtés d'Otso, dès que le grog fut prêt. Mary en but de petites gorgées. C'était bon, réconfortant et très sucré. Elle se leva et revint avec une coupe pleine de chocolats. Il ne lui en restait plus qu'une bonbonnière à demi-pleine. Allison en saisit un, le plus gros, et lut le message à haute voix.

— « J'ai toujours cru que ça se passerait bien. Que j'avais une sorte de bonne étoile qui me protégeait du pire, où que j'aille et quoi que je fasse. Mais en vieillissant, je me rends compte que c'était le privilège de la jeunesse. La vérité, c'est que plus le temps passe, plus je crains que mon étoile soit lasse de me protéger. Je courbe le dos, j'attends la faille, la fêlure qui viendra tout faire voler en éclats. » C'est gai. Qu'est-ce que c'est ? Des papillotes maison ?

— Les bonbons de ma grand-mère, répondit fièrement Mary. Ce sont quasiment les derniers et pas les plus joyeux, en effet. Il va falloir les apprécier, j'ai eu beau fouiller tout le chalet, impossible de trouver la recette.

— Père Noël, la receeette ! brailla Paavli.

Mary profita qu'il soit réveillé pour le nourrir et remplir les gamelles d'Otso.

— Elle les confectionnait les soirs d'hiver, expliqua Wilma. Lors des périodes où nous étions confinées à cause des tempêtes de neige. Mais… ça ne lui réussissait pas de rester cloîtrée. Elle a toujours aimé la fête, les paillettes, tout ça.

— Ça me rappelle quelqu'un, sourit Allison, en savourant son chocolat.

Mary se rendit compte qu'elle avait de nombreux points communs avec sa grand-mère. Café, chocolat, penderie pleine à craquer… à l'exception de son amour pour les animaux.

— Et pourquoi Stella possédait-elle autant de robes de soirées ? demanda Mary. Sa garde-robe en est pleine.

— C'est parce que Rammi, son cinquième et dernier mari, tenait un cabaret. Elle s'est associée avec lui dès leur rencontre ; ils l'ont géré ensemble, ils formaient une belle équipe. La pauvre Mme Anttila, avec qui il était marié, n'a pas fait le poids face au charme de Stella. Votre grand-mère avait soixante ans à l'époque et elle m'a toujours dit avoir vécu les meilleures années de sa vie durant cette période. Je l'enviais souvent. Elle était si amoureuse de lui qu'elle avait l'air d'avoir dix ans de moins. Stella se déplaçait avec tant de légèreté, on aurait dit qu'elle volait, elle souriait tout le temps. Et qu'est-ce qu'ils ont pu faire la fête ! Il y avait tant de joie et d'énergie autour d'eux, ils rayonnaient…

— Qu'est-ce qui s'est passé ? demanda Mary.

— Il faut croire que tout a une fin. Rammi est mort d'une crise cardiaque. Il n'a pas souffert, mais Stella, elle, ne s'en est jamais remise. C'est là qu'elle a commencé à se laisser aller et à vivre cloîtrée dans le chalet. Elle ne s'occupait plus du salon de thé dans lequel elle avait entassé toutes les bricoles du cabaret. Elle a hérité de Paavli qui appartenait à Rammi. Et elle a adopté Otso quelques mois plus tard, il s'était perdu dans le coin. C'est ce qui l'a sauvée.

— Est-ce que vous trouvez, vous aussi, que la vie est de plus en plus dure ? questionna Allison.

— J'en ai bien peur, soupira Wilma.

— Mais comment fait-on ? Comment peut-on avancer si tout devient plus difficile alors qu'on est de plus en plus… *usé* ? osa Mary.

— C'est une question que je me pose tout le temps. Je crois qu'il n'y a que les projets pour nous faire oublier tout le reste. On doit trouver un but et s'y accrocher de toutes nos forces, comme si c'était une affaire de vie ou de mort. Ce n'est pas forcément un projet qui doit rapporter beaucoup d'argent ou vous rendre célèbre. Mais il faut qu'il vous permette d'avoir envie de vous lever le matin et de vous coucher heureuse, sinon à quoi bon ? À quoi bon râler de ne pas vouloir quitter cette Terre si ce n'est pas pour en faire un voyage exceptionnel ? Promettez-moi de vous coucher tous les soirs avec le sourire.

Mary hocha la tête, elle aurait voulu lui répondre, mais les mots restèrent coincés dans sa gorge.

— Même les soirs où la journée n'a pas été bonne, vous devez sourire. Parce que vous avez la chance d'être de ce monde et parce que c'est une manière de tromper votre cerveau. Si vous souriez, cela lui envoie de bonnes ondes et il croit que tout va bien. Et si tout va bien, il vous attirera de belles expériences.

— Je comprends.

— Dites, Wilma, vous n'auriez pas un conseil pour moi aussi ? demanda Allison.

— Eh bien, vous aussi vous devez sourire ! Quelle est votre mission de vie ?

— Je n'en ai pas. L'univers m'a oubliée.

— Il n'oublie personne.

Allison haussa les épaules.

— Je rêve d'être actrice, mais je n'arrive pas à décrocher de rôles assez importants pour lancer ma carrière. Je vieillis plus vite que mon ombre et dans quelques années, il sera trop tard. Plus personne ne voudra de moi. Je serai passée à côté de mes rêves et je trouve ça très triste. Quel décalage entre ce que je pensais pouvoir devenir et ce que je suis, finalement. Est-ce qu'on peut en sourire ?

— Oui. Il y a toujours de quoi être reconnaissant. Ou heureux. Si vous cherchez bien, vous trouverez. Et pour ce qui est du cinéma, il faut continuer, ça finira par payer. Ça n'arrivera sans doute pas comme vous l'aviez imaginé ou souhaité, mais ça arrivera si vous travaillez dur et n'abandonnez pas.

Les trois femmes regardèrent danser les flammes dans la cheminée. Malgré la fatigue, aucune d'elles n'avait envie d'aller se coucher.

— À nous ! lança Allison, en levant son verre. Wilma, vous devez écouter ça.

Elle sortit son portable et lança *Best Part of Me* de Ed Sheeran.

— C'est beau, admit Wilma. Il chante bien.

La vieille dame s'endormit dès la deuxième chanson. Elles la recouvrirent de deux plaids avant d'éteindre les lumières et de faire sortir Otso pour ses besoins.

Une généreuse couche de crème blanche recouvrait la précédente, il avait dû neiger à gros flocons toute la soirée.

— Une belle image pour conclure une belle soirée, souffla Allison, un sourire aux lèvres en attrapant Mary par le bras. Les paysages sont vraiment féeriques.

— C'est vrai, c'est sublime. Il y a quelque chose de magique, ici.

— On dirait que tu commences à t'y plaire ? s'étonna Allison.

— Possible, sourit Mary, en jetant un œil chez son voisin qui venait d'éteindre la lumière.

25

« Une petite flamme de folie, si on savait comme la vie s'en éclaire ! »

Henri de Montherlant

Le lendemain, pour pouvoir dégager l'accès au chalet, elles durent déblayer la neige, et Mary pensa que traîner la pelle et la soulever pour la vider était bien plus dur que d'assommer Santtu avec. Elles étaient en nage.

La bonne nouvelle : la camionnette était réparée et Zack allait la leur ramener avec sa dépanneuse dans l'après-midi. La mauvaise : avec 2 210 € de réparations, Mary se retrouvait dans le rouge.

Une fois à l'intérieur, Mary frissonna, autant à cause de son découvert que du froid ambiant, et alluma la cheminée pour se réchauffer en attendant que la salle de bains soit libre. Lorsque Allison en sortit enfin, Mary fut retenue par un appel vidéo de Jason. Elle décrocha en se collant devant le feu.

— Alors les filles, comment vous vous en sortez ? Quel est votre programme aujourd'hui ?

— Tout se passe très bien, répondit Mary, j'ai fini le tri grâce à tes conseils ! On part peindre les murs du local dès que j'aurai récupéré la camionnette.

— C'est le bout du monde ici ! se plaignit Allison, en se plaçant à côté de Mary. On vient de passer la matinée à pelleter la neige. C'est tout juste si on pouvait ouvrir la porte du chalet pour sortir !

— Fais voir ?

Mary retourna le téléphone et lui montra les paysages.

— Waouh ! C'est peut-être le bout du monde, mais c'est magnifique !

Otso rentra de sa balade matinale et passa devant l'écran.

— Ah, voilà ma star ! lança Jason. Sa page Facebook est presque terminée.

Surprise, Mary retourna le téléphone.

— Tu l'as vraiment faite ?

Il acquiesça.

— Cette fois, tu es encore plus dingue qu'Allison ! Il faut que je voie ça.

Mary alluma son ordinateur et tapa l'adresse que Jason lui dicta. Otso apparut alors vêtu d'un costume trois-pièces noir, d'une écharpe rose, et de grosses lunettes en métal rondes et dorées.

— Comment as-tu fait ? demanda Allison, subjuguée.

— J'ai juste mis quelques filtres pour qu'il ait une plus belle peau, plaisanta-t-il. Qu'en pensez-vous ?

— Il est génial ! répondit Mary. Et classe ! Il porte bien le costume, tout le monde aura envie de l'adopter.

— Super ! Tu pourras enfin t'en débarrasser. J'imagine que ça ne doit pas être facile, toi qui détestes les animaux.

— Oh, détester est un bien grand mot… on s'habitue.

— Sans parler de l'odeur affreuse qui règne sûrement chez toi.

Mary n'y avait jamais songé. Elle attrapa son tee-shirt et le renifla. Elle n'avait pas beaucoup de nez.

Mon Dieu, j'espère que je ne sens pas trop fort ! On s'habitue à ça aussi !

— Les photos avec les boules de Noël étaient sympas, reprit-il, mais il m'en faudrait d'autres.

— Disons que j'ai un peu autre chose à faire, se moqua Mary.

— Je m'en charge ! proposa Allison. J'ai des tas d'idées.

— Parfait, conclut-il. Et si tu pouvais filmer Paavli quand il parle, ce serait beaucoup plus vendeur !

— OK, je vais essayer, répondit Allison. Tu vas adorer le moment où il se prend pour Robert de Niro !

— Je t'interdis de lui apprendre d'autres répliques ! la menaça Mary, qui n'en pouvait plus d'entendre l'oiseau s'époumonner dans son nouveau répertoire.

— C'est promis, gloussa Allison.

Ils bavardèrent encore quelques minutes avant de raccrocher, puis Mary fila se doucher. En redescendant, elle se rendit dans le cellier pour prendre de quoi remplir les gamelles et constata que la réserve des bonbons de Stella avait nettement diminué. Elle entra dans le salon, bien décidée à en découdre avec son thérapeute.

Allongé devant la cheminée, il regardait le feu et portait une guirlande lumineuse entrecroisée dans ses bois. Allison terminait de le prendre en photo.

— Je vous laisse ! lança cette dernière face au regard courroucé de son amie.

— Otso ! tonna Mary, en s'approchant. C'est toi qui as tapé dans les chocolats ?

L'intéressé s'en défendit en donnant un gros coup de bois sur la table, tel un ado bougon.

— Eh ! Ne réponds pas sur ce ton, tu veux ! Je te demande, c'est tout.

Otso souffla.

— Tu vas finir par péter la table !

*

— Tes créations sont magnifiques ! s'exclama Allison, lorsqu'elles arrivèrent dans le local, en fin d'après-midi. Cette lampe ! L'idée d'utiliser des pellicules… Oh ! et cette guitare détournée en étagère !

— C'est vrai, tu aimes ?

— Oui, c'est superbe. Poétique et très créatif, j'adore. Et ton local n'est pas mal non plus, dit-elle en lui donnant un coup de coude. Surtout après le ménage et le tri, cela n'a plus rien à voir avec les photos que tu m'avais envoyées. Le parquet paraît comme neuf, vous avez bien fait de le poncer.

— Merci du fond du cœur. C'est vrai qu'il est de plus en plus agréable.

— Je suis sûre que cette idée de salon-brocante va marcher, affirma Allison, tu as beaucoup de talent.

Elle ramassa le journal local et se mit à le consulter.

— J'espère, parce que j'ai bien l'intention de fermer son bec à la vieille Anttila ! répondit Mary avec humeur.

Elle se mit au travail, espérant avancer dans ses créations avant d'attaquer la peinture, tandis qu'Allison s'occuperait de la réserve. Mais les minutes passaient sans que son amie n'ait encore bougé.

— Tu réalises qu'on aurait pu faire la une, c'est une photo de la soirée au pub, lança Allison.

— Alli, tu n'avais pas dit que tu venais pour m'aider ? Ça fait un quart d'heure que tu lis ce torchon ! Tu m'avais promis d'enlever les araignées de la réserve, je n'arrive pas à y entrer à cause de leur présence.

— Ce torchon, c'est la gazette du coin et mieux vaut se tenir au courant des potins. Ils sont vraiment furax avec cette histoire de matos pour le championnat de hobby-horsing. C'est fou ce genre de sport, ça ne ressemble vraiment à rien ! Les gens galopent avec une fausse tête de cheval devant eux.

— Mais non ! ricana Mary.

— Mais si ! confirma Allison.

Allison laissa tomber le journal et se dirigea vers la réserve.

— Il te reste un carton à ouvrir, tu as vu ? dit-elle en y entrant.

— Ah oui ! J'avais complètement oublié, soupira Mary, je l'ai reçu l'autre jour.

— C'est quoi cette horreur ?! gloussa Allison. C'est vraiment flippant ! Tu m'as caché ta nouvelle passion ? Tu veux participer au championnat ou quoi ?

Mary entra à son tour dans la réserve, en scrutant dans tous les coins à la recherche d'une maudite araignée. Elle s'approcha du carton qu'Allison venait d'ouvrir.

— Oh, non ! souffla-t-elle horrifiée. Le matériel de hobby-horsing.

Allison pouffa.

— Tu as dû aussi recevoir les manches à balai.

Le visage de Mary se décomposa.

— Je m'en suis débarrassé.

— Ah. Pas grave, dis-moi où tu les as mis, je vais les chercher.

— Je m'en suis servie pour allumer le feu dans la cheminée du chalet. Je voulais me venger. Oh, Allison, comment je vais faire, maintenant ? Et les têtes ? Tu crois qu'on doit les rendre ?

Allison secoua la tête :

— Sûrement pas. Tu as déjà vu un assassin ramener le corps de sa victime ?

Mary sortit l'un des chevaux du carton et l'observa.

— Il faut qu'on garde les idées claires, reprit Allison, en se pinçant l'arête du nez. On va les enterrer dans le jardin de Stella. Sous le sauna, là où Otso fait ses crottes. Personne ne viendra les chercher à cet endroit. Punaise, c'est limite terrifiant ces trucs !

— Mais à quoi ça rime de faire du cheval sans cheval ? gémit Mary. Je crois qu'on a besoin d'un verre. Il y a une bouteille de vodka derrière le bar.

— Entièrement d'accord avec toi, répondit Allison, en hochant la tête deux fois de suite. On va avoir besoin de forces pour creuser.

— Tu n'es pas sérieuse, là ?

— Mary, si tu avoues aux villageois que c'est toi qui as piqué le matériel que tout le monde cherche partout, tu risques le bûcher. Crois-moi, j'ai lu l'article dans la gazette, ils ne plaisantent pas avec ce sport, pouffa-t-elle. Et encore un détail…

— Oui ? dit Mary, en remplissant leurs verres de vodka.

— La vieille Anttila, celle que tu veux mettre KO, eh bien c'est elle, l'entraîneuse de l'équipe.

Mary but son verre cul sec, imitée par son amie. Elles s'en servirent un second, pour mieux réfléchir à la situation, un troisième pour se donner le courage de déballer la marchandise et un quatrième pour mettre un plan au point.

— Bon, on va les rendre discrètement, proposa Mary en regardant les têtes de chevaux comme si elles étaient humaines.

On les déposera devant la porte de la vieille Anttila une fois que tous les commerces auront fermé et qu'il n'y aura plus personne dans la rue.

— Et pour les manches ?

— Qu'elles se débrouillent ! hoqueta Mary en balayant l'espace d'un large geste de la main mal maîtrisé. Ah si, j'ai une idée ! Hanna en a plein dans sa boutique, elle les a commandés pour sa vitrine d'Halloween.

— Je crois qu'il serait préférable de ne pas la mêler à tout ça, décréta Allison dont le cerveau tournait à plein régime. Écoute, on n'a qu'à écrire une lettre anonyme pour les aiguiller sur les manches d'Hanna. Commence à découper des lettres dans le journal, je vais chercher la colle.

— Non, non, bégaya Mary, on prend le risque que quelqu'un vole ce carton. Le salon est juste en face du mien, à l'angle. C'est beaucoup trop visible.

— Humm, c'est vrai qu'une tête peut coûter jusqu'à 500 €, voire plus, convint Allison.

Mary l'interrogea du regard.

— Quoi ? Je t'ai dit que j'ai vu un reportage là-dessus, rétorqua Allison, en se penchant pour regarder Kustaa passer sur le trottoir opposé. Il est vraiment canon ce type. Pile ce qu'il nous faut. On va lui faire porter le chapeau.

— Déjà qu'il met des perruques, soupira Mary, en raclant le verre de son index avant de le remplir à nouveau.

— On déposera le carton devant son cabinet. Il croira que le livreur a fait une confusion, dit Allison.

Elle s'agenouilla et saisit un gros rouleau de scotch orange.

— Je n'ai pas l'habitude de te trouver aussi brillante, mais là, bravo, je dois dire que tu t'es surpassée : tu es le cerveau de l'affaire, déclara Mary en trinquant après qu'Allison a recouvert le mot « Hobby » avec du scotch.

— Voilà, on ne lit plus que HORSES. On n'y voit que du feu. Je suis carrément géniale ! Bien, maintenant que le plan est policé, place au sport. On va écouter un peu de musique, marmonna-t-elle en lançant *Waterloo* d'Abba sur son téléphone.

— Ce n'est pas un groupe finlandais.

— Peu importe, c'est nordique, non ?

Allison saisit une première tête. De couleur crème avec une belle crinière – bien qu'un peu courte – en laine noire, elle avait de grands yeux marron et un petit côté Audrey Hepburn.

Faute de balai, elle la tint à deux mains devant elle et se mit à faire le tour du local en imitant le bruit des sabots sous les yeux ébahis de Mary.

— Qu'est-ce que tu attends ? Rejoins-moi ! cria Allison.

— Mais… je n'ai jamais fait de cheval !

— Qu'importe, ma mie ! Tu vas apprendre. Allez ! Huhuhuuu !

Mary posa son verre et se prêta au jeu en utilisant le manche du balai-brosse qui traînait dans la réserve. Trottant derrière Allison droite comme un I, en l'imitant avec toute la grâce dont elle était capable en cet instant si particulier, elle dut bien admettre qu'elle n'avait jamais eu autant les larmes aux yeux de toute sa vie. Elle était même persuadée de voir se creuser deux fossettes sur son visage le lendemain tellement elle riait fort. Allison était si sérieuse. À fond dans son rôle de cavalière !

Et c'est ainsi que, complètement ivres, les deux amies firent plusieurs fois le tour du salon un verre à la main, slalomant entre les tables, passant allègrement du trot au galop et poussant même jusqu'à se risquer aux sauts, les cartons faisant office d'obstacles. Heureusement, elles avaient pensé à descendre le store et personne ne les vit.

Après s'être suffisamment défoulées, elles quittèrent le local au milieu de la nuit et déposèrent le lourd colis rafistolé et largement taché de gouttes de vodka devant le cabinet de Kustaa, aussi discrètes que des hyènes sous ecstasie.

26

« La danse… un minimum d’explications, un minimum d’anecdotes, et un maximum de sensations. »

Maurice Béjart

Le jour du concours de danse était arrivé. Si Mary n’avait pas été poussée par Allison, ravie de se retrouver seule avec Paavli pour tourner ses vidéos – tout en tapant dans la réserve de chocolats comme elle l’en soupçonnait –, et si elle n’avait pas eu terriblement besoin d’argent, elle n’y aurait pas mis les pieds. D’autant plus qu’elles avaient peint le local toute la journée et elle était crevée.

En consultant les listes de passage, elle découvrit qu’il n’y avait que deux catégories : celle des couples déjà formés et celle des danseurs sans partenaire. Zut ! pensa-t-elle, je croyais qu’il fallait danser seule ! Qui danse encore en couple de nos jours !

Elle était sur le point de s’éclipser avant que le maire ne la repère quand elle repensa à la facture qu’elle venait de recevoir, à Mme Anttila qui serait trop contente qu’elle abandonne et à Miles qui s’attendait à la voir échouer. Trois mille euros de prix, elle devait tout tenter ! Aussi saisit-elle l’occasion lorsqu’elle croisa une tête connue.

— Zack ! Salut, tu participes ! Est-ce que ça te dirait de danser avec moi ?

— J'aurais adoré mais j'ai déjà une partenaire, Aada. La voilà justement.

Une petite blonde perchée sur des talons rouges et vêtue d'un ensemble noir à paillettes digne des plus grands danseurs de tango, les rejoignit.

— Enchantée, répondit Mary.

En réalité, elle était déçue à l'idée qu'elle n'aurait aucune chance si toutes les participantes étaient des professionnelles. De plus, ne connaissant pas grand monde, elle risquait de se retrouver seule. Elle aperçut alors Kustaa qui, lui, avait visiblement le choix ! Mary croisa son regard parmi une multitude de têtes blondes qui frémissaient autour de lui.

Ken au milieu des Barbie !

Il vint vers elle.

— Tu es toujours autant entouré ? lui demanda-t-elle, amusée.

— Ce sont des amies, répondit-il en haussant les épaules. On se connaît tous depuis l'enfance, ici.

— Avoue que depuis que tu es séparé, il y a une liste d'attente ! J'espère que tu aimes les grandes blondes.

— Oui, chuchota-t-il, en se penchant vers elle. Mais pas autant que les petites brunes.

— Ne te moque pas de moi !

— Je suis sincère.

— De toute façon, je sais que je n'ai aucune chance, tu m'as vue dans les pires situations, c'était loin d'être glamour.

— C'est vrai, admit-il, glamour n'est pas le mot qui te correspond le mieux.

Elle lui donna un coup de coude.

— Ces femmes qui t'attendent le sont. Va les rejoindre.

— Et te laisser seule avec le maire qui arrive pour t'inviter à danser ? argua-t-il en s'approchant.

— Pitié, non !

— Tu as de la chance, j'ai un si grand cœur.

— Dépêche-toi de m'inviter ! Vite ! supplia-t-elle en imaginant le maire dans son dos.

— Je n'ai jamais pu résister aux demoiselles en détresse. Surtout avec ce petit ton autoritaire, se moqua-t-il.

— Merci, souffla-t-elle, en acceptant la main qu'il lui tendait, les yeux rivés aux siens.

Rien que le contact de sa paume lui mit des papillons dans le ventre. Elle ignorait comment masquer l'effet qu'il produisait sur elle.

— Je peux ?

Elle acquiesça tandis qu'un flot d'ondes invisibles lui parcourait le dos au moment où il posa son autre main au creux de ses reins. Et lorsqu'il rapprocha ses hanches des siennes, une vague de chaleur la submergea.

Il esquissa un petit sourire taquin.

— Quoi ? demanda Mary.

— Non, rien… Je me disais juste que je pouvais ajouter *vol* à la liste de tes forfaits.

— Je ne t'ai rien volé, se braqua-t-elle.

— Techniquement, non, puisque vous êtes venues les rendre.

Mary comprit immédiatement l'allusion.

— Les caméras de surveillance, reprit Kustaa. On vous identifie parfaitement, ton amie et toi, tu sais. D'autant plus que tu es la seule à porter ce genre de vison. Et je dois dire que tu as un certain talent pour ce sport. J'ai particulièrement apprécié tes petits sauts de côté. Comment tu fais ça ?

— Oh pitié…

— En chantant *Waterloo*, murmura-t-il amusé, en la serrant un peu plus contre lui.

Tout en reprenant ses esprits, Mary tenta de suivre Kustaa, de pivoter lorsqu'il la faisait tourner, de garder le rythme tout en évitant de lui marcher sur les pieds, mais elle se retrouva vite à contresens quand la chorégraphie devint plus complexe.

— Laisse-toi guider.

— C'est ce que j'essaie de faire, mais je n'ai pas l'habitude de ce genre de danse !

— On ne danse pas à Londres ?

— Pas en couple, non.

Il sourit alors qu'elle se cognait une nouvelle fois contre son épaule. Cette fois, c'était lui qui avait raté un pas.

Est-ce qu'il va me trouver bizarre si je garde mon visage collé contre son épaule pour le reste de la soirée ?

— Nous n'avons aucune chance de gagner, dit-il, je ne suis pas très doué non plus.

Peu importe qu'il ne soit pas doué, c'est tellement agréable !

Elle releva la tête à regret. Ce parfum. Ça devrait être interdit de sentir aussi bon. Elle en eut la chair de poule. Les minutes s'écoulèrent.

— Mais tu as froid, lui dit-il alors qu'elle frissonnait pour la troisième fois.

— Non.

Il sourit, il avait compris.

— Arrête de tressaillir, Mary, c'est gênant.

— Je ne peux pas, finit-elle par avouer.

Elle ne pouvait plus faire semblant et cacher ses réactions. Il esquissa un demi-sourire avant de la faire tourner, puis il la serra un peu plus contre lui. Elle tenta d'adopter une attitude naturelle et sexy, mais elle lui marcha sur le pied au moment où l'un des juges passait devant eux pour les noter.

Mary aurait souhaité que cette musique ne s'arrête jamais. Sa main dans celle de Kustaa. Les épaules musclées qu'elle découvrait sous la finesse de sa chemise blanche et qu'elle osait à peine toucher. Quant à sa voix rauque… Elle en avait complètement oublié le concours.

— Alors, reprit-elle, curieuse d'en savoir plus, quel est le mot qui me correspondrait le mieux, d'après toi ?

Il réfléchit une seconde.

— Je dirais *originale*.

— Ah.

— Quoi, tu n'aimes pas ?

— Eh bien, il y a plusieurs interprétations possibles, grimaça-t-elle. Disons que c'est toujours mieux que banale.

Il sourit.

— Je te charrie. Ce n'est pas le seul mot que j'avais en tête.

Il se pencha et susurra dans son cou :

— Il y a aussi *exceptionnelle*.

— C'est beaucoup mieux, sourit Mary, plus touchée qu'elle ne l'aurait cru.

— C'est vrai. Tu es différente des filles que je connais. Tu as l'art de te retrouver dans des situations improbables, on ne s'ennuie pas avec toi !

— Je te fais rire, c'est tout.

— Non. Tu sais écouter ton cœur quelle que soit la situation et je trouve que c'est une merveilleuse qualité. Plus que d'être grande et blonde, ajouta-t-il avec un clin d'œil.

La musique s'arrêta, interrompant la magie de cet instant hors du temps. Et ce fut Zack et Aada qui gagnèrent haut la main.

Quelle chance, 3 000 € ! De quoi faire des provisions pour l'hiver !

Jamais elle n'aurait imaginé penser ça un jour. Elle avait l'impression de s'être transformée en écureuil ! Elle qui avait l'habitude de jeter ses restes et les paquets de pâtes aux trois quarts vides, elle était désormais obligée de faire attention et c'était tout son rapport à la consommation qui s'en trouvait transformé.

Les amis de Kustaa profitèrent de la remise des prix pour se diriger vers le bar, embarquant le beau vétérinaire au passage. Ce dernier proposa à Mary de venir les rejoindre. Elle fit alors plus ample connaissance avec eux, en particulier avec Nikke, le batteur du groupe, qui se vantait d'être un spécialiste des aurores boréales.

— Tu en as déjà vues ?

— Non ! répondit Mary, électrisée par cette fin de soirée très agréable.

Kustaa ne semblait pas captivé par sa discussion avec Zack, il avait même un air jaloux qui ravit Mary.

— Si tu veux, je peux t'en montrer, proposa Nikke.

— OK, mais quand ?

— Tout de suite ! Il est déjà 22 heures, le temps de nous rendre sur le site, on devrait en apercevoir facilement ce soir.

— Il faut qu'on passe prendre mon amie, elle ne peut pas louper ça !

— Donne-moi ton adresse et je vous rejoins d'ici une petite demi-heure.

*

— Alors, ce concours ? s'enquit Allison depuis le canapé quand Mary entra.

— Évidemment, je n'ai pas gagné, adieux les 3 000 €. Mais j'ai passé une très belle soirée. Et toi ?

— Rien de spécial, minauda Allison en reposant son téléphone.

Mary s'approcha de la cage du perroquet et ôta la couverture.

— *Are you talking to meeee?* brailla Paavli.

— Je t'assure que je n'ai pas adressé la parole à ce piaf ! s'insurgea Allison.

— C'est ça, oui !

— Et on lui pèleraaa le jonc, comme au bailliiiii ! se fit un plaisir d'hurler Paavli.

— Allison, râla Mary, il est en grande forme !

— Tu trouves ? Il rate toujours les derniers mots. *Du Limousin*, souffla-t-elle à l'oiseau.

— Arrête ! couina Mary.

— Jacquouille ! Passe-moi la gourdasse, j'ai soif !!!

Allison explosa de rire en voyant la tête de Mary.

— Il va cartonner sur Tik Tok !

Mary remit la couverture sur la cage et décida de taquiner un peu son amie.

— Kustaa sait que c'est nous qui avons fait le coup pour le matériel de hobby-horsing.

— Oh. Tu crois qu'il va nous balancer ?

— Il a juré de ne rien dire, mais… je n'ai pas confiance. On devrait se débarrasser de lui.

— Tu plaisantes ?

Une pause.

— Évidemment ! finit par répondre Mary, devant le regard halluciné d'Allison. En revanche, j'ai une bonne nouvelle, Nikke, le batteur du groupe, m'a proposé de nous emmener voir des aurores boréales. Il paraît que c'est la soirée parfaite, qu'en dis-tu ?

— Génial ! s'exclama Allison. Il est tellement canon.

— Eh bien parfait, parce qu'il ne va pas tarder. Habille-toi vite !

Nikke arriva peu après et elles montèrent dans son 4 × 4. Tout en conduisant, il leur expliqua le phénomène des aurores et Allison donna l'impression qu'elle allait prendre des notes. Elle était assise à l'avant avec une tête de première de la classe et ne cessait de lui poser des questions. Mary dut se retenir pour ne pas s'assoupir. Elle bâilla et somnola pendant une partie du trajet.

Un éclat de rire la réveilla.

— Non ? Les renards de feu ?

— Oui, *revontulet* en finnois, c'est comme ça qu'on appelle les aurores.

Mais de quoi parlent-ils ?

— La légende dit que la vitesse des renards de feu qui courent dans le ciel déclenche des étincelles qui illuminent la nuit, leur grande queue frottant les montagnes environnantes.

Mary songea qu'elle devait être encore en train de dormir. Un doux rêve.

— Je crois surtout que vous avez une folle imagination, rétorqua Allison. Je ne vois pas trop le rapport et en plus, les aurores sont plutôt vertes, non ? Rien à voir avec la couleur des renards.

— Eh ! Ne critique pas les Finlandais, OK ? Tu veux que je te dise ce que racontent les Inuits du Groenland ? Que les âmes des défunts jouent à la balle avec le crâne des morses !

— Beurk, c'est dégoûtant !

— Et les Samis considèrent les aurores comme les âmes des morts, ils pensent qu'elles annoncent un mauvais présage. Ils préfèrent même ne pas sortir lorsqu'elles apparaissent, craignant qu'elles puissent leur trancher la tête.

— C'est bon, j'ai ma dose !

— Alors, en comparaison, notre légende est plutôt mignonne, non ?

— Hmm, finit-elle par admettre.

— Les Norvégiens pensent que…

— OK, OK ! le coupa Allison en levant les mains en signe de reddition. J'ai compris, les Finlandais sont HYPER poétiques, en fait !

Il sourit, manifestement sous le charme de la jeune Anglaise, puis gara la voiture. Ils durent patienter dans la douce pénombre du véhicule, mais enfin, la magie opéra. Ils sortirent aussitôt du 4 × 4. D'immenses traînées vertes se mirent à danser dans le ciel pour leur plus grand plaisir. C'était spectaculaire !

— Waouh ! Ça existe vraiment ! s'émerveilla Allison.

Nikke approuva d'un hochement de tête.

— C'est incroyable, reprit-elle. Merci. C'est la plus belle chose que j'aie jamais vue !

À cet instant, ce n'était pas le ciel qu'Allison fixait, mais bien les yeux de Nikke.

Sacrée Alli !

Les deux amies prirent des dizaines de photos, ravies de capturer la magie de cette soirée, avant de reprendre la route. De retour au chalet, Mary prit congé et monta se coucher tandis qu'Allison restait dehors avec Nikke. Elle ignorait comment la soirée allait se terminer pour eux, mais elle n'eut pas le temps d'y songer, elle s'endormit d'un coup.

Pas pour longtemps.

— MARY ! C'était trop bien ! Magnifique !

— C'est vrai que c'était beau, mais je dormais, là.

— *Il* est beau, corrigea Allison. Et vraiment sympa.

— C'est malin, tu m'as réveillée, bougonna Mary. Mon heure est passée, je ne vais plus pouvoir me rendormir.

Allison bâilla.

— Ah bon ? Mais tu as vu l'heure, il faut qu'on éteigne. On a encore la deuxième couche de peinture à passer demain.

Elle s'étira et s'allongea à côté de Mary.

— Alli ? Alli, pousse-toi, tu es en travers du lit !

Trop tard, son amie s'était assoupie dans la seconde, un truc que Mary lui avait toujours envié. Tandis qu'elle, elle allait devoir tourner deux heures durant avant de retrouver un sommeil aussi léger que cotonneux. C'était injuste.

27

« Dans la vie on ne fait pas ce que l'on veut mais on est responsable de ce que l'on est. »

Jean-Paul Sartre

— IL fait un froid de canard ! se plaignit Allison en entrant à la suite de Mary dans le salon de thé.

— Je sais, c'est la chaudière. Un coup elle marche, un coup elle s'éteint. J'ai peur qu'elle ne tienne pas longtemps.

— Attends, je vais voir ce que je peux faire.

Mary haussa un sourcil.

— Je m'y connais, figure-toi. Il doit y avoir de l'air dans les tuyaux. Il faut ajouter de l'eau en tournant la valve d'approvisionnement.

Elle se pencha et tripota un boulon.

— Non, non, non, je t'interdis d'y toucher ! cria Mary.

Trop tard.

— Bingo ! Regarde, le voyant est vert ! Ne me remercie pas, je suis tout simplement géniale. Mais bon, on n'a pas le temps de s'extasier, passons à la suite. Voilà le plan : tu continues tes créations pendant que j'attaque le comptoir. Et ensuite, on terminera par la peinture pour ne pas respirer ça toute la journée.

— Alli, ça me gêne, tu es sûre que tu ne préfères pas aller te balader ?

— Certaine. Il fait moins quarante dehors et je suis venue pour t'aider, ne l'oublie pas.

Tout en bavardant, Mary se lança dans une nouvelle lampe tandis qu'Allison redonnait vie au comptoir en répondant régulièrement à des messages sur son portable qui n'arrêtait pas de sonner.

— Qu'est-ce que tu fais ? finit par demander Mary.

— C'est Nikke, gloussa Allison.

— Je vois. C'est toi qui vas rester en Finlande ! Bon, qu'est-ce que tu en penses ? la questionna-t-elle en agitant le skate.

— Des roues lumineuses ? C'est une super idée ! Bravo. On devrait le fixer là, dans le coin gauche de la vitrine. Et tu pourrais déposer des boîtes de thé dessus.

— Génial, je le fais tout de suite. J'ai trop hâte de commencer à décorer : ça me démange ! s'exclama Mary, en branchant le skate.

Elle ne put s'empêcher de jeter un œil chez sa concurrente. Depuis leur première brouille, la vieille pie devait se sentir pousser des ailes : elle se démenait en créant chaque jour de nouvelles recettes et son salon de thé ne désemplissait pas. Je vais avoir du mal à rivaliser, se dit Mary, en se rendant dans la réserve.

— J'aimerais tant être là pour l'ouverture, soupira Allison depuis le comptoir. Dommage que je doive rentrer… Oh, il y a quelqu'un qui frappe. Je vous ouvre !

— Non, Allison !

Son amie venait d'ouvrir à une femme d'une quarantaine d'années, plutôt élégante.

— Bonjour, dit celle-ci avec un sourire éblouissant, je suis désolée de vous interrompre. J'ai remarqué ce skate lumineux dans la vitrine, je sais que ce n'est pas encore ouvert, mais serait-il à vendre ?

Mary sortit de la réserve. Son cœur se mit à battre un peu plus fort.

— Affirmatif, répondit Allison.

— Formidable ! Je cherche un cadeau pour mon fils, c'est un ado et il n'est pas facile à contenter, encore moins à surprendre ! Mais avec ce skate, je devrais faire mouche. Combien coûte-t-il ?

— Deux cents euros.

Mary toussa.

— Ah non, pardon, le prix est de 250, corrigea Allison. C'est une création et l'artiste ici présente nous vient tout droit de Londres. Saärla a beaucoup de chance qu'elle ait décidé de s'installer ici.

— Je vois… eh bien, c'est entendu, je le prends !

— Très bien, il faut juste le débrancher et attendre quelques minutes pour laisser les ampoules refroidir avant de pouvoir l'emballer.

— Oh, prenez votre temps, je passerai le récupérer demain, dans la matinée. Je vous le règle maintenant, afin que personne ne me le vole ! déclara-t-elle en sortant son chéquier.

— Parfait, assura Allison.

Une fois la cliente sortie, Mary demanda à Allison si elle était dingue.

— Comment as-tu pu lui demander une somme pareille ? insista-t-elle, médusée.

— J'ai l'œil, figure-toi. Elle porte un sac Vuitton, elle est pleine aux as. Probablement que si cela n'avait pas été aussi cher, elle ne l'aurait pas autant aimé, dit-elle en débranchant le skate.

— Sérieux ?

— Non, en fait, j'ai cru que tu avais toussé parce que le prix était trop bas. Je plaisante ! Bien sûr que je suis sérieuse, il va falloir que tu prennes confiance en toi et que tu montes tes prix si tu veux t'en sortir. Tu ne te gênes pas quand il s'agit de travaux de décoration !

— Oui, mais là, c'est différent, ça vient de moi et je ne sais pas si les gens vont aimer.

— Ils vont aimer ! La preuve, encore une cliente potentielle.

— Non, elle, c'est…

— Bonjour ! La boutique n'est pas encore ouverte, mais entrez, vous êtes la bienvenue ! continua Allison sans l'écouter, manifestement ravie du succès des créations de son amie.

— Comme si ça ne suffisait pas de rouvrir ce vieux salon de thé, vous vous lancez dans un débarras ? pesta Mme Anttila, en entrant.

— Une brocante, plus exactement, rectifia Allison, soudain refroidie.

Mme Anttila la fusilla du regard :

— Vous êtes ?

Puis sans attendre la réponse, elle enchaîna :

— Vous semblez déborder d'idées lumineuses. Alors comme ça, on me vole mon matériel ? J'imagine que c'était votre idée à toutes les deux, je me trompe ?

Allison regarda Mary d'un air contrit tandis que la vieille dame s'approchait du skate.

— Intéressant.

— Non, ne touchez pas ! s'écria Mary.

Trop tard. Mme Anttila, qui n'était pas du genre à écouter les autres et encore moins les conseils de mademoiselle-je-sais-tout, posa les mains sur les ampoules.

Puis elle hurla en retirant précipitamment ses dix doigts. Mary se demanda ce qu'elle avait bien pu faire pour avoir une poisse pareille avec cette femme !

— On venait juste de l'éteindre ! Oh, mince, mince, mince… comment ça va ?

— À votre avis, gémit Mme Anttila, en soufflant sur ses extrémités rougies. Mais comment vais-je pouvoir travailler et entraîner l'équipe de hobby-horsing avec les mains dans cet état ?

Allison apporta une bassine d'eau froide pour que la vieille femme puisse y tremper ses doigts brûlés. Les deux amies se confondirent en excuses, mais il était trop tard, le mal était fait.

— Et je devais décorer les douze têtes de chevaux que vous m'avez volées et qui viennent d'être retrouvées !

— Je ne les ai pas volées, se défendit Mary, elles ont été livrées ici par erreur !

— Je vous ai sous-estimée, Mary touche-à-tout, vous vous avérez redoutable comme adversaire, bien pire que votre grand-mère !

Elle avait les larmes aux yeux en disant cela et Mary se sentit toute retournée. Elle proposa d'accompagner la vieille femme jusque chez elle, mais celle-ci refusa avec virulence et quitta la boutique en marmonnant furieusement en finnois.

Après cet incident, Mary et son amie passèrent plusieurs heures à travailler en silence. Ni l'une ni l'autre n'avait le cœur à bavarder, inquiètes des suites que Mme Anttila pouvait donner à cette affaire. Leur motivation principale était de finir les travaux dans la journée. Pour le reste, se disait Mary en boucle, on verra. Pourvu que cette histoire n'aille pas trop loin, c'est tout ce que je demande !

Quand elles eurent terminé, le local ne ressemblait plus du tout à celui que Mary avait visité : le sol était poncé, les murs fraîchement repeints, la réserve complètement dégagée et le comptoir prêt à recevoir les premiers clients ; le tout sublimé par un éclairage à la fois lumineux et chaleureux. Une réussite ! Il ne restait plus qu'à disposer les tables et les créations de Mary. Fatiguées mais ravies du résultat, les deux amies rentrèrent au chalet sans reparler de la scène avec Mme Anttila.

En arrivant, elles virent qu'un paquet avait été déposé devant la porte à l'attention d'Allison. Cette dernière resta mystérieuse et ne fit pas de commentaires sur son contenu – elle avait l'air de savoir parfaitement de quoi il s'agissait – mais Mary se doutait qu'il venait de Nikke.

Elles prirent chacune une douche bien chaude, en rêvant toutes deux d'un bon thé devant la cheminée. Mary rejoignit son amie dans la cuisine et la trouva en tête à tête avec Paavli.

— Allez, parle ! ordonna Allison. Je suis sûre que tu sais où est la recette !

Paavli semblait refermé comme une huître.

— Pourquoi tu lui parles comme ça ?

— J'ai mangé les derniers chocolats de ta grand-mère et comme je suis complètement accroc, il est hors de question que je reparte sans la recette !

— La receeette, Père Noooël !!! couina Paavli avec force.

— Arrête avec ton Père Noël ! s'énerva Allison, en avançant la petite coupelle qu'elle tenait dans la main. Tu vois ces graines, ce sont tes préférées, n'est-ce pas ? Alors c'est simple : tu me dis où est la recette et je te donne ces délicieuses et appétissantes graines. Humm ! Succulentes !

— Où as-tu trouvé ça ? demanda Mary.

— C'est Nikke qui me les a données, il travaille dans une jardinerie. Il paraît que les perroquets en raffolent.

Allison passa une graine sous le bec de Paavli.

— Pèèèrrrre Noël ! cria le perroquet en les fixant de son œil exorbité.

— T'es vache ! pouffa Mary, en faisant chauffer la bouilloire. Pourquoi Paavli saurait-il où elle est ?

— Je le sens. Il a une tête de traître.

— N'importe quoi !

— Parle ! tonna Allison.

Cette fois, elle fit mine de manger la graine et de se régaler. Ses talents de comédienne étaient de retour !

On sonna. Mary secoua la tête en riant et alla ouvrir.

— Bonjour, Mary, dit Wilma. Je viens vous apporter la fiche d'inscription. C'est pour le Ravintolapäivä. Restaurant Day si vous préférez. Tout le monde…

— … participe, je sais. Enfin, je me doute !

Elles entrèrent toutes les deux dans la cuisine où Allison, qui continuait ses pitreries avec Paavli, interrogea Mary du regard.

— J'imagine que c'est pour une bonne action, lui souffla cette dernière. De quoi s'agit-il, Wilma ?

Sa voisine sortit un stylo de son sac.

— Tout le monde va avoir le droit d'ouvrir son propre stand. C'est l'occasion pour vous de vous faire un peu d'argent. Vous pourriez nous proposer des spécialités anglaises ? Je suis certaine que vous allez attirer du monde.

— Entendu, approuva Mary.

— Parfait ! conclut Wilma en notant sa participation sur la feuille. Je vous laisse, les filles. À demain et bonne soirée !

— Bon, encore du travail en perspective, soupira Mary après avoir raccompagné Wilma. Cela dit, ça devrait être amusant.

— Pourquoi est-ce que tu n'acceptes pas mon argent ? Ton père n'en saura rien.

— Mais moi, oui. Je devrais vivre avec l'idée que je n'ai pas réussi à m'en sortir seule. Et tu vois, je crois que je commence à me prendre au jeu.

— Pèrrre Noël, la receeeeette !!! s'époumona Paavli en regardant les graines, les yeux rouges de fatigue.

Allison secoua la tête.

— Tu peux le vendre, trancha-t-elle, en se rendant dans le salon avec la cage, il n'y a plus rien à en tirer. À moins de lui plonger la tête dans une bassine d'eau pour l'obliger à avouer.

Mary la rejoignit avec son plateau de thé et resta bloquée face à la cheminée.

— Qu'est-ce que tu as ? lui demanda son amie. On dirait que tu as vu le Père Noël !

— Mais c'est le cas !

— Pèrrre Noooëël !!! tenta encore Paavli au bord de la crise d'épilepsie.

Le pauvre donnait l'impression d'avoir extirpé le dernier souffle d'air de ses poumons.

— Oui, oui, Paavli, j'ai compris ! dit Mary, en posant le plateau.

Elle décrocha le cadre au-dessus de la cheminée, celui dans lequel il y avait une photo de Stella en compagnie du Père Noël, et regarda au verso.

Bingo !

— Enfin ! Pauvre taaaaache, conclut Paavli, au bout de sa vie.

28

« Aimez le chocolat à fond, sans complexe ni fausse honte, car rappelez-vous : "Sans un grain de folie, il n'est point d'homme raisonnable." »

François de La Rochefoucauld

— Au fait… il y a eu un appel, dit Allison quand Mary rentra des courses.

Mary s'arrêta net, ne sachant pas à quoi s'attendre.

— Pour ton annonce, reprit Allison. Quelqu'un voulant adopter le renne, je crois. Je n'ai pas très bien compris, il parlait mal anglais.

— Ah, chouette.

Mary ignorait pourquoi cela ne la réjouissait pas autant qu'elle l'aurait cru. La fatigue, sans doute.

— Il a dit qui il était ?

— Non, mais il a laissé son numéro. Tiens, il est là, sous la pile. Ou, ici… Je vais le retrouver, je te jure !

Allison se mit à fouiller partout.

— Tu peux arrêter de le chercher, soupira Mary, déçue de voir qu'elle venait de perdre sa seule chance de vendre Otso. Si tu l'as laissé traîner, Otso l'a sûrement bouffé.

Elle déposa les courses sur le plan de travail. Cela n'avait pas été facile, mais elle avait fini par trouver tout ce qu'il fallait pour confectionner les chocolats de Stella. Les deux amies se lancèrent alors dans la préparation de bon cœur, tout en regardant la neige tomber. Mary fit fondre les différents types de chocolats tandis qu'Allison pesait tous les ingrédients. Elles épluchèrent ensuite le gingembre et les oranges, en écoutant un album de Frank Sinatra, et terminèrent par la réalisation du caramel. Une douce ambiance de fête flottait dans l'air, elles pouvaient entendre rire les filles de Kustaa occupées à former un bonhomme de neige dans la rue et voir Wilma orner sa maison avec de sublimes décorations de Noël.

— Alors là, s'extasia Allison, en avalant un deuxième chocolat, tu vas cartonner.

— Pas si tu passes ton temps à les manger au fur et à mesure.

— Dis-toi que je représente le service qualité. Il faut bien que quelqu'un les goûte et s'assure qu'ils sont identiques à ceux de ta grand-mère. Tu imagines la scène que les habitants te feraient si tu leur vendais une pâle imitation ? Ils te démonteraient !

— Merci, ça ne me met pas du tout la pression, râla Mary, en finissant sa première série. C'est vrai que comme tu as bouffé la moitié du stock, on peut dire que tu es la spécialiste en chef, question goût.

Allison hocha la tête, la bouche pleine.

— Dire que j'ai accusé Otso ! marmonna Mary.

On sonna.

— Oh, c'est Nikke, s'étonna Allison en reconnaissant le 4 × 4 garé dehors. Je vais lui ouvrir.

Mary entendit le beau batteur inviter Allison pour une balade en traîneau.

— Ça tombe mal, répondit cette dernière, je dois cuisiner aujourd'hui.

— Elle dit n'importe quoi, cria Mary depuis la cuisine, je n'ai pas besoin de son aide. Vas-y, Alli, ça te fera du bien de prendre l'air avec tout ce que tu viens d'ingurgiter !

— Tu es sûre ?

— Oui ! D'autant plus que je finirai plus vite si tu ne tapes pas dedans !

— Bon, eh bien, j'en serai ravie, répondit Allison à Nikke. Je vais me changer.

Nikke rejoignit Mary dans la cuisine.

— Ça sent bon. Et ça a l'air délicieux. Alors, tu es bientôt prête pour l'ouverture ?

— Plus ou moins, grimaça-t-elle.

— On dirait que quelque chose te tracasse ?

— Eh bien, la plupart des chaises du local étaient cassées et avec tout ce qui m'arrive en ce moment, j'ai complètement oublié d'en acheter. Comme je viens de bloquer ma carte bleue en payant les dernières courses pour le salon, je vais être coincée, mais sinon, tout va bien. On va créer le premier salon de thé où l'on boit debout ! J'ai quelquefois l'impression de faire tout ça pour rien.

— Si ce n'est qu'une affaire de chaises, ce n'est pas très compliqué.

— Pourquoi tu ne m'as rien dit, s'étonna Allison qui les avait rejoints.

— Parce que je vais m'en sortir, ce n'est pas ça qui va m'arrêter. Je détiens les meilleurs chocolats de la ville, ne l'oublie pas ! Je vais les vendre et je pourrais combler mon découvert. Tout rentrera vite dans l'ordre.

— Je vais te prêter mes chaises, et si tout le monde en fait autant, tu en auras assez pour ouvrir. Je demanderai à mes potes de compléter et je te les apporte demain.

— C'est très gentil, Nikke. Je ne sais pas quoi dire. Si : tu me sauves !

— Je t'en prie. Tu es prête ? demanda-t-il à Allison.

— Oui, dépêchons-nous de sortir, je meurs de chaud dans cette combinaison et j'ai l'air d'un bonhomme Michelin.

— Elle te va super bien, se moqua-t-il. Je te ramène en fin d'après-midi ?

— Prenez votre temps ! intervint Mary, en les raccompagnant à la porte, ravie pour son amie.

Elle les regarda s'éloigner et en profita pour respirer un peu d'air frais quelques minutes. Puis elle applaudit sa voisine qui venait de poser sa dernière guirlande.

— C'est très beau, Wilma, bravo ! cria-t-elle.

— Vous n'êtes pas au salon aujourd'hui ?

— Non. On a trouvé la recette secrète, avoua-t-elle, du coup, je m'y colle ! Allison est partie faire une petite balade avec Nikke.

— Je peux vous aider ! lança Wilma, en la rejoignant sur le pas de la porte. J'ai terminé de poser mes décorations.

— Ce serait super ! Je suis sûre que vous avez une très belle écriture, vous pourriez vous charger d'écrire les mots ?

— Avec joie ! Et ne vous inquiétez pas, j'étais enseignante, mon écriture a toujours dû être parfaitement lisible, dit-elle, en entrant dans la cuisine derrière Mary.

— Tenez, voici les carnets de Stella si vous avez besoin d'inspiration. Goûtez celui-là, dit Mary, en lui tendant un chocolat. Qu'en dites-vous ? Identiques ?

— Identiques ! affirma Wilma.

— Parfait.

Nouveau coup de sonnette.

— Décidément, on dirait que tout le monde sent qu'il se passe quelque chose de top secret ici ! s'exclama Mary.

— Je vais ouvrir.

En entendant la voix de Kustaa et de ses filles dans le hall, Mary tenta de se recoiffer rapidement avec son avant-bras, ses mains étant pleines de chocolat.

Elle les entendit saluer Wilma, puis ils entrèrent dans la cuisine.

— *Hei*, Mary, les filles tenaient absolument à venir t'offrir leurs dessins d'anges, dit Kustaa avec un clin d'œil.

Se doutait-il de quelque chose ? Mary se demanda si les filles lui avaient parlé de cette histoire d'hommes en robes.

— Merci beaucoup, ils sont magnifiques ! Vous pouvez les poser sur la table, je les accrocherai dès que j'aurai les mains propres.

— Est-ce qu'Otso est là ? demanda Eeva.

— Il n'est pas encore rentré, mais il ne va pas tarder, c'est l'heure de sa sieste au coin du feu.

— Tu n'as pas fait de sapin ? remarqua Lyyti.

— Non, je n'en ai pas eu le temps et je crois qu'il n'y en a pas.

— Mais tu peux quand même décorer le chalet, insista Eeva.

— Oui, c'est vrai. Dès que j'aurai une minute. Oh, mais si vous voulez, vous pouvez vous en occuper.

— Ce serait super ! s'exclama Lyyti.

— Est-ce que tu pourrais remettre le déguisement d'élan pendant qu'on décore ? demanda Eeva.

— Euh, non, il y a déjà Otso et j'ai peur qu'on nous confonde !

— Ne me dis pas qu'elles t'ont convaincue de porter ce truc ! hoqueta Kustaa.

Mary grimaça. Il éclata de rire.

— Incroyable ! Je comprends mieux pourquoi elles te réclament comme nounou !

— La caisse de décorations est juste sous l'escalier, leur indiqua Mary. Allez-y, et faites-vous plaisir !

— Tu n'aurais jamais dû prononcer cette phrase, s'amusa Kustaa. Tu vas le regretter.

Les filles se ruèrent sur la caisse et commencèrent à décorer le salon.

— Tu es sûre que je peux te les laisser ?

— Oui, ne t'inquiète pas, elles ont de quoi s'occuper. Avec les caisses qui traînent encore au sous-sol, il y a plus de guirlandes que de surface pour les poser. Tu vas avoir du temps devant toi !

— Bien, tu me les renvoies dès qu'elles ont fini, je dois les ramener chez leur mère ce soir. En attendant, je vais en profiter pour bosser mes nouvelles compos.

— Bonne idée. Pas trop heavy métal, j'espère, osa-t-elle.

— On verra.

La fin d'après-midi se déroula dans la bonne humeur, les filles étaient ravies d'installer les nombreuses guirlandes. Escalier, canapé, cheminée, table basse, tout y passa. Elles firent de petites pauses afin de caresser Otso qui venait de rentrer de sa balade. Elles devaient l'enjamber pour réaliser leur *projet* et pour discuter avec Paavli qui les faisait bien rire avec ses nouvelles répliques. Wilma ornait les papiers de sa plus belle écriture et Mary emballait les chocolats, heureuse de cette avancée.

— Ça faisait longtemps que je n'avais pas passé un aussi bel après-midi, dit Wilma, en terminant les petits mots. Je suis toujours seule pour les préparatifs de Noël.

— Votre famille ne vient pas vous aider ?

— Non, le réveillon a toujours lieu chez moi, mais tout le monde débarque à 20 heures !

— Vous avez combien d'enfants ?

— J'ai deux fils. Et quatre petits-enfants.

— On a fini ! s'écria Lyyti, les joues rouges.

— Dommage, soupira Eeva, j'aimerais bien continuer de jouer avec Paavli, il est devenu tellement drôle !

— Je vais vous ramener, proposa Wilma, en enfilant son manteau, votre père doit s'inquiéter.

Une fois seule, Mary termina d'emballer les derniers chocolats puis elle se mit à nettoyer la cuisine en songeant qu'elle allait enfin pouvoir décorer son salon de thé et tout mettre en place pour l'ouverture, imminente, cette fois. Pourvu que les clients soient au rendez-vous ! se dit-elle en entendant Allison et Nikke arriver.

— Alors, comment c'était ? leur demanda-t-elle aussitôt.

— Fantastique ! s'exclama Allison.

Mary leur montra fièrement tous les paquets de chocolats qui étaient prêts et en offrit un à Nikke.

— Tiens, tu l'as bien mérité.

— Arrête, ce n'est rien.

— Pas pour les chaises, mais pour avoir supporté Allison aujourd'hui. D'ailleurs où est-elle partie ?

— Qu'est-ce qui s'est passé dans le salon ? cria cette dernière. Il n'y a plus un centimètre carré sans guirlandes ! Tu as perdu tes dons de décoratrice ?

— Les filles de Kustaa sont venues et elles aiment le kitsch apparemment, plaisanta Mary, en la rejoignant. C'était acceptable, au début. Il n'y avait que quelques guirlandes et boules par-ci, par-là. Jusqu'à ce qu'elles découvrent le graal, un rouleau de scotch double face et que Paavli les chauffe à bloc en les traitant de pauvres taches. À partir de là, elles sont parties en vrille et ont décidé de tout poser !

— Ça pique ! commenta Nikke, derrière elles.

Allison fila dans la cuisine et leur prépara un grog selon la recette qu'elle avait soutirée à Wilma. Ils échangèrent quelques anecdotes sur leur sortie en traîneau devant le feu de cheminée puis Allison raccompagna Nikke jusqu'à sa voiture avant de rejoindre Mary dans le salon.

— J'adorerais rester ici avec toi, lança-t-elle, en s'asseyant sur le canapé. On s'amuse tellement !

— C'est vrai. J'ai eu du mal à m'habituer à la campagne, mais finalement, le fait d'être loin de tout, dans ces paysages blancs féeriques, c'est un peu comme vivre dans une bulle enchantée. Et depuis que tu es arrivée, tout est beaucoup plus chouette.

— Ça ne va pas être si facile de partir, n'est-ce pas ?

— Non, probablement pas. Mais toutes les bonnes choses ont une fin.

Mary se leva. Elle refusait que cette journée finisse sur une note triste.

— Nous méritons tous de nous coucher un sourire aux lèvres, tu te rappelles ?

— Oui, répondit Allison.

— Alors, viens.

— Où va-t-on ?

— Expérimenter un petit sauna typiquement finlandais.

Cela faisait longtemps que Mary avait envie d'essayer mais, étant beaucoup trop angoissée, elle avait peur d'y aller seule et d'avoir une crise cardiaque sous l'effet de la chaleur. Après s'être mises en tenue, elles s'installèrent confortablement dans le sauna du jardin. Elles papotèrent et s'esclaffèrent sans aucune retenue. Puis, vint le moment de terminer par leurs ablutions. Revigorées par le grog, elles étaient bien décidées à le faire à la manière des Finlandais.

— Tu es prête ? demanda Mary.

Allison hocha la tête.

— À trois, on fonce !

Elles sortirent du sauna en courant, uniquement vêtues de leurs sous-vêtements, pour se jeter directement dans la poudreuse.

— Ah ! C'est froid ! C'est dur ! Ça pique ! geignit Allison.

— Et ça fait du bien de se rafraîchir, fit Mary, tentant de positiver. Mais, waouh, c'est dingue !

Elle se roula dans la neige et contre toute attente, Allison lui monta dessus.

— Pousse-toi ! cria Mary.

— Non, je suis gelée ! Je dois me coller contre toi ou je vais mourir. C'est tout ce que tu as trouvé pour nous remonter le moral ?

— Mais c'est n'importe quoi ! marmonna Mary, alors qu'Allison l'écrasait de tout son poids.

— Certains ont l'alcool mauvais, moi, c'est le froid !

Mary éclata de rire au moment où Kustaa et les filles sortaient de leur maison.

Oh, non !

— Booonsoir, minauda Allison, sans se démonter.

— Je vois que vous testez nos coutumes ! sourit Kustaa, en aidant ses filles à monter dans la voiture.

Dès qu'ils s'éloignèrent, elles ne purent qu'éclater de rire avant de repartir en courant jusqu'au chalet.

À présent, Mary comprenait pourquoi les Finlandais aimaient autant ce rituel. L'effet apaisant post-sauna était fantastique et se couler dans des draps propres, après une douche brûlante, l'était encore plus. Elle se coucha un sourire aux lèvres et s'endormit comme une masse, sans aucunes pensées anxiogènes.

29

> *« Tout ce qui a un début a une fin, mais chaque fin est le début d'un nouveau départ. »*
>
> Serge Zeller

Mary n'en revenait pas : le salon de thé avait vraiment belle allure. Avec l'éclairage doux, les murs couleur taupe, le parquet remis à neuf, on s'y sentait comme dans un cocon. Rien à voir avec sa première visite !

— Nikke est arrivé, je vais lui ouvrir ! s'exclama Allison. Oh, et Kustaa est là, lui aussi !

Tous se saluèrent et ils commencèrent à sortir les chaises du coffre des deux voitures pour les déposer dans le salon.

— Il y en a une vingtaine, dit Nikke, une fois l'opération terminée. J'espère que ce sera suffisant.

— C'est parfait, tu me sauves la vie, répondit Mary. Merci beaucoup !

Les chaises étaient toutes dépareillées mais Mary savait que cela apporterait beaucoup de style au salon et qu'il n'en serait que plus charmant.

— Il faudra réparer ton enseigne, lui suggéra Kustaa.

— Je sais, mais je n'en ai pas eu le temps pour l'instant.

— Dis plutôt que tu n'en as pas les moyens, la contra Allison.

Mary ne releva pas et commença à placer les chaises autour des tables, en mélangeant les couleurs.

— Tu as l'air triste, tout va bien ? demanda Kustaa, en s'approchant.

— C'est parce que Allison part aujourd'hui. Elle va beaucoup me manquer.

— Que dirais-tu de venir manger chez moi ce soir ? Ça te changerait les idées.

— Tu sais cuisiner ?

— Évidemment, je te rappelle que je suis papa. J'ai l'habitude de passer aux fourneaux. Bon, souvent pour des pâtes, c'est vrai, plaisanta-t-il.

— J'adore les pâtes, dit Mary.

— Alors, vers 20 heures ?

— C'est parfait, répondit-elle en retrouvant un peu de joie.

— Je vous laisse, il faut que j'aille ouvrir le cabinet. Bon voyage, Allison, je suis ravi d'avoir fait ta connaissance.

— Merci, Kustaa, répondit-elle, je te retourne le compliment. Et je croise les doigts pour t'entendre un jour à la radio.

— C'est gentil.

Kustaa parti, et pendant qu'Allison faisait ses adieux à Nikke dans la rue – cela n'en finissait plus –, Mary disposa tous les sachets de chocolats sur le meuble épicier qui trônait derrière le comptoir, ainsi que ses créations sur les étagères près de la vitrine. Malgré la tristesse que lui causait le départ de son amie, elle était très excitée à l'idée de lancer enfin son salon de thé.

— Bien, je crois que tout est prêt pour l'ouverture, déclara-t-elle quand Allison rentra.

— Tu es sûre que tu n'as rien oublié ? Thé, café, sucre, chocolat…

— Oui, il ne me reste plus qu'à nettoyer le four et à cuire mes premières tartes. Demain, il ne manquera que toi.

— J'aurais tant aimé être là !

Allison regarda sa montre.

— C'est bientôt l'heure, ajouta-t-elle.

Mary soupira et sortit la valise que son amie avait déposée dans la réserve.

— J'espère que tu ne me regretteras pas trop, dit Allison. Mais je reviendrai, je me suis fait un ami !

— Je crois que tu lui plais beaucoup.

Un ange passa.

— Oh, Allison, murmura Mary, alors qu'elle sentait les larmes arriver, comment vais-je faire sans toi ?

— Arrête, tu te débrouilles très bien. Ton salon de thé est prêt à être inauguré, toutes tes créations vont partir comme des petits pains et tu détiens l'arme secrète ultime avec tes chocolats. Tu vas être blindée de commandes, c'est sûr. Peut-être même que tu finiras par décorer les plus grandes maisons de Finlande comme ta grand-mère ! Tu vas pouvoir accomplir ta mission, et ensuite, on reprendra notre vie.

— Puisses-tu dire vrai.

Allison la prit dans ses bras et Mary eut envie de la retenir de toutes ses forces. Sa solitude allait être encore plus dure à supporter qu'avant. Cela avait été fantastique de passer quelques jours ici avec elle ; leurs soirées pittoresques et leurs déplacements en traîneau allaient beaucoup lui manquer.

— Il faut que tu t'arranges un peu pour ce soir, lui fit remarquer Allison. Tu as toujours de la colle, de la peinture ou du chocolat dans les cheveux en ce moment. Un masque ne serait pas du luxe. Tu as de l'huile de Jojoba ?

— J'ai fini la bouteille.

— De l'huile d'amande ?

— Non.

— De l'huile d'avocat, alors ?

— Non plus.

Allison soupira.

— Ce n'est pas grave. Tu vas prendre l'huile d'olive qui est dans la cuisine, ça fera l'affaire. Tu enduis tes cheveux toute la journée et ce soir, ils seront magnifiques, crois-moi. À condition de bien les rincer et de faire deux shampoings.

Le taxi, commandé la veille, arriva.

— C'est l'heure, souffla Allison, en attrapant sa valise.

— Tu m'appelles dès que tu es à Londres ?

— C'est promis.

Elles s'étreignirent une dernière fois. Mary regarda son amie s'éloigner et tenta de bloquer l'émotion qui la gagnait, en vain. Elle fondit en larmes dès que le taxi démarra. Remarquant alors Mme Anttila en train de l'épier depuis sa propre vitrine, elle baissa le store et décida de rentrer chez elle pour se préparer.

Une fois au chalet, Mary suivit les conseils d'Allison à la lettre et tartina généreusement ses cheveux d'huile avant de les emballer dans un film plastique pour qu'elle pénètre bien et aussi pour protéger ses vêtements.

Puis, le volume de la musique poussé au maximum, elle se mit à préparer des scones et des tartes pour l'ouverture du salon le lendemain.

La petite maison embaumait. Des effluves d'épices, de cannelle et de gingembre confit flottaient dans l'air. On sentait le sucre cristalliser sur les tartes aux pommes. Un délice !

Avoir ce rendez-vous avec Kustaa la remplissait de joie et d'énergie, si bien qu'elle décida de préparer une seconde fournée de scones.

Je suis ravie de lui en apporter une boîte, pensa-t-elle au moment d'ajouter le gingembre.

Je force un peu sur la dose ?

Oui.

Encore un peu. Et… encore un tout petit peu.

30

« La vie possède un secret, celui du constant étonnement. »

G.K. Chesterton

DIX-NEUF heures. Mary avait fini de ranger la cuisine. Une recette assez longue, mais si elle se fiait à son odorat, ça en valait la peine. Elle devait avoir près de soixante scones et avait hâte de les goûter.

Une fois Paavli et Otso nourris, elle monta se doucher, et alluma une petite bougie pour se mettre dans l'ambiance et oublier un peu la pâtisserie. Elle avait envie d'une douche très chaude, régénérante, réconfortante, et l'immense besoin de sentir bon. Ensuite, place à Mary, la séductrice !

Elle ôta le film plastique de sa tête pendant que l'eau coulait. Un filet d'eau, en fait. Elle se glissa sous la douche et tenta d'augmenter la pression.

— Mais… Non !

L'eau s'arrêta net. Elle tapa sur le robinet en chrome.

Plus une goutte.

Mary patienta. Une, deux, trois secondes. Puis elle tourna le mitigeur dans tous les sens, en râlant, avant de sortir de la douche. Elle testa le robinet de la vasque. Rien. Ce n'était pas possible ! Enfilant son peignoir, elle descendit à toute vitesse dans la cuisine.

Pas d'eau non plus.

Elle cria de rage tandis qu'Otso dissimulait son museau entre ses pattes. Mais comment allait-elle faire ? Elle enfila son manteau et ses bottes pour aller sonner chez la voisine.

— Bonsoir, Wilma, je suis désolée de vous déranger, mais j'étais en train de me doucher et il n'y a plus d'eau. Est-ce que vous en avez ?

Wilma lui tendit une feuille.

— Vous n'avez pas reçu le papier de la mairie ?

— Non, fit Mary, en grelottant.

— Dans votre boîte aux lettres, insista-t-elle.

Depuis quand je n'ai pas ouvert ce truc ? Depuis que j'ai perdu un bout de lèvre. Je ne suis pas censée recevoir du courrier !

Mary attrapa la feuille écrite en finnois.

— Une coupure d'eau jusqu'à demain, 5 heures, pour nos deux maisons, traduisit Wilma.

À cet instant, Mary déglutit tellement fort qu'elle eut l'impression que sa glotte se détachait pour descendre au fond de son estomac avant de remonter comme une fusée aussi secouée qu'une bouteille d'Orangina.

Désespérée, elle rentra chez elle. C'était foutu. Elle n'avait plus qu'à annuler son rendez-vous.

Il reste un peu d'eau dans la gamelle d'Otso.

Elle hésita. Elle ne pouvait supporter l'idée de se décommander. Alors que faire ?

Je vais y aller quand même. Et mettre le bonnet vert qu'Allison a oublié. Oui, c'est une bonne idée. Il est en angora et hyper stylé ; ça aura l'air voulu. Moderne. Et branché. Mais si on passe à l'étape suivante ? Dans la chambre ? Est-ce que je pourrai garder le bonnet ? Si l'on est pressés, il se peut qu'il ne s'en rende pas compte. À moi d'être assez bouleversante pour qu'il l'oublie.

Mais ça sentait un peu l'olive, quand même. Heureusement que l'huile était de qualité, le parfum restait assez discret. Pas pire que certains shampoings qui empestaient la noix de coco. En essayant d'éliminer le gras avec une serviette, elle frotta de toutes ses forces et termina par un mix entre la gamelle d'Otso et une petite bouteille d'eau gazeuse trouvée dans le frigo. Vu le résultat, peut-être valait-il mieux qu'il ne se passe rien ce soir-là.

Mais il n'a pas ses filles ! Combien d'autres occasions vont se présenter ?

Elle ne pouvait pas annuler. Non, il fallait y aller. Elle enfila une robe, des bottes, le bonnet vert anis et c'était parti. Courage !

À peine avait-elle sonné que Kustaa lui ouvrit la porte. On aurait pu penser qu'il l'attendait impatiemment.

C'est vrai que j'ai un peu de retard, du coup. Quarante minutes exactement.

Il portait une chemise blanche, un pantalon en velours gris foncé. Il était si beau. Si sexy. Et il sentait bon. Elle lui tendit son manteau. Il attendit encore. Qu'est-ce qu'il voulait ? Qu'elle enlève le haut ? Déjà ? Elle fit mine de regarder les cadres aux murs, gardant son bonnet bien en place et s'avança dans la pièce.

Il haussa les épaules, posa le manteau sur la patère et la rejoignit.

— Tu veux un verre de vin ? proposa-t-il.

— Oui, volontiers.

Ce bonnet pique à me rendre folle ! Comment fait Allison pour supporter ce truc ?

Ne pas commencer à se gratter ou elle ne pourrait plus s'arrêter. Se concentrer sur autre chose. Les épaules de Kustaa par exemple. Elle pensa à la chance qu'elle avait d'être là. À toutes les Barbie, clientes et groupies, qui rêvaient de lui mettre le grappin dessus.

La soirée se déroulait à merveille, et lorsqu'ils s'installèrent sur le canapé face à la cheminée en attendant le dessert, elle lui parla de son précédent travail à Londres tandis que Kustaa se confiait sur sa famille, apparemment fortunée, mais avec laquelle il ne s'entendait pas, ses parents désapprouvant tous ses choix.

— Tu n'as pas chaud avec ton bonnet ? lui demanda-t-il en remettant une bûche dans la cheminée.

Si. C'est horrible. Je bous tellement là-dessous que ça va bientôt sentir la petite friture.

Forcément, il devait trouver ça bizarre, le bonnet était fin et elle avait dû attacher tous ses cheveux pour que rien ne dépasse. Cela dit, une fois huilés, ils prenaient nettement moins de place.

Il remit un peu de musique et s'approcha de Mary. Mal à l'aise, elle continua leur discussion sur le chocolat et ses bienfaits alors que les yeux de Kustaa se teintaient d'une drôle de lueur. Est-ce qu'il allait se jeter sur elle et lui arracher son bonnet ?

Non. Ce fut son cœur qu'il ôta en posant ses lèvres sur les siennes.

Il l'embrassa délicatement tandis qu'elle fondait entre ses bras. Lorsqu'il passa une main sur sa nuque, elle pria pour qu'il ne sente pas le gras à la racine de ses cheveux. Il la plaqua contre le dossier du canapé. Une brillante idée illumina soudain Mary : et si elle lui demandait d'aller se laver vite fait les cheveux dans sa salle de bains ? Mais pourquoi n'avait-elle pas commencé par là, tout simplement ?

Elle était sur le point de lui expliquer la situation quand on sonna à la porte.

— Dommage, soupira-t-il contre sa bouche. Ce coup de sonnette aura eu le mérite de sauver notre dessert, il faut que je le sorte du four. Est-ce que tu peux aller ouvrir ?

Mary s'exécuta, les joues rosies par ce merveilleux baiser qui avait fini par arriver. En ouvrant, elle trouva les filles de Kustaa derrière la porte, accompagnées d'une belle femme blonde.

— Ah, c'est la nounou ! s'écria Lyyti, visiblement ravie de la revoir.

Kustaa arriva aussitôt, l'air stupéfait.

— Candice ! Qu'est-ce que tu fais là ?

— Tu en fais une tête ! répondit la blonde en entrant. Je suis passée prendre les filles chez tes parents.

Elle posa un gros sac de voyage par terre en secouant ses longs cheveux blonds. Elle jeta un regard glacial à Mary qui restait figée sur place.

— J'ai pu me libérer une semaine, poursuivit Candice, alors me voilà. Ça fait longtemps que j'y pense… des mois en vérité.

Sans crier gare, Eeva se jeta sur Mary et lui retira son bonnet. Cette dernière aperçut alors son reflet dans le miroir du hall. Des boules de laine angora étaient restées collées sur ses cheveux si bien que les petites éclatèrent de rire. Candice esquissa un sourire moqueur tandis que Kustaa semblait…

Dégoûté ? Refroidi ? Désemparé ? Non, je sais : navré !

— On dirait un sapin de Noël, tes cheveux. C'est drôle ! pouffa Lyyti. Mais pourquoi t'es comme ça, t'as fait une salade de cheveux ?

Candice caressa la tête de sa fille, manifestement ravie de sa repartie.

— Je suis venue te faire une surprise, reprit-elle d'une voix caressante sans cesser de regarder Mary se décomposer sous ses yeux. Je reviens vivre à Saärla. Avec toi, chéri.

— Écoute, s'offusqua Kustaa, dents serrées, tu ne peux pas débarquer comme ça !

— Paie la fille, il faut qu'on discute.

Une pause, puis elle ajouta :

— Seuls.

Les petites continuèrent de toucher les cheveux de Mary qui rêvait de disparaître d'un seul coup, comme par enchantement.

Délivrez-moi de cette malédiction !

Cette femme savait très bien ce qu'elle faisait. Elle traitait Mary comme une domestique et Kustaa ne démentait pas. Mais qui oserait affirmer qu'il vient d'embrasser une fille qui se balade avec des boulettes de laine sur son crâne gorgé d'huile ?

— Il faut que j'y aille, lâcha Mary, pour mettre fin à ce supplice le plus vite possible.

Tout en prenant son manteau, elle tenta de se défaire de la petite accrochée à sa jambe qui insistait pour qu'elle imite l'élan comme la dernière fois.

— Non, pas ce soir, Eeva, murmura-t-elle.

— Mary, intervint Kustaa, je suis désolé.

— C'est affreusement gênant pour moi, alors… je vais rentrer. Oublie tout ça…

Oublie que je ressemble à un sapin artificiel discount et que tu viens de m'embrasser.

— S'il te plaît, ajouta-t-elle avec une pointe de supplication.

Il s'écarta pour la laisser passer. Elle sortit en courant, oubliant le bonnet, mais peu importe, elle avait largement dépassé son quota de honte, Allison ne lui en voudrait pas.

Elle songea à s'enfermer jusqu'à la fin de sa vie dans ce chalet. Elle n'était pas faite pour vivre avec un homme. Ça finissait toujours mal. Toujours. Ce devait être une histoire de karma, elle avait dû faire un truc pourri dans une vie précédente, tromper quelqu'un ou bien simplement avoir trop de chance, et la roue avait tourné. Elle ne savait pas ce qui lui avait pris de vouloir recommencer, de se laisser tenter à nouveau. C'était idiot. Elle ne voulait plus aimer personne, mieux valait se concentrer sur le travail. Peu importe lequel, ses parents avaient raison, l'action était une valeur sûre. Elle ne serait jamais déçue avec le travail. Quand on s'investit, on récolte.

En amour, rien n'est certain.

31

« Ne perdez pas une minute à ne pas être heureux.
Si une fenêtre se ferme, rendez-vous à la fenêtre suivante
ou cassez une porte. »

Brooke Shields

On sonna.

Mary se moquait de qui se trouvait derrière la porte. Depuis la soirée de la veille, elle ne voulait voir personne.

— Mary, ouvre s'il te plaît, c'est moi, l'implora Kustaa.

Le « c'est moi » lui fit battre le cœur. C'est moi, c'était très intime, non ?

— Impossible, répondit-elle, je suis malade.

— Ça ne me dérange pas. Je vois des malades toute la journée.

— Mais ce sont des animaux ! s'offusqua-t-elle, en ouvrant la porte. Merci pour la comparaison !

Le visage de Kustaa était anxieux et il la dévisagea.

— Je te dois des explications, dit-il gravement.

— Non, pas du tout. C'était une erreur. Ne t'inquiète pas, je ne dirai rien. Je pensais que c'était terminé entre vous.

— Ça l'était ! se défendit-il. Mais… Elle a décidé de nous donner une seconde chance. Elle est revenue d'Helsinki pour ça. Écoute, j'y ai réfléchi toute la nuit…

Mary retint sa respiration.

—… et je pense que je vais accepter. Pour les filles. Je dois tout essayer, tu comprends ?

Bien sûr que je comprends. Ce que je ne comprends pas, c'est pourquoi ça tombe sur moi.

Il lui tendit son bonnet. Il dégageait une telle odeur de graillon que Kustaa fut obligé de s'essuyer les doigts discrètement sur son pantalon. Puis il lui sourit. Un sourire doux, bienveillant.

Mais, vite. Va-t'en. Je ne veux pas de tes sourires pour grand-mères. C'est beaucoup, beaucoup trop dur, de t'avoir en face de moi sans pouvoir poser mes lèvres sur les tiennes. Les goûter. Vérifier. Une dernière fois.

— Mary, je n'ai jamais rencontré de filles comme toi. Je suis désolé que ça se goupille si mal.

— T'inquiète, c'est plutôt bien que ça arrive maintenant. On n'a pas eu le temps de démarrer une histoire, c'est… *Tiens !* C'est oublié !

— Vraiment ? sourcilla-t-il.

— Évidemment.

Qu'est-ce qu'il croit ? Que je me suis déjà attachée à lui ? Pff ! Avec un petit baiser de rien du tout qui m'a juste déglingué la moitié du cerveau ? Je suis bien plus costaude, je fais ça tout le temps, embrasser des Finlandais-sosies-de-Jude-Law. Tout le temps !

— Bon, tant mieux alors. Je craignais que tu ne sois… Bref, rien. Oublions ça, tu as raison.

Elle crut percevoir du soulagement dans sa voix. Il avait tout gobé. Elle avait aidé Allison à répéter ses textes tellement de fois qu'elle avait dû acquérir des talents de comédienne, elle aussi.

— Tu viendras quand même écouter nos compositions ?

— Mais évidemment ! répondit-elle, en insistant bien sur la fin du mot tout en secouant exagérément la tête.

OK, là, j'ai peut-être un peu forcé la réplique.

Il esquissa un demi-sourire surpris avant de lui planter une petite bise sur la joue, s'attardant une seconde de trop. La seconde d'adieu. Elle contenait tous les moments qu'ils auraient pu avoir. Tous les petits déjeuners, les nuits fougueuses, les rires sous la douche, toutes les disputes aussi. C'était la dernière fois que les lèvres de cet homme touchaient sa peau de cette façon et Mary aurait voulu pouvoir mémoriser cette sensation, la garder pour elle, alors que c'était impossible.

À cet instant, que se passerait-il si je l'embrassais à pleine bouche ? Cela le ferait-il changer d'avis ? Ce serait divin... Mais je ne peux pas, il y a les petites. Voilà, c'est ça, les filles passent avant tout.

Elle aurait pourtant voulu le tirer à l'intérieur et le serrer dans ses bras. Elle aurait voulu le retenir, l'embrasser encore et encore, lui expliquer pourquoi elle était faite pour lui. Pourquoi elle était prête à mettre un genou à terre, un bouquet de roses à la main, une petite boîte noire dans l'autre...

N'importe quoi !

À la place, elle ne dit rien. Elle ne bougea pas d'un millimètre quand il recula de quelques pas, son sourire d'excuses toujours aux lèvres et qu'il repartit en direction de sa maison, sans se retourner une seule fois.

32

« La vie te mettra des pierres sur ton chemin.
À toi de décider si tu en fais un mur ou un pont. »

Coluche

MARY décida de reprendre le cours de sa vie. Sa vie de célibataire. Plus besoin de masques. D'huile de jojoba. Ou de jumelles. L'heure n'était plus à l'espionnage, mais à la reconstruction. Elle se dit que la vie était un jeu et qu'à l'instar d'une partie de Monopoly, elle était forcée d'attendre trois tours en prison – des mois dans un trou perdu –, à moins de réussir un double – gagner au Loto ou, plus probable, gagner l'un des concours du maire –, parce qu'elle avait tiré les mauvaises cartes – ses parents.

Elle ouvrit son salon de thé-brocante comme prévu et rafla la mise avec ses objets détournés comme avec la recette des chocolats de Stella, désormais nommés Les Bonbons d'Otso. Le résultat était au-delà de ses espérances, impossible pour ses clients d'y goûter sans finir le sachet dans la foulée. Ses ventes démarrèrent immédiatement et montèrent en puissance. En parallèle, elle continuait d'utiliser ses talents d'architecte d'intérieur pour décorer sa boutique. Illuminer la vitrine et les étagères garnies de ses créations était parmi ses moments préférés, si bien qu'à l'approche de Noël, elle s'en donna à cœur joie et accrocha des dizaines de guirlandes, de boules et de branches dans tous les coins avant de suspendre de petits traîneaux en bois trouvés dans le grenier de Stella. Elle dégota également de la neige artificielle dans l'arrière-boutique, il ne lui manquait plus qu'un faux Père Noël entouré de cadeaux pour parfaire l'ambiance. Souvent, elle rejoignait Hanna et elles prenaient un thé aux épices ou un grog, suivant l'heure. Elle appelait ses amis, les soirs où elle se sentait trop seule et Allison ne manquait jamais de la faire rire, Jason de lui remonter le moral et Sybile d'avoir une gentille pensée pour elle. Wilma passait elle aussi, de temps à autre, et si elle ne disait rien, Mary la soupçonnait d'avoir compris la situation. Elle prit plusieurs séances avec Otso, qui hochait la tête avec indulgence quand elle avait les yeux trop brillants et Paavli lui fit quelques remarques bien cinglantes dont il avait le secret.

Avec l'arrivée des nuits polaires, Mary se sentit transportée dans une ambiance hors du commun. Contrairement à ce qu'elle avait pu penser, cela ne signifiait pas de devoir vivre dans une obscurité totale. Par temps clair et dégagé, on pouvait même observer de magnifiques couleurs dans le ciel. Un subtil et harmonieux mélange de bleu, d'orange et de rose à l'horizon qui était bienvenu quand on n'avait pas vu le soleil depuis plusieurs jours. La beauté des paysages éclatait au crépuscule ; il en émanait une douce lueur rendant le décor enneigé encore plus féerique et fascinant. Et grâce aux nombreuses guirlandes lumineuses suspendues à l'extérieur, la vitrine du salon de thé scintillait dans la rue et se reflétait dans ce décor poudré de blanc. C'était grandiose ! Mme Anttila semblait cuire de fureur derrière sa vitrine, même si son propre salon ne désemplissait pas.

Néanmoins, Mary avait hâte de rentrer à Londres, même si elle devait bien admettre que l'attente n'était plus aussi insupportable qu'avant tant elle aimait créer ses objets et travailler jour et nuit pour les rendre les plus sublimes et originaux possibles. « Le génie, c'est 5 % d'inspiration et 95 % de transpiration », disait Beethoven. Alors, elle y mettait tout son cœur.

Ce jour-là, elle ferma le salon de thé plus tôt et se rendit dans la boutique d'Hanna pour l'aider dans la décoration de la vitrine. Affublée d'un bonnet de Père Noël et d'un balai de sorcière entre les jambes, le temps d'agrafer les derniers voiles bleu nuit en guise de voûte céleste, Mary ne vit pas arriver les clients. La porte s'ouvrit à la volée, la faisant sursauter, tout en laissant entrer quelques flocons.

— Mary ! s'exclama Lyyti, en se précipitant contre elle. On vient pour acheter un déguisement !

Surprise, Mary n'eut d'autre choix que de la serrer dans ses bras.

— Alors, vous êtes au bon endroit, sourit-elle, en essayant de calmer les battements de son cœur.

Quand elle releva la tête, elle vit Candice et Kustaa tenant Eeva par la main, si bien que les battements redoublèrent. La famille parfaite. Malgré elle, sa gorge se serra. Absorbée par la réalisation de sa vitrine, elle ne les avait pas vu entrer, et alors qu'il était trop tard pour filer en douce, même avec le balai soi-disant magique qu'elle tenait entre ses cuisses, elle se demanda où avait bien pu passer son amie.

— Hanna ?

Pas de réponse.

— On l'a croisée dans la rue, répondit Kustaa. Elle était en grande conversation avec le maire, j'imagine qu'elle en a pour un moment.

Je suis donc obligée de les servir.

Il hocha la tête comme s'il avait pu lire dans ses pensées. Elle accepta enfin de le regarder dans les yeux.

Mauvaise idée !

— Bon, alors, qu'est-ce qui vous ferait plaisir ? demanda Mary aux fillettes.

— Un déguisement de princesse ! s'exclama Lyyti.

— Non, intervint Candice, je vous l'ai déjà dit mille fois, c'est pour la fête de l'école. Vous devez être déguisées en monstre, c'est le thème de la soirée.

— Oui, mais on n'aime pas les trucs moches.

Candice releva la tête vers Mary :

— J'espère que vous parviendrez à les convaincre, moi, je n'y arrive pas !

Elle s'éloigna et commença à feuilleter des albums de princesses. Mary s'agenouilla et chuchota aux deux gamines :

— Vous n'avez pas envie de faire peur à vos camarades ? À vos parents ? Mieux ! À votre maîtresse ?

Les petites semblèrent peser le pour et le contre.

— C'est rigolo, vous savez, poursuivit-elle. De faire un peu peur, une fois dans l'année.

Elles hochèrent la tête. Mary se redressa et parcourut les portiques de déguisements.

— Bien. Laissez-moi vous aider. Celui-là ? Non, c'est trop. Ça ? Oui, peut-être… Ah, voilà ! Je sais que vous aimez les costumes d'animaux, alors que diriez-vous de ceux-là ? Parfaits pour vous deux !

Mary avait sorti deux déguisements de loups-garous. Les petites ouvrirent des yeux grands comme des soucoupes et Candice s'approcha :

— Vous avez un don avec les enfants, vous savez ?

Mary lui sourit.

— Et justement, enchaîna Candice, je voulais vous demander si vous seriez d'accord de les garder une nouvelle fois. La semaine prochaine, disons jeudi soir ? Ce serait super… Je dois m'absenter et Kustaa sera en pleine répétition.

— Oh ! Dis oui ! supplia Eeva.

— Euh… c'est que…

Les petites, suspendues à ses lèvres, la couvaient du regard.

— D'accord, je viendrai, finit-elle par convenir, en reconnaissant une fois de plus que Candice était capable de manier les questions et les réponses avec un naturel déconcertant qui vous mettait devant le fait accompli.

Les fillettes poussèrent des cris de joie avant d'éclater de rire, bientôt imitées par leur mère.

Mary ne pouvait pas détester Candice : bien qu'un poil snob, elle semblait gentille, son plus gros défaut étant principalement d'être revenue à Saärla. Pourquoi avait-il fallu qu'elle veuille recoller les morceaux avec son ex-mari à un moment si peu approprié ?

Peut-être parce qu'ils sont parents de deux adorables petites filles ? Et que Kustaa semble être un père et un mari formidable.

Oui, l'argument était imbattable, mais quel dommage ! Et l'amour dans tout ça ? Oh et puis cela ne la regardait pas ; elle allait bientôt quitter la Finlande, alors à quoi bon se torturer encore avec cette histoire ? Cela ne la concernait plus.

Candice tendit à Kustaa une pile de livres qu'elle avait sélectionnés.

— Chéri, je te laisse régler nos achats, j'ai vu Heleena passer, il faut absolument que j'aille lui parler.

Elle sortit rejoindre son amie et Kustaa s'approcha du comptoir.

— C'est gentil d'avoir accepté de les garder, tu n'étais pas obligée.

Pourquoi a-t-il une voix qui vibre le long de ma colonne vertébrale ?

— Ça me fait plaisir, j'aime vraiment jouer avec tes filles. C'est plus sympa que de traîner avec Otso !

— Comment va-t-il ?

— Bien, enfin… un peu déçu de ne plus aller brouter près de ton jardin, mais sinon il va bien.

Il rit et la dévisagea. Le temps sembla suspendu. Mary réalisa qu'elle portait toujours le bonnet de Père Noël. Elle se hâta de l'ôter et d'arranger ses cheveux avant d'encaisser le billet qu'il lui tendait.

— Bon, eh bien, merci pour les déguisements, Mary et… à jeudi.

— À jeudi, les filles ! répondit-elle, ravie de les voir enfin partir.

— Bonjour et au revoir, s'exclama Hanna en les croisant dans l'entrée. J'espère que vous avez trouvé ce qu'il vous fallait ?

— Oui, Mary a été parfaite, comme toujours, répondit Kustaa.

Cette voix de velours, c'est insupportable.

Mary attendit que Kustaa ait disparu pour s'énerver :

— Où étais-tu ? Tu n'es jamais là quand il faut, c'était horrible !

— Ah bon ? Tu as eu du monde ? Je n'ai pourtant vu personne d'autre entrer.

— Non, bougonna Mary, regrettant immédiatement ses propos.

— Oh, oh, Mary, tu ne serais pas… Oh si ! Tu en pinces pour Kustaa !

— Bien sûr que non ! N'importe quoi !

— Je ne te connais peut-être pas depuis longtemps, mais je sais quand tu mens. Tu craques pour lui.

Hanna grimaça subitement. Mary tourna la tête : Kustaa se tenait juste devant la porte ouverte.

— Lyyti a oublié son bonnet.

Génial ! Décidemment, j'ai la poisse du bonnet !

Hanna rendit le couvre-chef à Kustaa et le poussa dehors sous prétexte de fermer la porte car il faisait trop froid.

— Je suis désolée, s'excusa-t-elle en refermant, je ne voulais pas te mettre dans l'embarras.

— Ne t'inquiète pas pour ça, je me débrouille très bien toute seule !

— Alors, raconte, que se passe-t-il entre vous ?

— Rien ! Que veux-tu qu'il se passe ? C'est juste… oui, disons que, comme toutes les femmes de Saärla, je le trouve séduisant. Tu es contente ?

— Et ?

— Et il m'a invitée à dîner l'autre soir.

Hanna écarquilla les yeux et siffla entre ses dents.

— Je crois bien qu'il n'invite jamais personne.

— Oh, de toute façon, ça a été un vrai fiasco !

— Tu exagères !

— Non, crois-moi, tu ne sais pas à quel point j'ai réussi à me ridiculiser. Et tout s'est arrêté dès le premier baiser parce que Candice a débarqué et qu'ils ont décidé de recoller les morceaux. Pour leurs filles.

— Oh, je vois. Et comment le prends-tu ?

— Bien, je t'assure. Ce n'est pas comme si on avait eu le temps de démarrer une histoire et puis je vais reprendre ma vie à Londres, un jour ou l'autre. D'ailleurs, j'ai quelqu'un en vue là-bas. Voilà, tu sais tout.

— Je n'ai jamais senti cette fille, soupira Hanna. Elle a quitté Kustaa il y a six mois pour un type qui travaillait dans sa boîte et maintenant, elle rapplique comme si de rien n'était !

— C'est quoi son job ?

— Elle gère une agence de mannequins à Helsinki. Elle n'est jamais là, toujours entre deux avions. Pas le top pour une vie de famille.

— Non, effectivement.

— Bon, même si je trouve dommage que tu souhaites repartir, on ne va pas se laisser abattre. C'est moi qui régale, on va se faire un *leipäjuusto*.

— Un *c'est pas juste* ? gloussa Mary. C'est pile dans le thème !

— C'est un bread cheese. Même si les Finlandais ne sont pas les rois du fromage, cette spécialité vaut la peine d'être goûtée. Ce sont des fromages ronds grillés et coupés en morceau dans du café bien chaud, qui sont encore meilleurs quand ils sont accompagnés de confiture de mûre arctique. Tu vas adorer, et ça va te faire un bien fou !

*

Mary s'affala de tout son poids. Si se vautrer sur un canapé en déboutonnant sa ceinture faisait un bien fou, alors comment Hanna appelait-elle le fait de se sentir légère et pleine d'énergie ?

Plus jamais, se dit-elle, sachant très bien qu'elle aimait trop manger pour se priver. Puis elle décida de visionner *Mary Poppins*. Qui sait, elle aurait peut-être des idées de jeux pour la soirée de jeudi, et elle en profiterait pour décorer la boutique d'Hanna en hommage à cette histoire dès que Noël serait passé. Les petites seraient aux anges.

Un coup de fil la força à quitter le confort de son canapé pour récupérer son téléphone.

— Mary, ça y est, j'ai terminé ! La page Facebook d'Otso est en ligne ! cria Jason.

Il avait l'air surexcité.

— Parce que tu as continué ?

— Avec toutes les photos qu'Allison m'avait envoyées, je ne pouvais pas ne pas aller au bout de mon idée. Et Paavli cartonne sur Tik Tok !

— Je n'en doute pas !

Mary alluma son ordinateur et se connecta à la page d'Otso.

— Il a déjà 123 amis ?

— Oui. Et à mon avis, ça ne fait que commencer. Il faut que tu jettes un œil, il y a plusieurs messages de personnes souhaitant l'adopter.

— C'est vraiment fou d'avoir fait ça. J'espère que ça m'aidera à le vendre, la petite annonce déposée au cabinet vétérinaire n'a rien donné.

— Le voilà devenu unique, conclut Jason. Il va te rapporter gros s'il fait le buzz.

Unique. Le mot tourna dans la tête de Mary. Elle eut soudain une idée, l'idée qui allait peut-être enfin lui permettre de gagner assez d'argent pour rentrer chez elle.

— Jason, pourrais-tu rajouter une phrase accrocheuse ?

— Bien sûr !

— Génial ! Je t'aime, tu sais ?

33

« Ne pas oser c'est déjà perdre. »

Andrée Putmann

Le concept de Mary fit un tabac. Déguiser Otso en renne du Père Noël et proposer le « Saärla Tour pour enfants » sur le dos de l'animal. L'attraction cartonnait et les parents étaient ravis d'attendre leur tour en dégustant Les Bonbons d'Otso, et en faisant un peu de shopping parmi les objets exposés. Quant à la page Facebook, c'était un véritable succès : likes et abonnés se multipliaient tandis que les premiers commentaires apparaissaient. Le journaliste d'une chaîne nationale vint même interviewer Mary ! Otso était en train de devenir la mascotte de Saärla.

Mary avait déjà gagné pas mal d'argent en quelques jours grâce à lui, aux sachets de bonbons et à ses créations qui commençaient à se vendre par le bouche-à-oreille, les amies de Mme Virtanen semblant raffoler de ses lampes, peu importe leur prix. Elle était sur le point de s'en sortir et se demandait si ses parents trouveraient cela *acceptable* ; mais après tout, ils ne lui avaient pas spécifié par quels biais y arriver, et elle estimait que tous les moyens étaient bons quand on se retrouvait perdue au fin fond de la Finlande. Le seul problème c'était le froid glacial dans le salon de thé : même avec la technique d'Allison, la chaudière ne repartait plus et les clients commençaient à se plaindre. Elle allait devoir trouver un plombier.

Mais pour l'instant, vêtue d'une longue jupe noire et d'un chemisier bleu marine, Mary se félicitait d'avoir convaincu Lyyti et Eeva de jouer à Mary Poppins. Elle avait nettement moins chaud que la dernière fois. Elle se promena dans la maison avec un parapluie et de faux papillons dans les cheveux. Elle dut aussi chanter, sauter et danser, si bien qu'elle était carrément exténuée quand Kustaa rentra de sa répétition, les trouvant toutes trois affalées devant *Le Retour de Mary Poppins*.

Il se servit un verre et en proposa un à Mary qui refusa poliment, préférant rester maîtresse de ses émotions – la température de la pièce venait de prendre vingt degrés au moment où Kustaa avait ôté son pull, laissant apparaître une chemise blanche mal boutonnée. Vraiment mal boutonnée.

Sans avoir recouvré ses esprits, elle se leva et ramassa ses affaires.

— J'ai écouté ton conseil, tu sais, lui dit-il.

— Ah, lequel ?

Celui de quitter Candice pour te mettre en couple avec moi ? Ah mais, non, c'est vrai, je ne te l'ai pas proposé.

— Sur le fait que je devrais créer mes propres chansons et changer un peu de style. Est-ce que tu me donnerais ton avis ?

— Je ne suis pas spécialiste, mais oui, pourquoi pas.

Il sourit en passant devant elle et lui toucha les cheveux.

— C'est marrant tous ces papillons.

Mary se sentit rougir et les ôta en vitesse. Il lui prit la main et l'emmena dans une pièce qu'elle n'avait pas visitée, celle-ci étant fermée à clé, où trônait un piano à queue. Sur les murs, des photos de groupes de rock ou plus probablement de heavy métal qu'elle ne connaissait pas et deux guitares posées au sol.

— La musique fait partie de ma vie, s'expliqua-t-il devant son air surpris. Depuis toujours. Si j'avais pu choisir, je ne serais pas devenu vétérinaire, même si j'adore les animaux. Mais il faut bien gagner sa vie.

Il s'installa sur le tabouret et posa lentement les mains sur le piano après avoir invité Mary à s'asseoir près de lui. Lorsqu'il plaqua les premiers accords et commença à chanter une reprise de *Don't Stop the Music* de Rihanna, légèrement jazzy, mais avec beaucoup de caractère – la voix éraillée de Kustaa étant toujours là –, Mary fut aussitôt saisie de frissons qui ne la quittèrent pas avant la fin du morceau.

Quand il joua les dernières notes, elle ne put se résoudre à briser la magie qui venait de se produire et elle laissa résonner longtemps le silence avant d'oser prendre la parole.

— C'était vraiment… pas mal, hasarda-t-elle.

— Pas mal, c'est tout ?

Il la poussa d'un coup d'épaule. Elle passa le bras devant lui et essaya les premiers accords.

— Oui, tu as tout ce qu'il faut, mais c'est encore un peu trop heavy métal pour moi. Tu devrais carrément diviser le tempo par deux, le pousser à l'extrême, je suis sûre que ce serait magnifique.

— Ce n'est pas trop mon style, fit-il, en levant un sourcil.

— Écoute, je ne sais pas comment le formuler et je ne devrais même pas te dire ça, mais ta voix fait un effet dingue. Les gens tomberaient raides si tu adoucissais encore un peu certains passages.

Il tenta l'expérience sur le début de la mélodie et s'arrêta net.

— OK, c'est… hyper-sensuel, non ?

Un sourire coquin étira les commissures de ses lèvres. Un sourire qu'elle n'avait jamais vu jusque-là.

— Oui, s'étrangla-t-elle. En effet.

Kustaa reprit le morceau. Et Mary n'était plus sûre de vouloir entendre cette version, finalement. Plus sûre de pouvoir se maîtriser, même sans alcool : toutes les cellules de son corps semblaient s'électriser comme si elle avait avalé un shoot de vodka.

Trois minutes d'extase acoustique plus tard, elle peinait à revenir sur terre.

— Tu as un immense talent ! s'exclama-t-elle. C'était… waouh… dingue ! Mais on dirait que tu n'en as pas conscience ? Il faut absolument que tu tentes ta chance dans ce genre. Tes amis vont me détester, mais il faut que tu leur dises.

Un silence. Il secoua la tête.

— Ce n'est pas leur style, ils vont se foutre de moi. On a toujours fonctionné ensemble, et c'est ce qui est sympa, le groupe, les potes, tout ça…

— Prépare quelques titres pour les convaincre. Je vais t'aider si tu veux. Ils seront obligés de se rendre compte de ton talent. Et puis, vous pouvez toujours tenter les deux versions.

Kustaa l'écoutait et semblait terriblement indécis. Parfois, se dit-elle, le talent saute aux yeux de tous, sauf pour la personne concernée. Question de timing, probablement. Le mental résiste, il n'est pas prêt. Parce que ce n'est pas ce qui était prévu. Mais il se peut que la bonne voie ne soit pas celle que l'on avait envisagée et qu'elle se trouve plutôt sur le chemin juste à côté. Il suffirait alors de respirer calmement, de regarder un peu plus loin, et d'oser faire le premier pas, dans une voie, certes différente, mais tout aussi passionnante.

34

« La discorde est le plus grand mal du genre humain,
et la tolérance en est le seul remède. »

Voltaire

NOTRE jeune Anglaise n'en finira plus de nous surprendre ! Depuis qu'elle s'est installée à Saärla et a repris le salon de thé de son auguste grand-mère, elle n'a de cesse de martyriser Mme Anttila, qui rappelons-le pour souligner l'iniquité du combat, va bientôt fêter ses quatre-vingts ans. Après avoir volé et détruit une partie de son matériel, voilà qu'elle lui a carbonisé les doigts, empêchant cette pauvre femme de travailler. Un coup bas venant de la perfide Albion…

— Mais c'est du grand n'importe quoi ! s'exclama Mary au téléphone, en terminant la lecture du journal.

— Calme-toi, et arrête de lire ce torchon, répondit Allison.

— C'est toi qui me répétais qu'il fallait se tenir au courant ! Et tu avais raison. Au moins, maintenant je suis prévenue : j'ai tout le village à dos. Ce matin, on m'a jeté des regards noirs quand je suis passée devant son salon de thé et une femme m'a même écrasé le pied dans la queue au supermarché, soi-disant involontairement ! D'après le maire, on a fait un bond dans le passé.

— Si je comprends bien, il y a la team Mary et la team Anttila, et les deux sont ravies de vous voir vous crêper le chignon.

— Oui, comme au bon vieux temps. Sauf que je n'ai rien voulu de tout ça, je ne suis pas Stella et je ne sais pas comment faire pour que ça s'arrête !

— Tu devrais tenter d'aller parler à ta rivale.

— J'ai essayé ! Mais cette vieille pie ne veut rien entendre, elle croit que je l'ai fait exprès. Je lui ai même fait livrer des bonbons quand j'ai appris qu'elle en avait toujours été fan. Il paraît qu'elle envoyait une amie les acheter à sa place pour que Stella ne le sache pas.

— Bon, changeons de sujet, la coupa Allison pour tenter de la calmer. Financièrement, comment ça se passe ?

— Disons que je commençais à voir le bout du tunnel. Les tours en renne et Les Bonbons d'Otso ont un succès fou. Toutes les filles de l'équipe de hobby-horsing en sont dingues, mais tu vas voir qu'à l'allure où elles se les enfilent, on va encore m'accuser d'avoir empoisonné l'équipe ! Sans parler des kilos qu'elles vont prendre. Le problème c'est que la chaudière a rendu l'âme et que le plombier me demande 18 000 € pour la remplacer. Tu crois que c'est justifié ?

— C'est du vol !

— Oui, c'est bien ce que je pensais, mais c'est le seul ici, alors, je n'ai pas trop le choix.

— Courage, soupira Allison. Tu dois la changer rapidement ou tu risques de perdre ta clientèle naissante. Combien il te manque ?

— À peu près 12 000 €. J'ignore comment trouver une telle somme.

— Un prêt ?

— La banquière est de la team Anttila. Elle va me rire au nez !

Mary froissa nerveusement le journal. Elle avait eu beau manger des pâtes, monter ses prix, vendre la quasi-totalité de ses créations, cartonner avec Les Bonbons et les tours d'Otso, ce n'était pas suffisant pour payer cet escroc de plombier.

— Je n'ai plus le choix, Alli. Je vais devoir rappeler la famille Virtanen, ils m'offrent une très belle somme pour Otso depuis qu'ils l'ont vu en costard sur sa page. De toute façon, je ne peux pas le garder. Tu me vois ramener un renne à Londres ?

— Non, bien sûr que non, confirma Allison. L'essentiel est que tu lui trouves une belle famille d'accueil. Et que tu obtiennes un droit de visite !

— Je te promets que je vais tout faire pour, assura Mary.

Une fois le téléphone raccroché, elle fut attirée par le raffut au-dehors, un attroupement bloquait l'accès à son salon de thé. Croyant d'abord à une manifestation, elle comprit en sortant qu'il s'agissait de l'équipe de hobby-horsing s'entraînant au saut d'obstacles au beau milieu de la rue. Les mères, regroupées devant sa vitrine, commentaient les exercices.

— Pourquoi est-ce qu'elles s'exercent dehors ? demanda Mary, en se joignant à elles, la compétition n'a pas lieu dans le gymnase ?

— Si, mais Mme Anttila est une coach hors pair, répondit fièrement l'une d'elles. Si les filles parviennent à tenir la pression dans de telles conditions, alors elles ne seront pas déstabilisées par le stress le jour J.

— Je vois.

— C'est pour ça qu'elle est la meilleure. Le problème ce sont les têtes des chevaux, ajouta-t-elle, en lui jetant un regard chargé de noirs reproches. À cause de ses blessures, elle n'a pas pu les customiser.

— C'est important de le faire ? balbutia Mary, déstabilisée par tous les regards des mères posés sur elle.

— Oui, ça compte pour un tiers de la note. Sans parler du prix tant convoité de la plus belle monture.

— Et personne n'a pu s'en charger à sa place ? demanda Mary, de plus en plus mal à l'aise.

— Il y a bien Nea qui sait coudre, mais elle n'a aucune créativité. Mme Anttila a préféré les laisser telles quelles et ne pas prendre de risques.

— Quel est le thème cette année ? demanda une blonde qui venait de se joindre à elles.

— Les Années folles.

— Ah, grimaça-t-elle, c'est délicat, effectivement. Quel sale coup, pas sûre que l'équipe s'en remette !

— Aada a essayé, mais ça n'a pas été concluant. Avec ses rectangles de feutrine noire en guise de sourcils, ses perles nacrées usées et ses tissus grossiers, le cheval-test avait l'air d'un vieux transformiste. On a voté non à l'unanimité.

Les mères parlaient maintenant entre elles et tournèrent le dos à Mary. Voyant qu'en plus de cette mise à l'écart, Mme Anttila avait disposé les obstacles de telle sorte que personne ne puisse accéder au salon de thé de Mary, dont les mères se chargeaient d'encombrer la devanture – deux points pour sa rivale –, elle décida de fermer plus tôt et de rentrer pour régler son problème de chaudière.

35

« C'est le propre de l'homme de se tromper ;
seul l'insensé persiste dans son erreur. »

Cicéron

— Je finirai bien par mettre la main dessuuuus ! Tu ne perds rien pour attendre !

— Tais-toi, Paavli ! Je suis en pleine discussion, tu es complètement timbré aujourd'hui.

Mary reprit le téléphone :

— C'est une très belle proposition, je ne sais pas quoi dire, répondit-elle en se mordant les joues.

Mary se sentait partagée entre le soulagement de trouver une issue à ses problèmes financiers et une étrange tristesse à l'idée de se séparer d'Otso. Serait-elle devenue sentimentale ?

— Eh bien, marché conclu ? demanda Tuomas.

— Évidemment, finit-elle par répondre.

Elle prit congé avant de raccrocher, sachant très bien qu'une telle offre ne se représenterait pas deux fois.

Maintenant qu'Otso était célèbre, Mary avait reçu des tas de propositions d'adoption qu'elle avait toutes rejetées, personne ne lui paraissant assez bien pour lui : soit le logement était trop petit, soit il serait obligé de dormir dehors – et loin de la maison –, soit les gens espéraient l'exploiter. Elle avait même rencontré un type qui comptait le découper en rondelles pour le vendre en pâté ! Elle l'avait copieusement insulté et en avait gardé une certaine inquiétude sur le sort qu'on allait réserver à son renne.

Mais cette fois, elle ne pouvait plus reculer. D'une part, elle lui avait trouvé la famille idéale, et de l'autre, jamais elle n'aurait espéré en recevoir 15 000 €, même dans ses rêves les plus fous.

— Je mériiiite cette entreprise !

— Chut, Paavli ! Tu te sens bien ? Tu parles comme Miles !

Mary secoua la tête et s'approcha d'Otso qui fixait sur elle ses doux yeux pleins de reproches.

— Voilà, on y est ! Une bouche de moins à nourrir et assez d'argent pour payer la chaudière ! Finalement, cette journée n'est pas si mauvaise, Londres, me revoilà…, déclama-t-elle pour se motiver avant de s'arrêter net. Pourquoi tu me regardes comme ça ?

Elle attrapa un grand sac.

— Allez, Otso ! Tu as trouvé une famille d'adoption alors ne fais pas cette tête, tu ne vas quand même pas regretter ce petit chalet ridicule ! C'est une grande chance d'aller vivre chez les Virtanen, c'est la plus belle demeure de Saärla, et crois-moi, elle est confortable. Si je pouvais me faire adopter aussi, je le ferais ! Bon…

Elle soupira et s'assit près de lui. Otso n'avait aucune réaction.

— OK, allez viens, insista-t-elle en se relevant, que veux-tu emmener ? Ce plaid ? Tu l'aimes beaucoup, il sent le bouc c'est vrai, mais… Il faut aussi que tu emmènes les jouets que je t'ai achetés si tu veux te remémorer nos bons moments. Tu sais, je n'aime pas trop les animaux, Otso. J'ai juste fait une exception avec Paavli et toi, le temps de cette petite pause finlandaise. Et je ne t'ai jamais caché que je ne comptais pas rester : combien de fois me suis-je plainte, hein ?

Il bougea la tête. Elle ressentit un vilain pincement du côté du cœur.

— Tu es si gentil, lui dit-elle, en lui flattant le col.

Après avoir rassemblé les affaires d'Otso et lui avoir laissé le temps de dire adieu à Paavli, elle le fit monter dans le van et conduisit prudemment sur les routes enneigées jusqu'à la maison des Virtanen.

Le trac et l'appréhension lui firent battre le cœur un peu plus fort au moment où elle sonna. C'est la seule solution, ne cessait-elle de se répéter depuis le coup de fil, l'excitation d'avoir gagné autant d'argent ayant laissé place à la tristesse de se séparer d'Otso.

Qui aurait cru que Mary Banks aurait aimé garder un renne auprès d'elle ! Elle avait beaucoup changé depuis son arrivée en Finlande et elle se demandait si elle resterait la même à son retour en Angleterre. La vie au grand air et les balades dans la neige lui avaient fait un bien fou, elle était moins angoissée et dormait mieux – plus besoin de bruits blancs ! Elle se sentait plus musclée, plus forte aussi et, manifestement, c'était le même bénéfice pour son esprit : elle était beaucoup plus tenace et persévérante qu'avant, ayant en quelque sorte développé un peu de ce fameux *sisu* propre aux Finlandais.

Ce fut Lotta qui lui ouvrit la porte.

— Bonjour, Mary ! Oh, je vois que vous avez un vrai manteau, cette fois-ci !

— Oui, c'était celui de ma grand-mère.

— Venez, Mme Virtanen va vous recevoir.

Au même moment, Tuomas apparut dans l'entrée, et à regret, Mary lui tendit les clés du van afin qu'il puisse déplacer Otso.

— Merci, Mary, je vais lui montrer ses locaux, lança-t-il en sortant.

Une pointe de jalousie lui serra le cœur, mais elle fit tout pour le cacher, restant souriante malgré la douleur qui menaçait d'exploser dans sa poitrine.

Elle suivit Lotta jusqu'au salon.

— Mme Virtanen vous rejoint dans une minute.

Mary n'eut pas à attendre aussi longtemps. Une femme d'une soixantaine d'années pénétra dans le salon juste après le départ de Lotta.

— Bonjour, mademoiselle Banks, bienvenue chez nous.

Mary la salua à son tour, mais sa première impression ne fut pas bonne. Cette femme avait l'air capable de tout sauf de vivre avec un renne.

Surtout un renne comme Otso.

Elle portait un tailleur noir de grand couturier, des talons aiguilles et une cascade de bijoux. Mary ne put s'empêcher de fixer ses oreilles, en se demandant combien de temps ses lobes allaient tenir le coup avant de se déchirer sous le poids de ses lourds anneaux incrustés de diamants. Elle dut se retenir de pouffer en pensant que Paavli aurait adoré s'en servir comme perchoirs.

Elle aurait eu beaucoup de succès dans les soirées !

— Asseyez-vous, nous allons bavarder un instant. Vous devez vous demander pourquoi j'ai choisi d'adopter un renne.

— En effet, oui.

— Eh bien, figurez-vous que mes petits-enfants arrivent ce soir et je voulais leur faire une surprise. Ils ont entendu parler de… Comment s'appelle-t-il déjà ?

— Otso, lui souffla Mary.

— Oui, Otso. D'après ma belle-fille, ils en sont fans. Quelle idée de les laisser aller sur les réseaux sociaux à leur âge !

— Et quel âge ont-ils ? demanda Mary, de plus en plus mal à l'aise.

— Dix et treize ans, deux garçons. Adorables, cela va sans dire, ne vous inquiétez pas pour votre bestiole ! Et vous, comment vous en sortez-vous ? Vos parents m'ont touché deux mots de votre situation. Je pourrais vous aider financièrement, mais je crois que cela ne fait pas partie du règlement ! ricana-t-elle.

Elle connaît donc mon père et ses missions.

Mary se sentit soudain pressée de partir, tandis que Mme Virtanen gloussait toujours d'un rire très particulier, entre le croassement et le caquètement, ce qui lui donnait l'air d'une vieille autruche.

— Je m'en sors très bien, merci. Je ne vais pas vous déranger plus longtemps, conclut-elle en se levant, bien décidée à en finir.

— Parfait, dit Mme Virtanen, qui parut soulagée de ne pas être forcée de faire la conversation à Mary. Tenez…

Elle lui tendit le chèque. Mary eut un léger mouvement de recul en réalisant qu'elle venait de remplacer Otso par un morceau de papier. Elle le saisit machinalement et le fourra dans sa poche. Elle avait si chaud, tout à coup. Se sentant à deux doigts de tomber dans les pommes, elle se hâta d'ôter son manteau.

— Ma chère, ça ne va pas ? Vous êtes toute pâle.

Mary inspira longuement.

— Si, je… Ça va passer, dit-elle, en s'appuyant contre le mur.

— Lotta ! Un verre d'eau !

Lotta se matérialisa quelques secondes plus tard avec un grand verre que Mary but d'une traite.

— Vous vous sentez mieux ?

— Oui, un peu, merci. Excusez-moi, je ne sais pas ce qui s'est passé, j'ai ressenti des palpitations, dit-elle, en posant la main sur sa poitrine. Est-ce que je pourrais aller dire au revoir à Otso ?

— Bien sûr, ma chère. Tuomas va vous montrer ses quartiers.

Mary suivit Tuomas dans les couloirs menant au sous-sol et en profita pour lui donner les codes de la page Facebook d'Otso.

— Si jamais les enfants ont envie de continuer à faire vivre sa page… Mais pas un mot à votre patronne, elle n'a pas l'air d'aimer les réseaux sociaux !

— Entendu, sourit Tuomas, en fourrant le papier dans sa poche. Comptez sur moi.

Lorsqu'il ouvrit la porte, elle n'en crut pas ses yeux.

— La pièce a été entièrement décorée par Lotta, lui expliqua-t-il. Ordre de la famille Virtanen pour que la surprise soit parfaite !

On était loin de l'ambiance habituelle d'un sous-sol. Aux murs, des cadres représentant des forêts, des loups, des ours blancs dans la neige. Les petites fenêtres étaient ornées d'épais rideaux rouges, tandis que des coussins à carreaux réchauffaient deux canapés verts se faisant face. Mais, le plus fou, c'était cet immense traîneau lumineux qui trônait au centre de la pièce.

Apercevant Otso debout dans un coin, Mary s'approcha doucement tandis qu'une boule se formait dans sa gorge.

— Eh, Otso… tu peux te coucher, tu sais. C'est drôlement beau chez toi.

L'animal semblait nerveux. Et si triste. Comprenait-il ce qui lui arrivait et qu'il ne reverrait plus ni Mary, ni Paavli, ni le petit chalet qui avait été son foyer pendant tant d'années ? Cette idée fût insupportable à Mary. Après tout ce qu'Otso avait fait pour elle, elle se sentait si ingrate qu'elle eût la tentation de tout annuler sur l'instant. Mais il y avait cette foutue chaudière et aussi son retour à Londres. Et tout cela lui paraissait insoluble autrement.

Elle caressa longuement les flancs haletants d'Otso avant de parvenir enfin à le faire s'allonger et dut se retenir de toutes ses forces pour ne pas pleurer lorsqu'elle s'agenouilla et qu'il posa sa patte sur sa main.

— Tu vas te plaire ici, c'est si spacieux et cosy.

Elle essuya une larme.

— Je te souhaite une belle vie, Otso le Magnifique.

Mary sentit à nouveau une douleur sourde dans sa poitrine. Alors que la boule dans sa gorge ne cessait de grossir, elle embrassa le renne sur le museau avec une tendresse qu'elle ne se connaissait pas et s'arracha d'un coup à cette étreinte pour partir avant de fondre en larmes et ne plus être capable de supporter leur séparation.

36

« L'arbre de la tristesse, ne le plante pas dans ton cœur.
Relis chaque matin le livre de la joie. »

Omar Khayyâm

Le lendemain matin fut tout aussi difficile que la nuit. Mary n'avait pas réussi à dormir, elle avait passé la soirée à pleurer en regardant des photos d'Otso et à réactualiser sa page Facebook toutes les dix secondes pour voir si les enfants Virtanen avaient posté quelque chose. Elle se demandait s'il allait bien, s'il s'habituait à sa nouvelle famille, s'il pensait à elle.

— C'est idiot, fit-elle en secouant la tête, c'est un renne, il ne pense pas !

— Vrrrrraiment ?! s'écria le perroquet, en projetant ses graines autour de lui.

— Arrête, Paavli. Pourquoi tu ne manges rien ? Tu n'as pas touché à ta gamelle.

— Houston, nous avons un problèèème !

— C'est le départ d'Otso qui te rend aussi maussade ?

J'aurais dû me douter qu'il souffrirait de son absence, lui aussi.

Mary soupira et remplit la coupelle d'eau.

— Au moins, tu bois.

Il faut que je me concentre sur l'avenir et que je rappelle le plombier. Je sais que je suis tout près du but. Je vais pouvoir prouver à mes parents que j'ai réussi à me débrouiller... Je devrais être heureuse.

Un coup de sonnette la fit sursauter.

— E.T., téléphooone maison ! s'époumonna Paavli. Téléphone maisooooon !

Elle ouvrit la porte à Hanna.

— Comment vas-tu ? attaqua cette dernière.

Pour toute réponse, Mary fondit en larmes.

— J'en étais sûre.

Elles s'installèrent dans la cuisine. Mary leur servit une tasse du café qu'elle venait de préparer.

— Otso est mooort ! déclara solennellement Paavli.

— Mais non, arrête de dire n'importe quoi ! le rabroua Mary. Il a été adopté. Si tu voyais ses quartiers, tu comprendrais qu'il est beaucoup mieux là-bas !

— Ça m'étonnerait ! Pauvre taaache !

— Eh bien, il n'a pas la langue dans sa poche, ton perroquet ! s'étonna Hanna.

— Jamais je n'aurais pensé..., hoqueta Mary tandis que son amie lui tendait un paquet de mouchoirs. J'ai cru que j'allais y laisser mon cœur, aussi. C'était horrible de l'abandonner comme ça. Comment je vais faire sans lui ?

— Tu m'abandooonnes aussiiii ? couina Paavli.

Mary le regarda sans savoir quoi lui dire. Elle avala sa salive.

— Je n'ai jamais cru que tu n'aimais pas les animaux, fit Hanna. Seuls les gens sans aucune sensibilité sont incapables de s'attacher à eux.

— J'aurais préféré rester comme avant, au moins, je n'aurais pas souffert.

— *Hasta la vista, babyyy!* hurla Paavli.

Et il répéta sa réplique en boucle pour leur casser les oreilles.

— Il me manque tellement ! souffla Mary, alors que Paavli se taisait enfin. Cela ne fait que quelques heures, et c'est déjà insupportable.

— Tu n'auras qu'à passer de temps en temps.

— Oui, soupira-t-elle, en se mouchant. Il faut que je leur dise que s'il y a quoi que ce soit, tant que je suis en Finlande, je leur garderai avec plaisir. J'espère qu'ils m'enverront des photos. Ils vont peut-être continuer d'alimenter sa page Facebook puisque je leur ai donné les codes.

— Otso est mooort ! Rammi est mooort !

Mary lui resservit des graines, mais Paavli continua d'ignorer sa gamelle tout en l'insultant :

— Vilaine, tu crains !!!

— Il fait la grève de la faim ? questionna Hanna.

— On dirait, oui. Je ne sais plus quoi faire.

— E.T., téléphone maisooon !

— Ça n'est pas aussi simple, Paavli. Je vais bientôt repartir en Angleterre. Tu seras aussi adopté, finit-elle par lâcher.

À ces mots, l'oiseau se tut subitement. S'ensuivit un long silence pendant lequel Mary avisa les Polaroid qu'Allison avait collés sur le frigo : elle posait gaiement aux côtés d'Otso dont les bois étaient décorés avec les bijoux de Stella, Allison n'étant jamais à court d'idées.

Elles parlèrent ensuite d'autre chose mais Mary ne parvint pas à se dérider ; le silence de Paavli était encore plus douloureux à supporter que sa grève de la faim. À cet instant, Mary aurait donné n'importe quoi pour que tout redevienne comme avant. Même se faire traiter de pauvre tache par Paavli ! Mais l'oiseau, déprimé, garda le silence toute la matinée.

*

Le village de Saärla était en fête pour le Restaurant Day. Quelques touristes s'étant inscrits cette année, le nombre de participants battait tous les records, et la salle était pleine à craquer, pour la plus grande joie du maire. Toutes les tables recouvertes de nappes blanches étaient dressées avec beaucoup de goût, des illuminations de Noël autour des fenêtres brillaient de mille feux, et une douce odeur de pâtisserie flottait dans la pièce, tandis que d'énormes flocons voltigeaient dehors.

— Tartes, muffins, crumble, pain d'épices, énuméra le maire, la bouche collée contre son micro, tout le monde s'est surpassé cette année !

Il s'approcha de Mary qui patientait derrière sa table fièrement illuminée de guirlandes dorées, mettant ainsi en valeur ses muffins banane, miel et gingembre.

— Ça sent bon, Martina, approuva-t-il, en regardant sa montre. Encore quelques minutes et le concours devra débuter.

— On a déjà quinze minutes de retard, commenta son adjoint dans son dos.

— Oui, mais Mme Anttila n'est pas là, rétorqua le maire.

Ils avisèrent sa table restée vide.

— Ce n'est pas normal. Attendons encore un peu, ajouta-t-il.

Une demi-heure plus tard, alors que tout le monde commençait à s'impatienter, le maire déclara enfin l'ouverture du concours du meilleur restaurant.

— Nous jugerons le goût, mais également l'aspect et la présentation, dit-il, en faisant le tour des tables.

Lorsqu'il arriva devant celle de Mary, il cligna des yeux.

— Chère Martina, vos muffins en forme de renne sont absolument magnifiques, commenta-t-il, sans arriver à cacher son admiration. Espérons que le goût sera à la hauteur.

Bien sûr qu'il l'est !

Le concours se déroulait dans une ambiance détendue et chaleureuse. À 20 heures, le maire déclara qu'il était temps de dévoiler le nom du vainqueur. Mary espérait gagner, voilà qui lui permettrait de finir son séjour en beauté – si on exceptait la perte d'Otso et celle à venir de Paavli –, et elle pourrait être dans le journal sans avoir à en rougir. Alors que le maire s'apprêtait à annoncer les résultats, la porte d'entrée s'ouvrit brutalement sur Santtu qui avança d'un pas déterminé, l'air grave.

— Mary Banks.

Il marqua un temps alors que toutes les conversations cessaient.

— Vous êtes en état d'arrestation !

Des cris de surprise fusèrent un peu partout, bientôt suivis d'un silence pesant. Le cœur de Mary se mit à battre à tout rompre.

— C'est une plaisanterie ? demanda le maire.

— Non, répondit Santtu, qui semblait contrarié lui aussi. Elle est suspectée d'une tentative d'homicide sur la personne de Mme Anttila.

— Ce n'est pas possible, dit Wilma, alors que Santtu menottait son amie et la poussait vers la sortie.

— Hanna ! lança Mary au bord de la crise d'angoisse.

— Ne t'inquiète pas, on va te sortir de là !

— Martina n'a pas pu faire une chose pareille ! s'exclama le maire, incrédule.

— Mme Anttila a eu un accident, l'un de ses pneus a clairement été crevé d'un coup de couteau, rétorqua Santtu. Un foulard à paillettes multicolores a été retrouvé sous le véhicule. Foulard que nous avons tous reconnu : Stella le portait tout le temps.

Le cœur de Mary battait si fort à présent qu'elle crut qu'il allait jaillir de sa poitrine. Comment pouvait-on l'accuser d'une telle chose ? C'était si… incroyable et cruel !

— Et comment va la victime ? s'enquit le maire.

— Bien, répondit Santtu, elle s'en tire avec une belle bosse sur le front. Elle a la tête dure, elle s'en remettra.

Sur ce, ils quittèrent la salle sous les yeux médusés de la foule, tandis qu'un murmure réprobateur s'élevait.

La team Anttila, pensa Mary, le mot « victime » résonnant dans sa tête comme un gong pris de folie.

Mais qu'ai-je fait ? Se peut-il que je ne me souvienne de rien ? Suis-je en train de vivre un dédoublement de la personnalité ? Suis-je atteinte du syndrome de Jack Nicholson ? Au secours !

37

« La vie est un mystère qu'il faut vivre,
et non un problème à résoudre. »

Gandhi

Pour la seconde fois de sa vie, Mary se retrouva assise en prison. Et toujours aux côtés de la femme qui rêvait de devenir romancière.

— Vous êtes encore là ? s'étonna Mary.

— Oui, répondit la femme. À vrai dire, il ne s'est rien passé de croustillant depuis votre dernière visite. Vous êtes la seule à vous faire arrêter !

— Je vous jure que je n'ai rien fait.

— Ils disent tous ça ! En tout cas, d'après ce que j'ai pu entendre à votre sujet ces dernières semaines, vous devez avoir un drôle de patchwork !

Mary ne releva pas, elle se dressa et agrippa les barreaux de toutes ses forces.

— Santtu, écoutez-moi !

— Ça commence à faire beaucoup, tonna-t-il. Mais ne vous inquiétez pas, vous allez avoir le temps de vous expliquer ! On a toute la nuit pour ça.

— Il compte vous faire avouer, se moqua la femme. Méfiez-vous ! Il y a des gens qui se retrouvent tellement à bout de nerfs qu'ils finissent par s'approprier des crimes qu'ils n'ont même pas commis !

Elle sortit un carnet et un stylo avant d'ajouter sur le ton de la confidence :

— Si jamais il vous passe à tabac, ne vous inquiétez pas, je prendrai des photos. J'ai gardé mon portable, mais chut…

Elle lui fit un clin d'œil et Mary frissonna de la tête aux pieds en imaginant la scène. Puis Santtu ouvrit la cellule et fit sortir Mary pour la conduire à son bureau.

— Asseyez-vous.

Il alluma son ordinateur et commença à taper.

— Nom, prénom, âge, profession.

Docile, Mary coopéra sans broncher, espérant en finir au plus vite.

— Venons-en au fait, dit Santtu, en terminant de taper les modalités d'usage. Vous êtes soupçonnée d'avoir volontairement crevé l'un des pneus de la voiture de Mme Anttila.

— C'est ridicule ! Et qu'est-ce qui vous fait dire que c'est moi ?

Il sortit un sac plastique dans lequel se trouvait le fameux foulard multicolore.

— Stella le portait très souvent, il apparaît sur toutes les photos affichées dans votre salon de thé. Nous allons vérifier ce point, mais il est assez original pour n'appartenir qu'à une seule personne.

— Je ne l'ai jamais vu, mentit Mary.

Bon, peut-être une fois ou deux quand Allison fouillait dans la penderie, mais je ne l'ai jamais touché, il ne devrait donc pas porter mes empreintes.

— Ça ne prouve rien, continua-t-elle. Et est-ce que je ne devrais pas avoir droit à un avocat ?

— Vous pourrez en appeler un tout à l'heure. Pour l'instant, la ligne est coupée, il neige trop. Dommage ! Ne faites pas d'histoires et dites-moi ce qui vous a amenée à agir de la sorte.

Mary avala sa salive et secoua la tête, gardant le silence, bientôt rompu par Santtu :

— Bon, je vais vous aider. Vous vous querellez avec Mme Anttila depuis votre arrivée, ce n'est un secret pour personne. Vous lui avez volé son matériel et brûlé les doigts...

— Je n'ai rien volé ! le coupa Mary. Le matériel m'a été livré par erreur et pour les doigts, nous l'avions avertie de ne rien toucher, seulement elle ne nous a pas écoutées. Jamais je n'aurais tenté de la tuer ! Et pour quel motif ?

— Pour ouvrir votre commerce sans aucune concurrence.

— Je ne sais pas qui a fait le coup, mais vous perdez votre temps avec moi.

— Bien, puisque vous ne voulez rien dire...

Il se leva, l'attrapa par le bras, ouvrit la grille et la poussa dans la cellule tandis que la romancière n'en perdait pas une miette, prenant des notes.

— De quoi alimenter mon prochain chapitre, sourit cette dernière. Merci beaucoup ! Et bravo, vous avez tenu bon. Vous avez du cran !

Mary haussa les épaules. Elle hésita un instant, puis elle finit par s'allonger sur le second lit pliant en priant pour que ce cauchemar se termine au plus vite même si elle voyait mal comment.

La nuit lui parut interminable, elle la passa à somnoler, la tête pleine de pensées, songeant qu'à présent plus personne ne voudrait venir dans son salon de thé. Elle avait fait tout ça pour rien. Et si Mme Anttila était plus maligne qu'elle ne l'avait imaginé et qu'elle ait elle-même saboté son véhicule pour contrecarrer le succès de Mary ? Elle se demanda si la vieille pie était capable d'autant de cruauté et pensa, à cet instant, qu'elle aimerait être à Londres, dans sa vraie vie. Elle en avait assez de tout ça. Puisque personne n'avait confiance en elle, il ne lui restait plus rien à faire dans ce pays.

Le lendemain matin, il y eut beaucoup d'agitation dans le bureau. Santtu avait passé la matinée au téléphone avant de sortir en trombe, laissant la cellule sous la surveillance de son stagiaire. Mary évalua alors ses chances de s'échapper : le stagiaire n'avait pas l'air très malin, il passait son temps sur son portable, probablement à scroller sur les réseaux sociaux. Avec un peu de ruse, elle arriverait peut-être à le convaincre de la laisser sortir.

C'est alors qu'Hanna arriva. Elle ignora le stagiaire et fonça droit sur la cellule.

— Mary, comment vas-tu ?

— Ça va, mais je n'en reviens pas d'avoir passé la nuit ici.

— Je suis désolée, on n'a rien pu faire. Santtu ne veut rien entendre. Mais ne t'inquiète pas, il va démêler toute cette histoire au plus vite et tu pourras sortir.

— Et s'il ne trouve pas le coupable ?

Hanna se raidit. Quelques secondes s'écoulèrent.

— Il faut rester positive, finit par répondre Hanna. Je te laisse, je dois retourner au magasin. Mais dès la pause déjeuner, je compte mener ma propre enquête !

— Attends ! Pourrais-tu demander à Wilma d'aller voir Paavli et de lui expliquer la situation ? Ça va te paraître idiot mais… je ne veux pas qu'il croit que je l'ai abandonné.

— Compte sur moi.

Mary saisit les clés du chalet dans la poche de son manteau et les lui tendit à travers les barreaux. Hanna lui adressa un timide sourire d'encouragement juste avant de quitter la prison.

Plusieurs heures s'écoulèrent avant le retour de Santtu. Et à la grande surprise de Mary, le policier ne revint pas seul.

— On tient le coupable ! déclara-t-il en entrant, poussant un homme en direction de la cellule opposée à celle des femmes.

— Miles ? hoqueta Mary. C'est toi ?

— On l'a arrêté et il a tout avoué, s'empressa de répondre Santtu, avec fierté.

— Mais qu'est-ce qui t'a pris ? demanda Mary, incrédule.

Miles baissa la tête. Il avait nettement perdu de sa superbe, Mary ne l'avait jamais vu ainsi.

— Quand j'ai tapé ton nom sur Google pour voir où tu en étais, répondit-il, je suis tombé sur cette interview de toi au sujet du succès des chocolats et j'ai compris que, contre toute attente, tu allais t'en sortir. Il fallait que j'en ai le cœur net, j'ai pris un billet d'avion et je suis venu.

— Mais pourquoi avoir saboté la voiture de Mme Anttila ? questionna Mary.

Il soupira, de plus en plus mal à l'aise.

— Je voulais te faire accuser pour t'empêcher de réussir ta mission. Tu aurais perdu ta clientèle. Bon sang, jamais je n'aurais cru que tu allais réussir à t'en sortir ! Tu n'en avais pas la trempe ! Monter un commerce dans un trou perdu, sans aide, sans ressources financières… Quand j'ai compris que j'allais perdre ma seule chance de devenir PDG, j'ai eu peur et j'ai pété un câble, je ne sais pas ce qui m'a pris. Peut-être la faute à ce jus d'airelle bu dans la brasserie du coin.

Il secoua la tête et reprit :

— C'était juste un coup de couteau pour l'empêcher de rouler. Sur le moment, je n'ai pas réfléchi. Je ne pensais pas qu'elle prendrait la route et aurait un accident !

Miles lâcha un sanglot.

— Il s'est introduit chez vous, expliqua Santtu, en poussant Miles à l'intérieur de la cellule réservée aux hommes avant de la fermer à double tour. Il a fouillé le chalet à la recherche de la recette et a dégoté ce foulard qui vous mettait forcément en cause.

Mary n'en revenait pas que son collègue soit allé jusque-là. Le stagiaire la libéra, elle récupéra son sac à main et salua sa collègue de cellule – espérant ne plus jamais la revoir.

Santtu la raccompagna personnellement jusqu'à sa camionnette, profitant du trajet pour lui expliquer les derniers détails de cette enquête.

— Quand Wilma est allée nourrir Paavli, elle a trouvé le chalet sens dessus dessous. Comprenant qu'il avait été visité, elle m'a averti et nous avons vite fait le lien avec ce nouvel arrivant en ville qui posait beaucoup trop de questions sur vous et vos affaires. C'est en apprenant que vous étiez en guerre avec Mme Anttila qu'il a eu l'idée de vous faire porter le chapeau.

— Toute cette histoire me dépasse complétement, souffla Mary. Mais le pire, c'est que les habitants de Saärla me verront toujours comme l'Anglaise qui a voulu s'en prendre à cette pauvre femme.

— Nous ferons paraître un communiqué dans le journal local pour vous innocenter.

— C'est gentil, mais je ne sais pas si ce sera suffisant, soupira Mary alors qu'ils arrivaient devant son véhicule. Les gens se méfieront toujours de moi, il est souvent difficile de faire oublier une rumeur, même lorsqu'elle est fausse.

— Eh bien, il y a peut-être un moyen pour vous de marquer des points, lança-t-il, en sortant un trousseau de clés. Vous êtes douée en décoration, vous pourriez sûrement rattraper le coup en décorant les têtes de chevaux pour le championnat de hobby-horsing ?

Mary y réfléchit une minute.

— C'est une excellente idée, oui. Je veux bien m'en charger ! Si Mme Anttila est d'accord, bien sûr.

— J'en fais mon affaire. Voilà la clé du gymnase dans lequel elles sont stockées, il se trouve juste derrière le cabinet de Kustaa. Mais plus de bêtises !

— C'est promis ! Oh, merci beaucoup, Santtu ! Merci pour tout.

Et elle se jeta à son cou. Sans lui faire de mal, cette fois-ci !

38

« Les folies sont les seules choses qu'on ne regrette jamais. »

Oscar Wilde

Une fois chez elle, Mary dut remettre son chalet en ordre avant de pouvoir retrouver le confort de sa chambre, comme elle l'espérait tant depuis la veille. Miles s'en était donné à cœur joie pour retrouver la recette, en particulier à l'étage où les vêtements de Stella avaient tous été éparpillés au sol, elle avait donc de quoi faire pendant que Paavli, qui lui reparlait enfin, la traitait de vilaine ou prétendait qu'Otso était « moooort ! ».

Après avoir suspendu les derniers habits dans la penderie, elle laissa un message à ses parents pour les informer de la situation au sujet de Miles, puis elle mangea rapidement et se coucha enfin, heureuse de passer la nuit dans un bon lit.

Le lendemain matin, Mary se réveilla tôt et se rendit directement au gymnase, ravie d'échapper à son salon de thé, le temps que les rumeurs concernant sa tentative d'homicide se tassent. Elle y passa la journée à décorer les têtes de chevaux avec le matériel qu'elle avait apporté, tout en jetant régulièrement un œil à sa page Facebook dans l'espoir d'apercevoir Otso. Mais rien. Les Virtanen n'avaient posté aucune photo, elle n'avait donc pas de nouvelles. Elle hésitait à passer lui rendre visite car elle craignait de rendre les choses encore plus douloureuses, pour elle comme pour lui.

Avec encore une demi-douzaine de têtes à décorer, Mary dut revenir au gymnase le surlendemain. En se rendant chez Hanna pour acheter les accessoires dont elle avait besoin afin de terminer, elle croisa Martta qui changea carrément de trottoir en l'apercevant, tout en lui jetant un regard mauvais.

Mary haussa les épaules et entra dans la boutique.

— Qui t'a fait une commande pareille ? s'enquit-elle aussitôt en avisant l'énorme tas de jeux qui trônait sur le comptoir.

— La famille Virtanen ! répondit Hanna. Ils sont passés tout à l'heure me donner la liste. Je crois qu'il y a là tous les jeux de société du magasin !

— Otso ne leur suffit plus, bougonna Mary.

— Justement, à ce sujet, je les ai entendus en parler. Mais assieds-toi, ça ne va pas te plaire. Ils auraient revendu Otso à un type assez louche, un ramoneur.

— Déjà ? Mais ils viennent de l'acheter, ça ne fait que quelques jours !

— Je sais. Ces gamins sont pourris gâtés et ils se lassent très vite à cet âge. Mais le pire, c'est que ce type a acheté Otso à crédit et qu'il compte l'exploiter pour payer sa dette. Il l'utilise pour balader les touristes !

— Dire que c'est moi qui ai eu cette idée de génie, gémit Mary.

— Tu ne pouvais pas savoir que ça finirait comme ça.

Mary soupira. Elle paya les paillettes, la feutrine et les perles, embrassa son amie et se rendit au gymnase, le ventre noué par ces nouvelles.

*

Quatre jours plus tard, alors qu'elle avait enfin réouvert son salon et servi quelques clients – essentiellement des touristes –, Mary apprit deux choses en consultant le journal local. D'abord que Mme Anttila n'avait pas souhaité porter plainte contre Miles qui avait donc été libéré – Santtu s'étant personnellement assuré qu'il quittait Saärla par le premier avion. Ensuite que l'équipe de Mme Anttila avait gagné la compétition et obtenu le prix tant convoité de la plus belle monture. L'implication de Mary n'avait donc pas été vaine, mais elle n'arrivait pas à s'en réjouir : l'idée de savoir Otso exploité par un type la mettait hors d'elle et elle s'en voulait énormément.

Elle appela alors Tuomas qui accepta de lui donner le numéro de l'acheteur, un dénommé Pekko. Il la prévint également qu'Otso ne s'alimentait plus depuis qu'elle l'avait laissé et qu'il avait entendu Pekko dire qu'il le transformerait en saucissons s'il n'était plus capable de transporter les touristes, parce qu'il pourrait les vendre à prix d'or vu la notoriété du renne.

Après ce coup de fil désastreux, Mary laissa plusieurs messages à ce type en espérant qu'il la rappelle rapidement, mais ce ne fut pas le cas. Les heures passaient. Interminables. Les rues se vidant soudainement à cause de la tempête qui se levait, elle n'eut à servir que quelques clients, ce qui lui laissait largement le temps de ruminer.

De plus en plus inquiète, elle décida de fermer en avance et de se rendre chez le ramoneur coûte que coûte, quitte à faire abstraction de la météo. Mais au moment où elle s'apprêtait à sortir, Mme Anttila se matérialisa derrière la porte.

Oh non.

La vieille dame entra et regarda la nouvelle lampe posée sur l'une des tables en se gardant bien de la toucher, cette fois-ci.

— Je peux vous parler une petite minute ?

Tout en enfilant son manteau, Mary se demandait à quelle sauce elle allait être mangée. Et si les créations ne lui avaient pas plu ? Après tout, c'était plutôt osé d'avoir ajouté du strass et des paillettes aux chevaux, sans parler des colliers de perles, du gloss et des faux cils.

— Je vous remercie pour les têtes. Grâce à votre talent, nous avons gagné le premier prix de beauté haut la main. C'était assez culotté de votre part, mais je dois dire que le jury a été immédiatement sous le charme. Fasciné même. Je crois qu'il est temps d'enterrer la hache de guerre. J'ai été dure avec vous... après tout, vous n'y êtes pour rien, dit-elle, en s'approchant des photos des ex-maris de Stella.

— Je suis désolée, souffla Mary.

Mme Anttila secoua la tête :

— C'est ma faute. Je suis trop sévère. J'ai toujours été comme ça, ma mère l'était avec moi, et mon père n'était pas mal non plus. Il ne se gênait pas pour me corriger sévèrement si j'avais le malheur de le décevoir. J'ai toujours vécu dans le conflit... Je ne sais pas fonctionner autrement.

Elle marqua un temps.

— Vous, vous êtes tout le contraire, comme votre grand-mère. Elle était capable de charmer n'importe qui, homme ou femme peu importe, tout le monde l'aimait. Elle était... gentille. Bien qu'un peu trop originale à mon goût, dit-elle, en passant son index sur un cadre où Stella posait aux côtés d'Otso.

— Eh bien, je pourrais peut-être vous apprendre ?

— Oh, à mon âge, on ne change pas comme ça !

— Non, c'est faux ! Ne croyez pas ça, il n'est jamais trop tard.

Mme Anttila esquissa un sourire. Ce n'était pas un grand et franc sourire, mais c'était ce que Mary avait vu de mieux depuis qu'elles s'étaient rencontrées la première fois.

— On pourrait toujours faire semblant de se détester ? suggéra la vieille femme avec espoir.

Mary ignorait pourquoi, mais à cet instant elle la trouva touchante.

— Pour les autres, ajouta Mme Anttila. Ils tiennent tant à cette petite guerre, ça les distrait. Et surtout, je me sens vivante dans cette tourmente, vous comprenez ? Sans ça, c'est comme si je n'existais plus.

— Si vous voulez, sourit Mary, mais si vous pouviez juste dire la vérité au plombier, pour la prochaine fois.

— Justement, tenez, dit-elle, en lui tendant une enveloppe. C'est mon cousin. Alors, voilà, les 10 000 € qu'il vous a fait payer en trop.

— Merci, hoqueta Mary, surprise. Joli coup, bravo. Il ne fait pas bon être votre ennemie.

Le sourire de Mme Anttila s'élargit tout à fait.

— Dites, je dois aussi vous avouer une chose : je suis fan de ce petit enrobage piquant sur les bonbons. Qu'est-ce que c'est ? Elle n'a jamais voulu me le dire !

— De la poudre de baobab.

— Vous rigolez ?

— Non. Mais je crois que celle de Stella est légèrement périmée et que c'est ce qui lui donne ce petit charme inimitable !

Mme Anttila gloussa puis se ressaisit à la vue de l'une de ses amies passant devant la vitrine.

— À moi de vous poser une question, dit Mary. Pourquoi un salon de thé entièrement bleu ?

— Pour m'aider. À devenir plus… douce. J'ai lu un jour que cette couleur symbolisait le calme et la paix. Elle procure une sensation de détente qui me fait du bien.

Intéressant, songea Mary, tout en ressentant une vague de stress envahir chaque cellule de son corps. Elle avait déjà perdu assez de temps et commençait à avoir vraiment trop chaud avec son manteau.

— Il faut que j'y aille, lança-t-elle soudain, en éteignant les lumières.

— Je vais vous laisser et rentrer moi aussi, il neige déjà beaucoup trop.

— Dites, est-ce que vous connaîtriez par hasard un certain Pekko ? demanda Mary, juste avant que la vieille ne sorte.

— Oui, de nom. Mais mieux vaut ne pas se mêler de ses affaires, si vous voulez mon avis. Pourquoi ?

— Apparemment, c'est le nouveau propriétaire de mon renne. Croyez-vous qu'il serait capable de le débiter en saucissons ?

La vieille dame hésita une seconde.

— C'est possible. Ce n'est pas un type bien.

Mary devint blême. Ses doigts se crispèrent sur l'enveloppe qu'elle tenait toujours dans sa main.

— Vous ne comptez tout de même pas y aller maintenant ? s'inquiéta Mme Anttila. Il habite dans la forêt et ils annoncent une tempête !

— Je n'ai pas le choix ! Otso est en danger, jamais je ne me le pardonnerai s'il lui arrive quelque chose.

Devant l'air décidé de la jeune Anglaise, Mme Anttila capitula.

— Bien, mais faites attention, mon petit. À la neige, comme à ce type !

— C'est promis.

39

« Le courage n'est pas l'absence de peur,
mais la capacité de la vaincre. »
Nelson Mandela

CHAUSSÉE de ses boots et vêtue de son vison, Mary sauta dans la camionnette, fourra l'enveloppe de billets dans la boîte à gants, ajusta la peau de bête sous ses fesses pour avoir bien chaud, et démarra dans une série de crachotements, roulant jusqu'à son chalet pour récupérer le van. Elle reprit ensuite la route en direction de la voie ferrée, et pria durant tout le trajet pour que la tempête se calme et lui laisse plus de visibilité, mais c'était comme si l'univers avait entendu tout le contraire. La neige redoubla de violence et ses prières restèrent vaines. Le pare-brise n'était plus qu'un tourbillon blanc, tel un tambour de machine à laver rempli de flocons aussi larges que des pancakes. Du blanc partout et un froid glacial que le maigre chauffage n'arrivait pas à combattre. Mais peu importait, rien n'aurait pu la faire dévier de sa nouvelle mission ; elle allait sauver Otso ! La douleur et l'inquiétude qui lui vrillaient le cœur lui donnaient aussi la force nécessaire pour continuer malgré la faible luminosité et les épouvantables conditions météorologiques.

Au bout de vingt minutes, elle fût obligée de garer la camionnette pour terminer à pied, tant la visibilité était mauvaise. Devant les souffrances morales et physiques que lui infligeait cette nouvelle mission, Mary songea qu'il devait exister deux catégories de personnes : celles qui, les jambes coupées, étaient convaincues de ne plus pouvoir avancer ; et puis celles qui, malgré la douleur, continuaient de marcher en se disant que, jusque-là, ce n'était déjà pas si mal. Avant Saärla, Mary appartenait à la première catégorie. Mais à ce moment précis, alors qu'elle avançait avec de la neige jusqu'aux cuisses sans savoir si elle arriverait saine et sauve à destination, elle pouvait fièrement admettre qu'elle appartenait désormais à la seconde.

D'après le GPS de son téléphone, le chalet ne devait plus être trop loin. Elle savait qu'elle avait peu de temps avant que Pekko ne rentre du pub où il passait tous ses vendredis après-midi, une information capitale qu'elle tenait de Tuomas. Mme Anttila l'avait retardée, la tempête la retardait, mais elle continuait d'espérer qu'elle allait y arriver. Parce que la seule pensée d'Otso transformé en saucissons lui donnait des ailes en faisant monter une rage absolue en elle.

La tempête entrait en écho avec les sentiments de Mary. Jamais elle ne s'était sentie aussi déterminée à atteindre son but. Rien ne pouvait l'empêcher de rejoindre celui qui lui était, de toute évidence, devenu aussi cher que ses amis. Le paysage semblait changer à chaque instant sous ses yeux, comme s'il conspirait avec des forces démoniaques pour l'empêcher de poursuivre. Ses mains et son visage étaient gelés, et tout le reste de son corps menait une rude bataille pour ne pas se refroidir au-delà du supportable. Une sueur glacée lui descendait le long de la colonne vertébrale. Le silence était pesant sous ce ciel sombre et menaçant, les branches des sapins ployaient sous le poids de la neige, formant des bosses abstraites qui rejoignaient l'épaisse couche au sol, telles de grosses meringues dégoulinantes.

Elle se sentait de plus en plus isolée et démunie dans ce monde ouaté, quand soudain, elle le vit.

Otso !

Attaché à un arbre, sans aucun abri, il luttait seul face aux bourrasques, les yeux fermés sous la violence des éléments. Cette image faillit la briser.

— Otso, Otso ! hurla-t-elle dans le vent, en courant maladroitement vers lui.

Enfin elle le rejoignit et le serra longuement contre elle. Otso poussa deux cris brefs et se frotta pour manifester sa joie. Elle tenta de lui ôter la neige dont il était recouvert.

— Otso, mon doux Otso, pardonne-moi. Je n'aurais jamais dû te laisser, mais c'est fini, je suis là maintenant et on va rentrer à la maison.

Le renne avait l'air épuisé. Il semblait avoir perdu du poids et chancelait.

— Tiens bon. Il va falloir que tu avances jusqu'à la camionnette, elle est… juste un peu plus loin, dit-elle en détachant sa corde, tout en se demandant comment elle allait pouvoir l'emmener et le charger dans le van.

Il fallait déjà qu'il accepte d'avancer.

— Allez !

Il plia les deux pattes avant et se laissa tomber dans la neige, sur le côté. Comme s'il lui suffisait d'avoir revu Mary et qu'il pouvait cesser de combattre. Elle en fut épouvantée.

— Otso ! ordonna-t-elle, la voix chevrotante. Rappelle-toi qui tu es ! Tu es Otso le Magnifique ! Tu dois te battre et…

— Qu'est-ce que c'est que ce raffut ! brailla une voix d'homme.

Mary s'immobilisa. Le ramoneur était de retour, ou alors il n'était pas allé au pub. Sa mission venait subitement de se compliquer. L'adrénaline pulsa dans ses veines d'autant plus que le gars avait l'air capable de tout. Mais elle était décidée à lui tenir tête, elle était venue récupérer Otso et ce n'était pas cette brute qui allait l'en empêcher.

— Qu'est-ce que vous lui avez fait ? contre-attaqua-t-elle.

— C'est pas tes oignons, rétorqua-t-il.

— Vous êtes monstrueux ! cria Mary. Allez, viens, Otso.

— Tu crois quand même pas que tu vas venir le piquer sous mon nez ! C'est mon renne, maintenant. Il reste où il est.

Mary s'aperçut alors que l'homme tenait un fusil à la main. Sa gorge s'assécha. Elle n'avait aucune arme et n'avait jamais imaginé qu'il lui en faudrait une. Soudain, elle se dit qu'elle s'était fourrée dans une très mauvaise situation.

J'aurais dû réfléchir avant d'agir et demander de l'aide.

— J'ai de quoi vous payer, dit-elle pour calmer le jeu.

— Ah ouais ! Eh bien fais voir ça, un peu. Moi, j'ai entendu dire que t'étais fauchée et que c'est pour ça que tu l'as vendu, le renne.

— Non, c'est faux. J'ai 10 000 € dans ma camionnette ! Laissez-moi le ramener, il faut qu'on le soigne, et ils sont à vous !

— Non, il reste ici. J'ai aucune confiance en toi. Soit t'as le fric et tu me le files, soit tu dégages. La page Facebook du bestiau vient d'atteindre les deux cent mille abonnés. Sa valeur est inestimable.

— Pas s'il meurt !

— S'il crève, on le bouffera, dit l'homme, en se rapprochant d'elle.

Il l'attrapa par l'épaule avec violence. Elle le repoussa si fort qu'il en laissa échapper son fusil. Aussitôt, il attrapa Mary par le col et leva son poing serré pour la frapper en plein visage. Dans un grognement effrayant, Otso se redressa de toute sa hauteur et le repoussa de ses bois juste à temps. Fou de rage, l'homme récupéra son fusil et le braqua sur le renne.

— Non ! hurla Mary, en se jetant devant lui.

Le coup éclata au moment où deux phares éblouissants surgissaient. Mary s'écroula et se cogna la tête contre l'arbre auquel Otso avait été attaché.

Blackout.

40

« Chacun est prisonnier de l'histoire qu'il se raconte sur lui-même. »

Bernard Werber

LORSQUE Mary recouvra ses esprits, le décor avait complètement changé.

Elle était chez elle, allongée sur son canapé, recouverte de trois épaisses couvertures rouges, Otso couché à ses pieds tandis que Paavli manifestait bruyamment sa joie d'avoir retrouvé son compagnon.

— Kustaa ?

Il lui tamponnait doucement le front. Elle ressentit à la fois une douce chaleur et une vive douleur à la tête.

— Que s'est-il passé ? demanda-t-elle.

— J'étais à la brasserie avec Santtu quand Mme Anttila est venue le prévenir que tu comptais récupérer Otso chez Pekko. Elle était très inquiète à ton sujet. Santtu connaît bien le lascar alors, on est immédiatement partis.

— Et Pekko ?

— Santtu l'a arrêté et il n'est pas près de sortir de prison, vu ce qu'il a fait. Mary, qu'est-ce qui t'a pris ?

— J'ai voulu sauver Otso…

— On ne laissssse pas Otso dans un coin ! lança Paavli, en sautant dans sa coupelle d'eau. Je suis sa mèrrre !

— Ce que je veux dire, reprit Kustaa, c'est pourquoi as-tu insisté alors qu'il te menaçait avec un fusil ? Une chance que l'on soit arrivés à temps.

— Je ne sais pas, j'avais le cœur brisé et j'ai réalisé que j'avais fait une énorme boulette en vendant Otso. Et qu'à cause de moi, il risquait de finir en pâté ou je ne sais quoi d'autre. Alors quand il s'est levé, bien qu'à bout de forces, pour me défendre, je n'ai pas réfléchi.

— J'imagine que c'est ce que les mères ressentent ; prêtes à tout pour sauver leur enfant, fit-il, pour alléger un peu l'ambiance devenue soudain trop tendue.

— Est-ce qu'il m'a tiré dessus ?

— *Bond, my name is Bonnnd!* s'écria Paavli, plus heureux que jamais.

— Oui, répondit Kustaa, mais ce n'était qu'une fléchette tranquillisante pour animaux, seulement, tu t'es cognée contre l'arbre en tombant et tu as perdu connaissance. Je vous ai ramenés avec ta camionnette et le van pendant que Santtu s'occupait de Pekko. Tout va bien maintenant, il faut seulement que tu te reposes.

Elle grelotta.

— Et que tu te réchauffes, ajouta-t-il, en ramenant les couvertures un peu plus haut.

Ce geste ! Tellement doux et prévenant, j'ignorais qu'il pouvait être aussi attentionné.

— Tu penses qu'Otso va s'en remettre ?

— Ne t'inquiète pas, il a déjà mangé une bonne dose de betteraves avec un supplément de lichen pendant que tu dormais ! Mais à propos de repas, ça te dirait de manger ? Disons, des pâtes ?

— Oh oui ! Je meurs de faim ! Je vais t'aider.

— Non, toi tu ne bouges pas, je m'occupe de tout.

Est-ce que j'ai atterri dans un univers parallèle ? se demanda Mary, alors qu'elle entendait Kustaa s'affairer dans la cuisine. Faites que j'y reste le plus longtemps possible ! Une boucle temporelle comme dans *Un jour sans fin*, espéra-t-elle, en croisant les doigts.

Elle profita qu'il ait le dos tourné pour se redresser doucement. Hors de question de rester avachie : si elle devait manger en tête à tête avec lui, face à ce feu crépitant, elle tenait à avoir une apparence décente. Elle se recoiffa en touchant son front où une bosse commençait à apparaître. Décidément, c'était raté. Elle n'arrivait jamais à avoir belle allure en présence de Kustaa !

Otso venant tout juste de se réveiller, elle le caressa longuement en songeant que malheureusement, il y aurait tout de même une séparation un jour, c'était inévitable, elle ne pouvait pas le ramener à Londres. Elle secoua alors la tête pour ne pas y penser, l'essentiel, pour l'instant, étant qu'il soit sain et sauf.

*

Ce furent les meilleures pâtes que Mary ait jamais mangées. D'abord parce que Kustaa était un très bon cuisinier, ensuite parce que savourer un plat avec un verre de vin aux côtés d'un bel homme devant un feu de cheminée rentrait directement dans le Top 10 des choses qu'elle voulait faire avant de mourir. Il ne lui manquait plus que d'embrasser cet homme.

— Ça va mieux ? Tu es réchauffée ?

Mary hésita. D'un côté, elle l'était, oui ; mais de l'autre, si elle répondait par l'affirmative, allait-il partir et la laisser seule ?

Elle se contenta de hausser les épaules.

— Je vais remettre une bûche, dit-il en souriant. Mais moi, j'ai beaucoup trop chaud.

Il ôta son pull et se passa la main dans les cheveux. On aurait dit une pub pour Dior, il ne manquait plus que la musique. Mary bouillonnait.

Pendant que Kustaa leur servait un nouveau verre, Mary poursuivit les confidences.

— Je dois bien avouer que je suis un peu perdue. J'étais venue ici pour créer un cabinet d'architecte d'intérieur, et voilà que je tiens un salon de thé-brocante !

— Moi aussi, je suis perdu, fit-il, en se rasseyant tout près d'elle.

Il la fixait d'une manière troublante. Les quelques secondes de silence qui suivirent firent leur possible pour les tenir à distance. Jusqu'à ce qu'elles cèdent, sous le poids de la tension, au moment où Kustaa approcha son visage pour embrasser Mary.

Elle éprouva une bouffée de joie fulgurante, pourtant elle recula.

— Je pense que ce n'est pas une bonne idée, souffla-t-elle, à regret.

Mais qui a dit ça ! Pas moi, ce n'est pas possible !

— Pardon, je n'aurais pas dû, s'excusa Kustaa. Depuis quelque temps, je fais tout de travers.

Mary repoussa les couvertures, elle mourait de chaud à présent. Quelques secondes de silence s'écoulèrent.

— J'ignore ce que je dois faire avec le groupe, reprit Kustaa, qui cherchait manifestement un sujet de conversation plus neutre. Dois-je leur parler de mes compositions ? D'ailleurs, je voulais te dire que j'ai bien avancé. J'en ai une dizaine, presque assez pour un album.

Il soupira.

— Ce n'est pas de ça dont j'ai envie de parler.

Mary, silencieuse, était suspendue à ses lèvres.

— La raison voudrait que je recolle les morceaux avec Candice, mais mon cœur me dit autre chose.

Parlait-il d'elle ? Non, elle se faisait sûrement des idées.

— En résumé, poursuivit-il, j'ai peur de continuer sur un chemin qui n'est pas le mien. Peur de bousiller ma vie.

Il la regarda. Et là, elle espéra qu'il ne parlait pas d'elle !

— Tu sais ce que ma grand-mère disait ? finit-elle par répondre pour détendre l'atmosphère. C'est une phrase qu'elle a notée un peu partout dans ses carnets. Chaque fois qu'elle était perdue, et quel que soit le domaine, elle se posait une seule question : « Que ferait l'amour ? »

— Ta grand-mère qui a eu cinq maris ? releva-t-il.

— Oui, bon… Je reconnais que ça l'a peut-être poussée un peu trop loin.

— Non, je te taquine. C'est une question puissante qui, j'imagine, permet de voir les événements sous un autre angle.

— Quelquefois, les réponses à nos problèmes sont beaucoup plus simples qu'on ne le pense, ajouta Mary en buvant une gorgée de vin.

— C'est-à-dire ?

— Eh bien, dans ton cas, si l'on prend l'exemple de la musique, il suffit de savoir ce que tu aimes vraiment. Si tu aimes jouer du heavy métal, tu dois continuer. Et si maintenant tu as envie d'essayer un nouveau style, tu te lances. Pourquoi choisir ? Si le mental t'impose de faire un choix, je crois que le cœur, lui, ne veut pas trancher.

Il la fixa d'une drôle de manière.

— Et si j'aime une autre fille que Candice ?

Silence.

La question de sa grand-mère tournait en boucle dans l'esprit de Mary, les lettres virevoltant, à deux doigts de s'embraser.

— Je ne veux pas faire de mal à mes filles, murmura Kustaa. L'amour ne devrait jamais faire mal à ceux qu'on aime et je les adore. J'ai aimé Candice. Mais… si je me demande ce que ferait l'amour, ce n'est pas elle que je vois dans mes bras.

Il se pencha et l'embrassa d'un baiser sublime.

C'est donc comme ça qu'ils se réchauffent ici ! Eh bien, on dirait que Stella m'a fourni la baguette magique à pécho !

Leurs lèvres ne se quittaient plus. Rien n'aurait pu les séparer, elles étaient faites l'une pour l'autre. Kustaa passa une main derrière la nuque de Mary et la fit basculer sur le canapé. Elle se sentit enveloppée dans une bulle de douceur et d'amour où tout devenait enfin possible.

Mais le risque avec les bulles, c'est qu'elles éclatent. Kustaa relâcha soudain son étreinte, l'air horrifié. Mary suivit son regard et découvrit Candice derrière la fenêtre. Elle les regarda un instant, puis fit volte-face tandis que Kustaa se relevait d'un coup.

— Excuse-moi, Mary, il faut que j'y aille !

— Oui, vas-y, bredouilla-t-elle, alors qu'elle avait toutes les peines à gérer les émotions qui se bousculaient en elle.

Une fois Kustaa parti, elle se leva, tel un robot, commença à débarrasser leurs assiettes et à tout ranger afin de calmer son esprit bouleversé. Ce baiser l'avait enflammée une fois de plus, mais Kustaa était marié, il y aurait toujours Candice entre eux.

La pensée de briser une famille lui fit soudain l'effet glaçant d'un bain de neige après un sauna.

Elle entendit frapper à la porte. Revenait-il déjà ? Elle ouvrit précipitamment, mais c'était un coursier qui se tenait derrière la porte.

— Mary Banks ?

— Oui, répondit-elle avec déception.

— J'ai un recommandé pour vous. Si vous voulez bien signer là.

41

« Tout changement est une rupture
dont il faut faire le deuil. »
Alain Leblay

D'UNE main fébrile, Mary décacheta l'enveloppe, tout en se demandant quelle faute elle avait encore bien pu commettre. La lecture de la lettre l'obligea à s'asseoir pour retrouver ses esprits. Elle s'attendait à tout sauf à ça.

Cette fois, c'est fini. Et ça tombe très bien.

Elle soupira en essuyant une larme alors qu'on frappait de nouveau à la porte.

Kustaa.

— Il faut que je te parle, dit-il, en entrant.

Perdue dans ses pensées, elle referma la porte derrière lui telle une automate, les jambes toutes cotonneuses, avant de le suivre jusqu'au salon.

— C'est terminé, lança-t-il. Je savais que ça ne pourrait pas marcher… Mais il fallait qu'on en soit certains, tu comprends ?

Ça n'a jamais commencé.

La lettre de son père lui annonçait la fin de sa mission – Miles ayant été renvoyé, il lui demandait de le rejoindre à

Londres au plus vite. Sous le choc, elle avait à peine écouté Kustaa. Et elle ne comprenait pas pourquoi ce beau Finlandais se donnait autant de mal pour rompre à chaque fois, ce qui commençait à furieusement l'agacer.

— Mes parents viennent de m'écrire, fit-elle d'une voix sans timbre. Je n'ai pas beaucoup de temps, je dois me préparer.

— Tu as l'air vraiment bizarre… Tu as entendu ce que je viens de te dire ? insista-t-il.

Elle hocha la tête, le regard vide.

Bien sûr que j'ai compris.

Son absence de réaction sembla déstabiliser Kustaa.

— Tu veux boire quelque chose ? demanda-t-il, tu es toute pâle. Laisse-moi t'expliquer…

— Non, toi, écoute-moi, le coupa-t-elle.

Elle en avait assez d'être la fille que l'on quitte.

Il veut rompre, on va rompre.

Elle enchaîna aussitôt, la colère de n'être jamais prise au sérieux par cet homme lui donnant la force de surmonter sa peine :

— Je dois monter dans le premier avion demain. Il faut que tu saches que je n'ai jamais prévu de rester. Pas une seule seconde. Je déteste cet endroit, le froid, les manies des gens. J'ai toujours détesté la campagne. Tout ça, c'est à cause de ce stupide test pour pouvoir obtenir le job de mes rêves.

— Je ne comprends pas.

— Je dois rentrer à Londres, ma vie est là-bas. Il a toujours été prévu que je dirige la boîte de mes parents, ça représente beaucoup de responsabilités et d'argent. C'est ce que j'ai toujours voulu.

Il se raidit.

— Tu parles comme Candice.

Un silence glacial s'installa entre eux. Elle savait qu'elle avait tapé dans le mille.

— Tout ce temps tu m'as menti, c'est ça ? Tu n'as jamais mentionné que tu ne comptais pas rester. Que ta vie était ailleurs. Et qu'est-ce que tu vas me dire maintenant ? Que tu as déjà un fiancé, que tu es mariée peut-être ou sur le point de le faire ?

— Non, pas du tout !

Son corps était tendu comme un arc.

— Je suis désolée, Kustaa, mais je ne peux pas faire autrement. De toute façon, ça vaut mieux pour tout le monde. Et puis c'était mon rêve de reprendre cette entreprise.

— Ton rêve ? Mais tu ne sais même pas quels sont tes rêves ! Il y a une semaine, ton rêve c'était de tenir un salon de thé !

— Non. C'était juste… ma mission, avoua-t-elle dans un souffle. Celle que mes parents m'avaient fixée pour prouver que j'étais digne de prendre leur relève.

Elle avait hésité une seconde, mais il était temps d'être sincère. Dire que Candice les avait surpris ! Mary avait été sur le point de briser une famille, tout ça allait beaucoup trop loin pour un simple flirt de vacances. Elle ne pouvait pas tout détruire avant de s'en aller.

Un flirt de vacances, mais qui crois-tu tromper Mary Banks ?

— S'il y a bien une chose que je ne supporte pas, c'est le mensonge. J'en ai déjà fait les frais avec Candice, alors j'aime autant être fixé sur ton compte. Tu as raison sur un point, c'est mieux pour tout le monde.

En deux enjambées, il avait rejoint la porte qu'il claqua en sortant, laissant Mary abasourdie. Otso souffla bruyamment dans un demi-sommeil.

C'est la dernière fois que je le vois.

Et elle éclata en sanglots.

42

« La vie ne se comprend que par un retour en arrière,
mais on ne la vit qu'en avant. »

Soren Kierkegaard

On dit souvent que les animaux ont la faculté de ressentir nos émotions, et c'est vrai. Planté devant son perchoir qu'il avait à peine utilisé, Paavli était étrangement calme en cette fin de matinée, il regardait Mary préparer ses affaires. S'il avait été humain, on aurait pu croire qu'il retenait un énorme chagrin de toutes ses forces.

Mary déposa le dernier pull dans sa valise, puis elle s'approcha de la cage et caressa Paavli du bout des doigts avant de lui offrir, une dernière fois, ces fameuses graines dont il raffolait tant. Il les observa une seconde, puis son regard se reporta sur Mary. Elle aurait juré qu'il avait les yeux humides, à cet instant.

— *Hasta la vista, baby*, souffla-t-elle, émue aux larmes.

Elle avait déjà passé le début de matinée à pleurer et ses paupières étaient toutes gonflées. Dire adieu à Wilma et Hanna n'avait pas été facile. Leur dernière heure passée ensemble, un peu plus tôt, chez Wilma, avait été à la fois douce et triste, ponctuée de rires et de larmes. C'était un crève-cœur de laisser tout ce petit monde. Wilma lui avait fait promettre de revenir et Hanna avait accepté de s'occuper des animaux, le temps de leur trouver une famille d'accueil.

Mary finit par boucler sa valise. Paavli la regardait toujours, avec un air doux qu'elle ne lui connaissait pas.

— Tu ne dis rien ? lui demanda-t-elle. Au moins une petite insulte pour la route, Paavli, sinon je vais croire que tu es malade.

L'oiseau ne put contenir son émotion plus longtemps.

— Je suis… malaaa-de ! explosa-t-il. Complètement, malaaaa-de ! Comme quand ma mèrrre sortait le soirrr…

Mary éclata de rire.

— Tu connais aussi le répertoire de Serge Lama ? hoqueta-t-elle, en séchant une larme.

— Évidemment ! Pauvre taaache !!!

— Oh, Paavli…

Ce magnifique perroquet avait toujours le pouvoir de lui redonner le sourire, même dans les moments les plus difficiles. Il allait terriblement lui manquer.

L'heure étant venue de partir, Mary prit sur elle ; elle saisit la cage et la valise, descendit l'escalier et retrouva Otso dans le salon. Paavli déposé sur la table basse, elle s'agenouilla pour enlacer son renne.

— Merci mon Otso, merci pour tout ! Pour toutes les séances de psychanalyse. À l'œil ! Pour tout l'amour que tu m'as donné… C'était merveilleux de vivre cette aventure avec toi. Ne change pas. Je t'aime.

Elle l'embrassa sur la tête. Le caressa longuement, bloquant son émotion autant que possible.

— Wilma et Hanna vont bien s'occuper de vous, ne vous inquiétez pas, elles me l'ont promis, leur dit-elle en se relevant.

Otso bougea sa patte vers la droite. Était-ce un oui pour lui signifier qu'il comprenait la situation ? Probablement. Et c'était toujours mieux que l'un de ses coups de bois secs sur la table !

Mary finit par quitter le salon. Elle éteignit la lumière et ouvrit la porte d'entrée dans un silence pesant. Dire qu'elle était triste était un euphémisme, elle avait le cœur lacéré par la douleur et ignorait comment contenir ces vagues d'émotions qui la submergeaient. Jetant alors un dernier coup d'œil à l'intérieur, elle se remémora ses premiers jours ici, deux mois plus tôt. Elle avait tant de souvenirs dans ce petit chalet qui lui avait fait si mauvaise impression à son arrivée ! Elle rit entre deux sanglots, en repensant à la peur qu'elle avait eu lors de sa première rencontre avec Otso.

Elle tira doucement la porte et la ferma à clé, le cœur en miettes. Une fois dehors, en essuyant son visage baigné de larmes – *elles ne vont donc jamais s'arrêter de couler !* – Mary regarda discrètement chez Kustaa. Elle aurait peut-être eu le courage d'aller lui parler, mais bien sûr, à cette heure, il n'était pas chez lui. Elle devrait donc faire avec ses regrets. Si seulement leurs adieux avaient pu se dérouler autrement… C'était peut-être mieux ainsi, après tout, ils n'étaient pas faits l'un pour l'autre ; Kustaa était un homme marié, habitant à des milliers de kilomètres, elle devait tirer un trait sur toute cette histoire et cesser de penser à lui.

*

Assise dans l'avion, lovée dans son manteau en vison – elle n'avait pu se résoudre à le laisser là-bas – Mary se mit à penser à tous les bons moments passés à Saärla et, aussi étonnant que cela puisse paraître, cette aventure ayant très mal démarrée, elle se rendit compte qu'ils étaient nombreux.

Elle soupira. Si elle avait pu exaucer un vœu, elle aurait capturé tout ce petit monde farfelu dans une boule à neige pour pouvoir les emporter avec elle. Un shoot de bonheur et d'enchantement à portée de main. Il lui suffirait de prendre la sphère, de la retourner pour que la magie opère et la propulse à des milliers de kilomètres, dans la neige et le froid, certes, mais surtout dans la chaleur du cœur de tous ses amis finlandais.

À ce sentiment de tristesse s'ajoutait aussi celui de la frustration de ne pas être allée au bout de sa mission. Son salon de thé allait vraiment lui manquer. Elle l'avait pourtant détesté dès la première seconde, mais à présent, elle aurait donné n'importe quoi pour pouvoir le téléporter à Londres. Elle s'était donné tant de mal, ce commerce, c'était son bébé. Elle l'avait totalement transformé, il était en pleine expansion et voilà qu'elle devait partir, abandonner ses créations, juste au moment où tout devenait enfin intéressant. Il fallait toujours que Miles gâche tout !

Mary inspira une grande bouffée d'air pour se donner des forces et vider son esprit qui ruminait beaucoup trop à son goût. Elle savait d'avance qu'elle allait vivre des jours difficiles, le temps de se réaccoutumer à son ancienne vie et de laisser les souvenirs de ses aventures finlandaises s'évaporer peu à peu. Mais ensuite, elle espérait finir par oublier toute cette histoire et reprendre sa vie comme avant. Ou presque.

L'avion venant enfin d'atterrir, elle enfila son vison et attrapa son sac avant de suivre les autres passagers jusqu'au carrousel à bagages. Une fois sa valise récupérée, elle traversa le hall de l'aéroport en pensant qu'elle aurait aimé pouvoir se projeter loin dans le temps, car pour l'instant, elle avait du mal à se départir de sa mélancolie et elle en bavait vraiment.

— Mary !

Elle fit volte-face en les entendant crier son prénom : Allison, Jason et Sybile, ses précieux amis. Quel bonheur de les voir ! Cette surprise lui remit aussitôt un peu de baume au cœur.

— Toi, tu as la tête de quelqu'un qui a pleuré dans l'avion ! lui fit Jason.

Mary sourit d'un air entendu et le serra dans ses bras.

— Notre Mary la Fêtarde serait-elle devenue une adepte de la campagne ? s'étonna-t-il.

— Eh oui, admit-elle, comme quoi tout arrive ! Et d'ailleurs, là-bas, je ne suis pas Mary la Fêtarde, mais Mary-je-me-la-pète !

— Qui t'appelle comme ça ? s'enquit Sybile.

— C'est une longue histoire, répondit-elle en l'embrassant, puis ce fut au tour d'Allison.

— J'espère que tu vas tout nous raconter, s'enthousiasma Sybile. En tout cas, tu nous as beaucoup manqué !

— Bon, que dirais-tu d'une petite tournée des pubs, comme avant ? la questionna Allison.

— Génial !

Jason saisit sa valise et ils se mirent en marche en direction de la sortie de l'aéroport.

— Vous allez voir, lança Allison, une fois dans la rue, Mary a nettement amélioré sa descente, en Finlande ! Et elle est aussi devenue experte en pelle à… Aïe !

Mary venait de lui donner un coup de coude.

— Si tu répètes ça à qui que ce soit, la menaça Mary, je t'offre un stage de training avec mon père. Il sera tout content de te former !

— OK, jamais je ne… Tu sais quoi ? Je ne sais même plus ce que j'ai vu !

— Qu'est-ce que vous dites ? demandèrent Jason et Sybile en chœur.

Elles éclatèrent de rire et ils s'engouffrèrent dans la bouche de métro.

43

« Choisissez un travail que vous aimez et vous n'aurez pas à travailler un seul jour de votre vie. »

Confucius

Bon sang, se dit Mary le lendemain en se traînant jusqu'à la cafetière, j'avais oublié l'effet d'une gueule de bois le matin avant de partir travailler !

Malgré la fatigue, elle arriva en avance et passa la journée en compagnie de son père qui tenait à lui donner ses « dernières » recommandations avant de lui laisser les rênes d'ABK. Cela n'en finissait plus, mais le côté positif c'est qu'il était très heureux de retrouver sa fille. Suzanne et lui avaient prévu de l'emmener dîner, le soir même, pour fêter son retour et leur prochain départ en voyage.

— Le bureau de Miles est vide ? demanda-t-elle.

— Oui, répondit Bernard. Après le coup qu'il t'a fait, j'ai immédiatement demandé à Colleen de lui renvoyer toutes ses affaires. Je n'en reviens pas qu'il soit allé jusqu'en Finlande pour te surveiller et te nuire !

— Il aimait cette boîte comme si c'était la sienne. C'est rare.

— Ça ne lui donne pas tous les droits.

— C'est vrai.

— Tu seras donc seule à cet étage, le temps de retrouver un collaborateur digne de confiance. J'espère que ça ne te pose pas de problèmes ?

— Non, au contraire, je pourrai rester concentrée.

Il marqua un temps.

— Tu as changé ma fille, finit-il par dire.

— Ce n'était pas le but de ma mission ?

— Si, bien sûr. Mais tu as l'air… triste ? hasarda-t-il.

— Fatiguée, tout au plus, mentit-elle en regardant ailleurs. Mais j'ai envie de m'y remettre et de m'investir. Je suis consciente de la chance que j'ai d'avoir tout ce que je veux ici : un job que j'aime, des amis, une famille. Je suis ravie de ma vie, papa.

— Bon, tant mieux. À vrai dire…

— Quoi ?

— Non, rien…

— Si, dis-moi.

— Je ne pensais pas que tu le prendrais comme ça.

Mary haussa un sourcil.

— J'ai toujours cru que tu étais différente, poursuivit-il, plus comme ta grand-mère. Par certains côtés, les *bons* côtés de Stella. Je ne t'imaginais pas dans un bureau toute la journée, c'est la véritable raison pour laquelle je t'ai mise au défi, je ne voulais pas que tu fasses fausse route. Il y a tellement de gens qui se trompent de carrière. Oublie ça. Il n'y a rien à ajouter, tu seras parfaite.

— Merci, papa.

*

Les semaines passèrent et Mary finit par trouver son rythme. Le travail était colossal, mais lui permettait de ne pas trop penser à ses souvenirs de Finlande qui refusaient de s'estomper. Peut-être aussi parce qu'elle maintenait le lien : tous les vendredis, alors qu'elle était encore à son bureau, elle téléphonait *via* Face Time à Wilma et Hanna. D'ailleurs, même si chaque minute de son temps était comptée, elle n'aurait raté ce rendez-vous pour rien au monde. Et puis elle suivait les péripéties d'Otso et de Paavli sur leur page Facebook. Leur trouver une famille d'accueil convenable et qui les prenne ensemble était bien plus ardu que prévu. Pour l'instant, Hanna et Wilma se relayaient pour s'occuper d'eux. Ils manquaient à Mary d'une manière intolérable.

— *Hei*, Hanna, *Hei*, Wilma ! dit-elle, en voyant le visage de son amie apparaître sur l'écran.

— *Hei*, Mary ! répondit Hanna.

— Alors, comment vas-tu ? demanda Wilma, en lui adressant un petit signe de main.

— Ça va. Encore une semaine de folie, mais on peut dire que j'ai survécu.

— Tu as pris des jours de congé, au moins ? s'enquit Hanna.

— Juste le 1er janvier. Je n'ai pas eu trop le choix en fait, le 31 ayant été particulièrement arrosé.

— Déjà que tu ne t'étais pas arrêtée à Noël, s'inquiéta Wilma.

— Tu nous manques tellement, soupira Hanna. Et d'ailleurs, tu manques à tout le village, on s'ennuie un peu.

— C'était tellement plus palpitant quand tu étais là, ajouta Wilma, c'est beaucoup plus calme maintenant.

Mary était touchée en plein cœur. Elle déglutit et fit tout pour cacher son trouble en enchaînant :

— Comment va ton magasin, Hanna ?

— Oh, très bien ! Il y a beaucoup de monde. Les touristes viennent tous acheter Les Bonbons d'Otso. Ils ne repartent plus sans leur sachet. D'ailleurs, on va bientôt en manquer.

— Otso est complètement remis, annonça Wilma. Kustaa s'en est occupé à merveille. Avec tout ce tintouin, on a passé la barre des 300 000 abonnés. Le monde entier se passionne pour ce renne !

— Mais pas au point de l'adopter avec Paavli, constata Mary qui en éprouvait un étrange soulagement. Comment va-t-il, d'ailleurs ?

— Il répète des tas de phrases étranges et on adore ça, répondit Hanna. Mais au fait, sais-tu que tu es devenue une légende ?

— Non, pourquoi dis-tu ça ?

— Eh bien, notre maire, qui sait toujours tirer profit de chaque situation, a décidé de faire visiter ton chalet aux touristes. L'antre de Martina !

— Ah oui, il m'a demandé l'autorisation l'autre jour, je n'ai pas bien compris. Mais pourquoi les gens visiteraient-ils mon chalet ? Ça n'intéresse personne.

— Tu plaisantes ? Cette idée cartonne, les Japonais en sont dingues : d'une part, tu es la petite-fille de la grand-mère aux cinquante-cinq maris et de l'autre, tu as créé Otso le Magnifique !

— Tu l'as aussi sauvé des griffes de Pekko le Barbare, ajouta Wilma. Il y a toute une légende sur toi maintenant. Qui s'étoffe de semaine en semaine.

— Pekko le Barbare ?

Hanna hocha la tête et elles éclatèrent de rire.

— J'espère que tu reviendras nous voir, dit Wilma.

— J'aimerais tellement ! Il faut que je m'organise, que je trouve quelqu'un pour remplacer Miles. Je ne sais pas quand j'arriverai à prendre des vacances.

— Et tes parents ?

— Ils continuent leur tour du monde.

Mary avisa l'heure. Il était temps qu'elle se remette au travail, mais elle n'avait pas envie d'abréger ce coup de fil, c'était le seul moment doux et chaleureux de sa semaine. Les soirées avec ses amis n'étaient plus aussi plaisantes qu'auparavant, elle se sentait un peu décalée et appréhendait toujours la fatigue des lendemains de fête.

— Puisqu'on parle du maire, reprit Hanna, il a aussi créé un nouveau concours, un inédit ! C'est un concours de tricot.

— Je ne rate rien alors, déclara Mary, je ne sais pas tricoter. Pourtant, je crois que ça me plairait assez.

— Moi, je sais, dit Wilma, je pourrais t'apprendre, si tu nous en donnes l'occasion.

— C'est promis, conclut Mary, avec une petite moue triste. Dès que possible !

Si seulement j'en avais le temps, pensa-t-elle après avoir dit au revoir à ses amies et raccroché. Ce job lui prenait toute sa vie, elle en aurait presque regretté Miles.

Elle secoua la tête pour ne pas se laisser abattre. Par moments, il lui semblait qu'elle n'allait pas pouvoir faire face à ses nouvelles responsabilités, à cette vie dont elle avait tant rêvé, la croyant faite pour elle, alors qu'elle n'aurait rien tant voulu, désormais, qu'enfiler son manteau de vison pour partir en traîneau dans la neige, préparer Les Bonbons d'Otso, ouvrir sa boutique pour y vendre ses créations et faire semblant de se disputer avec Mme Anttila.

Kustaa avait raison, je ne sais pas quels sont mes rêves.

Mais les semaines passées en Finlande lui avaient appris à être plus résiliente, le fameux *sisu*, et elle allait tenir le coup grâce à ça. Il le fallait, si elle ne voulait pas, encore une fois, décevoir tout le monde.

Elle termina tard et partit rejoindre Jason, Allison et Sybile qui l'attendaient dans un pub. Au détour d'une rue, elle tomba sur une boutique de laine encore ouverte dont la douce lumière l'attira. Soudain, elle eut envie de faire quelque chose de ses mains, quelque chose de concret qui aurait le mérite de la sortir un peu de ses dossiers et qui lui occuperait la tête sans qu'elle ait besoin de trop réfléchir.

Face aux étagères remplies de pelotes toutes plus moelleuses et colorées les unes que les autres, elle perdit la notion du temps. Son choix se porta sur un assortiment d'angora pour un modèle de pull d'homme d'un vert profond. Elle ressortit les bras chargés.

Un pull d'homme ? Mais à qui vais-je l'offrir, si jamais j'arrive à le tricoter ?

Elle s'imagina chez elle, lovée sur son canapé, avec le doux cliquetis des aiguilles pour toute compagnie, faisant et défaisant ses rangs, tâchant de comprendre les instructions, devant une tisane, après une petite collation. Elle était sûre qu'elle allait adorer confectionner ce pull, que le motif central de la tête de renne serait probablement de plus en plus déformé parce qu'elle ne se résoudrait jamais à en respecter le patron – ce qui ferait beaucoup rire Wilma !

Elle n'avait aucune envie d'aller au pub boire jusqu'à 4 heures du matin. Non, elle voulait juste ça, tricoter le plus vite possible sans penser à son travail, sans penser à ses soucis, sans penser aux forêts enneigées dignes d'un conte de fées, à Otso le Magnifique portant le nœud papillon à merveille, aux reparties de Paavli, à ces concours en pagaille dans un pub surchauffé, et à ce chalet cosy, perdu au fond des bois, mais tout près d'un homme qui continuait de hanter son cœur.

44

« Le bonheur est parfois caché dans l'inconnu. »

Victor Hugo

— L'AMBIANCE est géniale ! Le thème finlandais, c'est top, ça me rappelle tellement de bons moments ! Et tout le monde a l'air de beaucoup s'amuser ! s'exclama Mary. Merci d'avoir organisé mon anniversaire, avec tout le travail que j'ai, les dossiers qui me tombent dessus chaque jour, je n'en aurais jamais été capable.

— Oh, ce n'est rien, se défendit Allison. J'ai adoré préparer cette fête, d'autant plus que ton père m'a donné le budget nécessaire pour la location de la salle et les boissons : *mission fiesta !* Et puis, on n'allait pas rater ça. Le seul truc qui cloche, c'est que la reine de la fête a l'air vraiment crevée. Tu as essayé le masque à la bave d'escargot que je t'ai acheté ?

— Oui, deux couches, même. Ça ne se voit pas ?

— Non.

— Pourtant j'ai l'impression d'avoir une tête de limace.

— Ça, ça se voit, soupira Allison. J'imagine que tout ira mieux quand tu auras retrouvé un assistant.

— C'est vrai que, sans Miles, c'est différent. Je ne me doutais pas qu'il abattait autant de boulot.

— Ce type gérait votre boîte comme si c'était la sienne.

— Et c'était ce qu'il voulait !

Tout en fouillant dans son sac à la recherche de son baume à lèvres, Mary renversa une partie de son contenu. Allison remarqua aussitôt le masque qu'elle lui avait offert et le saisit du bout des doigts.

— Deux couches, hein, c'est bien ça, Mary ? Et il sent comment ce masque ?

— Bon, merci beaucoup, répondit Mary, en ramassant ses affaires.

— Tu ne l'as même pas ouvert ! Il est très efficace, mais il a une odeur dégueu ! Allez, assez perdu de temps, assieds-toi là, je vais voir ce que…

— Tu ne vas quand même pas me le poser maintenant ? En pleine soirée !

— Franchement, tu as vu comme tu es maquillée ? À peine un coup de mascara, alors je ne vais rien abîmer. Et puis les lumières sont tamisées, il est transparent, ça ne se remarquera pas. On le pose quelques minutes.

Sans préavis, Allison déboucha le tube et lui étala une fine couche de crème sur le visage.

— Ah ! Tu n'avais pas menti pour l'odeur.

— Ne bouge pas, je vais chercher ma trousse.

« Trousse » n'était pas le mot approprié concernant le maquillage d'Allison, « valise » aurait été plus adapté. Et si elle avait pu affréter un van pour faire suivre ses affaires, elle l'aurait fait, car elle récupérait des produits de maquilleuses sur les tournages.

— Mais pourquoi tiens-tu tant à me préparer ? s'agita Mary.

— Il faut que tu sois canon, ce serait trop con, marmonna son amie.

Mary se demanda ce qu'elle avait en tête, Allison savait pourtant qu'elle n'était plus intéressée par le comptable et qu'il n'y avait aucun autre homme dans sa vie.

— Mais trop con pour quoi ? demanda-t-elle, en plissant les yeux sous l'effet de la tension provoquée par le masque qui séchait. Tu vas m'enlever ce truc ou tu cherches à me transformer en poupée botoxée pour mes trente ans ?

Allison lui rinça le visage avec un carré démaquillant imbibé de lotion au bleuet. La fête battait son plein autour d'elles. Après lui avoir maquillé les yeux et la bouche, Allison se recula pour juger de l'effet. Elle paraissait satisfaite, pourtant son regard fuyant alerta Mary.

— Tu m'as ratée, c'est ça ? Je ressemble à une meringue et tu ne veux pas l'avouer ?

Allison la prit par les épaules et la plaça dos à la scène.

— Mary, tu sais, il y a une petite chose que je ne t'ai pas encore dite.

— Tu me fous carrément la trouille, là.

— En fait…

Elle prit une profonde inspiration. Mary entendit qu'il y avait du mouvement sur scène, mais n'y prêta pas attention, concentrée sur Allison qui avait un air vraiment suspect.

—… je suis restée en contact avec Nikke, lança son amie d'un seul coup.

Mary frissonna de la tête aux pieds.

— Son groupe et lui sont de passage à Londres, poursuivit Allison.

Mary perdit quelques degrés tandis qu'Allison se mettait à transpirer. Des bruits de larsen, de guitares, des notes de basse brouillèrent le reste de son discours.

— Et je… ai… de passer… pour… ans.

Allison termina sa phrase en donnant l'impression qu'elle venait de vider la totalité de ses poumons. Mary la regarda d'un air horrifié.

— Tu as fait quoi ?

— Je ne sais plus si c'est moi ou… Jason. En fait ça me revient, c'est lui qui a eu cette idée.

— Moi qui quoi ? demanda Jason, en surgissant à leurs côtés et en les prenant toutes les deux par le cou. Alors Mary, tu aimes la surprise d'Allison ? Ça déchire, non ?

Une voix rauque, délicieusement familière, s'éleva dans le micro :

— Ce soir, je vais chanter pour une femme très particulière. Spéciale dédicace pour Mary qui fête ses trente ans.

Kustaa !

45

« Il y a des jours, des mois, des années interminables où il ne se passe rien. Il y a des minutes et des secondes qui contiennent tout un monde. »

Jean d'Ormesson

MARY eut l'impression que son cœur allait exploser. Il battait tellement fort qu'elle n'osait pas se retourner, de peur d'éclater en mille morceaux qui s'éparpilleraient aux quatre coins de la pièce tels des confettis incandescents.

Kustaa était à Londres. Non, rectification, Kustaa était à trois mètres d'elle, sur la scène, en ce moment même, en train de chanter de sa voix voluptueuse – en finnois, fort heureusement, car elle ne voulait surtout pas savoir ce qu'il disait.

Si, je le veux ! Non, surtout pas.

À côté d'elle, Allison n'osait plus respirer.

— Ça va, Alli, décoince ou tu vas crever ! Je te pardonne, si c'est ce que tu veux savoir.

La chanson se poursuivait, douce, tendre, mélancolique. La voix caressait Mary qui ne s'était toujours pas retournée.

— Ouf ! souffla Allison, j'ai vraiment cru que j'étais allée trop loin.

— Je n'ai jamais dit que ce n'était pas le cas. C'est juste que je te pardonne.

Mary prit son courage à deux mains et enfin, elle fit volte-face. Son regard croisa immédiatement celui de Kustaa. Il ne leur fallut pas plus de quelques secondes pour être mutuellement hypnotisés l'un par l'autre, aimantés comme si le monde autour d'eux venait de disparaître.

Ils écoutèrent les chansons suivantes en silence, Mary faisant tout pour contrôler les battements de son cœur et sa respiration devenue soudain très courte et aussi légère qu'un nuage. Allison, soulagée, semblait ravie de revoir Nikke ; Sybile adressa à Mary un pouce d'appréciation qui semblait faire référence à Kustaa ; Jason était à fond dans la musique, hochant la tête en cadence.

L'effet du groupe sur les personnes présentes était indéniable, tout le monde s'était tu pour les écouter. Les morceaux n'avaient rien à voir avec du heavy métal, cette fois, ils étaient plus proches des titres de Radio Head, la voix de Kustaa évoquant celle de Thom Yorke.

À la fin de leur prestation, les musiciens quittèrent leurs instruments sous les applaudissements chaleureux et les vivats enthousiastes des invités. Puis ils descendirent de scène et se dirigèrent vers le bar. Sybile et Jason rejoignirent des amis tandis qu'Allison s'éclipsait pour sauter au cou de Nikke. Mary aurait aimé avoir sa fougue et sa spontanéité, parce qu'à cet instant précis, elle était en train de se liquéfier, à mesure que Kustaa avançait dans sa direction. L'atmosphère s'était chargée d'électricité. Qu'allait-il lui dire ? Et elle, qu'allait-elle lui répondre ? Leur dernière discussion avait été si violente, elle ne savait pas à quoi s'attendre, elle était sidérée.

Prends les devants, tu es une femme d'affaires aguerrie !

— *Hei*, lui fit-elle, horriblement mal à l'aise.

— *Hei*, Mary, répondit Kustaa, en lui tendant un petit sac. Joyeux anniversaire.

— Merci, souffla-t-elle, surprise. Il ne fallait pas.

Qu'est-ce que c'est ? Ouvre, tu verras.

Elle déchira le paquet.

— Un bonnet angora rouge, s'exclama-t-elle dans un large sourire.

— Je n'ai pas réussi à en trouver un vert comme le tien. C'est dommage parce qu'il t'allait bien, sans doute l'huile d'olive.

Mary gloussa à l'évocation de leur rendez-vous et se détendit.

— Vos chansons sont superbes.

— Merci. On a fait un essai comme tu me l'as suggéré, et tu avais raison, les autres ont accepté de tenter le coup. On a envoyé les titres qu'on a enregistrés ces dernières semaines et la réponse est arrivée très vite. En fait, on est à Londres pour rencontrer le producteur d'une maison de disques.

— Waouh ! Kustaa, mais c'est formidable !

— Oui. Et c'est grâce à toi.

Il lui adressa un sourire magnifique. C'était si étrange de se retrouver auprès de lui, le jour de son anniversaire. Si irréel. D'autant plus que Mary venait de passer tout ce temps, depuis son retour, à tenter de se convaincre que Kustaa n'avait jamais existé, qu'il appartenait à un doux songe au pays des mille lacs, emprisonné dans une boule à neige !

— Et toi, demanda-t-il, ce travail de tes rêves ?

Mary sentit son ventre se contracter.

— Ça va.

— On dirait bien que c'est un tout petit *ça va*, non ? releva-t-il, en haussant les sourcils.

Soudain, elle eut du mal à respirer et chancela. Il la rattrapa d'un bras. Le contact l'électrisa.

— Excuse-moi, je me suis vue agiter ta boule et étouffer sous les flocons… Tu ne peux pas comprendre. En fait, je repense à mon séjour à Saärla et…

— Et ?

Un barrage menaçait de céder dans son esprit.

— C'était chouette, non ? reprit-il sans la lâcher, même si cette histoire de boule et de flocons a l'air tout aussi spéciale que toi.

Ah ? Il me trouve spéciale ? Oui, il l'a déjà dit. Deux fois.

— Oui, c'était chouette. Très. Tellement.

À tel point que je me demande tous les jours ce que je fous ici.

— Et si je m'étais trompée ? osa-t-elle.

— Tu sais, une fille géniale m'a dit un jour qu'à chaque problème il fallait se poser une seule et unique question. Je l'ai posée à Candice, le soir où elle nous a vus, et ça nous a permis d'ouvrir les yeux, elle et moi, de prendre la décision de nous séparer. J'étais venu te l'annoncer, mais tu étais tellement décidée à partir…

— Oh ! s'écria Mary, la gorge nouée. J'ai cru que tu rompais avec moi, que tu étais revenu pour cela.

— Et moi, j'ai cru ce que tu m'as dit, que ta vie n'était pas en Finlande. Je ne pouvais plus te demander de tout plaquer pour rester avec moi, même si j'en crevais d'envie. Et je t'ai laissée partir sans même essayer. Je l'ai regretté tous les jours.

Oh ! Moi aussi, moi aussi, moi aussi !

— Mais aujourd'hui, je te la pose, cette question qui a révolutionné mon existence.

Il la fixait intensément.

— Que ferait l'amour, Mary ?

— Je ne veux pas répondre à ça, fit-elle en secouant la tête, des larmes plein les yeux.

Le regard de Kustaa la happait au point que le reste du monde autour d'eux cessa d'exister. Mary n'entendait plus les bruits de la fête, ne percevait plus les mouvements, elle était seule, perdue dans ce regard qui brûlait toutes ses réticences.

Elle prit une profonde inspiration.

— J'imagine que l'amour redistribuerait les cartes aux bonnes personnes.

Elle essuya ses joues.

— Miles gérerait la boîte comme il l'a toujours souhaité. Bon sang, ce type était prêt à tout ! plaisanta-t-elle. Toi, tu démarrerais la carrière de musicien dont tu rêves tant. Et moi… je tiendrais un petit salon de thé dans un trou perdu en Finlande, avec Wilma, Hanna, tout en prenant soin d'Otso et de Paavli. Et je devrais me pincer tous les jours pour être sûre que je ne rêve pas, tant je nagerais dans le bonheur.

Mary se rendit compte que sa crise venait de passer, comme si le fait d'avoir révélé ses sentiments l'avait soulagée d'un poids, la libérant pour lui montrer où était sa place.

— L'amour fait toujours le bon choix, souffla Kustaa de sa voix chaude.

Il la tenait toujours et l'attira contre lui. Leurs lèvres se retrouvèrent. D'abord doucement, puis avec une intensité grandissante tandis que des frissons remontaient le long de la colonne vertébrale de Mary, enflammant chacune des cellules de son corps. Un baiser doux et passionné. C'était comme se retrouver au centre de l'univers, tels deux amants éclairés par les milliers d'étoiles brillant autour d'eux, dans un silence envoûtant.

Mary allait prendre le risque de tout quitter, de changer de vie.

Et pour la première fois depuis longtemps, elle était certaine de faire le bon choix.

Épilogue

— Eh bien, puisque tous les pulls ont été enregistrés, je propose de passer aux votes, lança le maire en s'installant avec ses assistantes derrière les bureaux.

Les membres du jury commencèrent à délibérer tandis que les participants, affamés par les odeurs gourmandes qui se dégageaient des pâtisseries apportées par l'équipe municipale, se ruaient sur le buffet.

— Attendez !

Tout le monde se retourna.

— Je n'ai pas été enregistrée ! s'exclama Mary, les joues rosies d'avoir couru pour arriver à temps. Et…

Elle fouilla dans son sac, faisant tomber quelques papiers froissés.

—… j'ai un pull !

— Martina ? s'écria le maire, c'est bien vous ?

Il semblait avoir vu Mary Poppins en personne et avait des étoiles plein les yeux.

— Oui, c'est bien moi ! Je suis de retour, et cette fois-ci, je compte bien m'incruster ! Tenez, voici ma participation.

Elle tira un long, très long pull de son sac ; à vrai dire, ce tricot n'en finissait plus.

— Quoi ? Ça ne va pas ? Vous aviez précisé une taille ? se renfrogna-t-elle devant le regard médusé du maire.

— Non, non, non… En tout cas, vous ne l'avez pas fait pour moi, commenta-t-il.

Elle se retint de rire. Il s'approcha et chuchota :

— Martina, j'aimerais beaucoup vous faire gagner, vous vous êtes inscrite à tous les concours cet automne, ça me fait de la peine, mais…

— Eh bien quoi, il n'est pas magnifique ?

— Il y a des trous, il est difforme et trop long. Ce n'est plus une tête de renne, mais un sanglier croisé avec un alien. Sérieusement, il va terroriser les enfants ! Ce pull devrait être interdit aux moins de seize ans.

— Faut pas exagérer quand même, quand on voit ce que les jeunes regardent à la télé !

Il la fixa une seconde, semblant en proie à une lourde réflexion. Puis il se rendit au tableau et ajouta quelques mots au thème du concours :

Thème : Gilets et pulls moches de Noël !

Tout le monde éclata de rire. Il se retourna et clama :

— Martina ! Vous gagnez !

Mary sauta de joie et le rejoignit sur l'estrade.

— Merci ! Merci beaucoup ! C'est la deuxième fois de ma vie que je gagne un concours, c'est fou ! Alors, quel est mon prix ?

— Dix euros, répondit le maire en classant ses feuilles.

— Quoi ? Seulement ? Vous savez combien ce truc m'a coûté en fournitures ?

— Une fortune, j'imagine, vu le poids. On pourrait le mettre à Otso, tellement il est gigantesque.

— Peut-être, mais il y a toujours eu des prix intéressants et juste quand je gagne, c'est une misère, bougonna Mary.

— C'est un concours tout nouveau et vous le gagnez parce qu'on a fait une exception. Mais il ne faut pas exagérer non plus, vous devez faire la différence entre avoir un peu pitié et reconnaître un véritable talent. Mais vous y arriverez, persévérez, c'est bon pour le mental. Bon, parlons sérieusement, je ne vous ai pas vue sur la liste ?

— Quelle liste ? Ah ! non, non, non, vous ne m'aurez pas une deuxième fois !

— Troisième, si on compte la soirée où vous avez chanté avec votre amie.

— Il a raison, dit Kustaa en s'approchant. Et pour nous aussi, ça fait trois.

— *Trois* ?

Le maire en profita pour s'éclipser.

— Trois tentatives de démarrer une histoire.

— C'est étrange tous ces trois, dit Mary.

Kustaa haussa un sourcil étonné.

— J'ai un truc avec les trois en ce moment, renchérit-elle.

— Ah oui ?

Elle hocha la tête.

— J'ai eu trente ans, j'ai trois amis.

— Hum…

— Ma mère dit que c'est peut-être malsain. Et si elle avait raison ? Parce qu'il y a aussi ce type qui est venu à ma soirée d'anniversaire, un gars bizarre qui porte parfois des perruques.

— Il n'est pas malsain, se défendit-il, c'est un type formidable.

— Possible, mais il a deux filles, ce qui fait trois personnes dans sa maison qui est justement en face de la mienne, comme par…

Il ne la laissa pas terminer sa phrase et l'embrassa tendrement.

Cette fois, aucune Candice à l'horizon ! Et toutes les Barbie ont le bec dans l'eau.

Face à la fenêtre, Kustaa la serra dans ses bras, et ils contemplèrent longtemps la neige tomber.

— Je pense pouvoir vous faire oublier ce type, Martina, lui murmura-t-il à l'oreille, en laissant glisser ses lèvres le long de sa nuque.

Mary ne put s'empêcher de frissonner et de sourire. Kustaa avait l'art d'allumer des brasiers d'or dans son cœur. Serrée contre le torse musclé de l'homme dont elle partageait la vie, regardant les flocons tomber sur les toits colorés, entourée des gens qu'elle aimait, Mary eut la certitude, à cet instant précis, d'avoir réalisé son souhait : celui de se lover dans une boule à neige douce, chaude et tranquille, remplie d'amour et de joie.

Keep calm, Mary. Et sois heureuse !

Remerciements

« C'était long, c'était dur, mais nous y sommes arrivés. » Ce proverbe finlandais me fait tellement rire que je me permets de le replacer ici, car ce roman ne serait pas tel que vous venez de le lire sans le concours de ces belles personnes que je tiens à remercier.

Tout d'abord, à toi, Marilyse Trécourt. Merci de m'avoir coachée pour me permettre de finir l'écriture de cette histoire alors que je souffrais de procrastinite aiguë ! Nos séances me manquent, merci d'avoir supporté mes doutes et mes plaintes avec tant de patience et de bienveillance à chaque fois.

À mes bêta-lectrices, pour leurs remarques pertinentes et constructives : Laurence Trochard, Justine Patérour et Anne Lepizzera à qui je dois le titre de ce roman ! Merci beaucoup à toutes les trois d'avoir accepté de lire la première version, vos retours étaient vraiment précieux.

Un immense merci à mon éditrice, Stéphanie Ricordel, pour avoir cru en moi et en ce roman qui ne serait pas tel qu'il est aujourd'hui sans son talent et sa vision de l'histoire : merci pour nos échanges concernant cette deuxième version, pour tes idées qui ont tant apporté à la trame du récit et pour tes compliments qui m'ont donné enfin un peu confiance en moi.

À vous, Frédérique Martin, qui m'avez accompagnée lors de la réécriture : vous avez su mettre de l'ordre dans tout ça et me guider au fil des semaines avec brio. Merci pour tout, j'ai beaucoup appris à vos côtés. (Ce roman serait truffé de points de suspension sans ses interventions ; car oui, apparemment, je vous un culte à ces trois petits points !)

Merci à Charlotte Debroise, Pascale Braud et à toutes les équipes des éditions Eyrolles qui travaillent dans l'ombre.

À ma famille : Nicolas, Emma, Mathis et ma mère, ma première lectrice : merci d'être là, d'y croire et de supporter mon côté ours ! Je vous aime tant !

À ma sœur, merci pour nos appels « Promis, on ne fait pas long ! » qui durent une demi-journée et nous mettent dans le jus total ! Mais qu'est-ce qu'on rit ! Oh, là, là, oui, qu'est-ce qu'on rit. Je ne serais pas la personne que je suis aujourd'hui sans ces moments hors du temps et nos échanges endiablés.

Enfin, merci à vous chers lecteurs. Nous traversons tous des épreuves douloureuses dans nos vies et je n'ai pas été épargnée ces trois dernières années. Aussi, j'avais à cœur d'écrire un roman lumineux et joyeux qui puisse nous faire sourire et oublier le quotidien durant quelques heures. J'espère que cette lecture vous aura apporté un peu de bonheur et de réconfort ; tout comme Mary, j'aurai alors réussi ma mission.

En attendant, je vous souhaite de tout cœur de trouver la vôtre.

Prenez soin de vous,

Chaleureusement,

Carole

Également aux éditions Eyrolles

Les étoiles rêvent aussi, Cendrine Nougué

Un concentré d'humour et de fantaisie !

En s'installant à Paris, Alice avait de grands projets. Conquérir la capitale avec ses créations culinaires et gagner des milliers d'abonnés sur son Instafood, le bien nommé @Une_betterave_a_Paname… Mais trois ans plus tard, les désillusions s'enchaînent : Alice se fait licencier du Café des Auteurs où elle peinait à percer, tandis qu'un énorme shitstorm menace de ruiner sa réputation.

Gio, sa meilleure amie, lui propose alors de séjourner chez sa famille, sur l'île de Porquerolles. Entre paysages paradisiaques et convivialité de (presque) tous ses hôtes, Alice pourrait bien retrouver le goût du défi…

***Psy, jeûne et randonnée*, Fanny Gayral**

Un texte fort et introspectif, une célébration de la résilience

À 33 ans, Angela est médecin généraliste à Tours. Elle dédie sa vie à ses patients, et à sa mère, qui vit à son crochet. Autant dire que la jeune femme ne s'accorde pas une minute, et néglige sans scrupules sa propre santé, sa vie amoureuse et sociale. Mais cette abstraction d'elle-même ne passe pas inaperçue auprès de ses confrères. Ils se cotisent pour lui offrir un cadeau très spécial : un stage consacré au jeûne et à la randonnée... De quoi faire pâlir cette grande amatrice de fromages fermiers !

Contrainte et forcée, Angela débarque sur l'île de Ré et entame une semaine de marches laborieuses et de bouillons clairs, en joyeuse compagnie. De quoi bousculer toutes ses certitudes...

***Petits mystères en campagne*, Juliette Sachs**

Un cosy mystery porté par un duo mère fille irrésistible

Après un divorce et la faillite de son agence de détectives, Marion retourne vivre à Crouzon, son village natal auvergnat. Mais entre la mauvaise humeur de sa fille Lola et les retrouvailles avec son ancien amour de jeunesse, ce nouveau départ est difficile. L'adolescente vit mal ce parachutage en province et a l'art de le faire savoir. Respirer, répondre avec humour et philosophie, ne pas « oublier » sa fille à la station-service : Marion maîtrise.

Le pire reste à venir lorsque Lola devient la principale suspecte d'une série de cambriolages. Marion ressort alors ses caméras-espion et mène sa propre enquête pour tenter d'innocenter sa fille. De mémoire de Crouzonnais, on a jamais vu ça !

Bienvenue aux Bergeronnettes, **Coralie Caujolle**

Une vraie bouffée d'air frais !

Germain Germinal imaginait passer un été paisible. Hélas, c'était sans compter l'inventivité de sa femme, Maggy, et son idée tordue d'ouvrir une maison d'hôte réservée aux artistes. Quoi de mieux que le cadre des Bergeronnettes pour se ressourcer, manger bio, méditer et ainsi nourrir son œuvre à venir ? Mais les ennuis débarquent avec les artistes et bientôt, la quiétude de la campagne fait place à une joyeuse pagaille ainsi qu'à pas mal de problèmes ! Chacun des résidents des Bergeronnettes, un couple d'écrivains en mal d'inspiration, un metteur en scène colérique et un ventriloque nullissime, semble en effet avoir quelque chose à cacher. Alors quand le maire du village est assassiné à quelques mètres de là, tous deviennent de parfaits suspects...

Petit bijou de fantaisie et de tendresse, *Bienvenue aux Bergeronnettes* est un *feel good* aux allures d'enquête qui a le charme irrésistible des villages de nos campagnes.

La Libraire de la place aux Herbes, **Éric de Kermel**

Le best-seller incontournable, en version augmentée

La librairie de la place aux Herbes à Uzès est à vendre ! Nathalie saisit l'occasion de changer de vie pour réaliser son rêve. Devenue passeuse de livres, elle se fait tour à tour confidente, guide, médiatrice... De Cloé, la jeune fille qui prend son envol, à Bastien, parti à la recherche de son père, en passant par Tarik, le soldat rescapé que la guerre a meurtri, et tant d'autres encore, tous vont trouver des réponses à leurs questions.

***Le chemin du bonheur est parsemé de cailloux et de crottes de chien*, Shelley Greiver**

Une pépite drôle et inspirante, pour se (re)mettre en mouvement !

« Vous avez tout pour être heureuse... mais vous ne l'êtes pas ? Vous cherchez un sens à votre vie ? Vous souhaitez une excellente santé physique et mentale ? »

Intriguée par ces maudites publicités invasives, Lisa se retrouve inscrite au séminaire « Le chemin du bonheur » qui lui promet la quiétude, la félicité et la réalisation de ses rêves les plus fous. Lisa n'en demande pas tant. Elle souhaiterait simplement sortir de sa déprime, rire plus avec ses enfants et ranimer la flamme dans son couple. Pour Carla, sa nouvelle coach en ligne, le défi se relève pas à pas. Et les obstacles sur le chemin sont autant d'opportunités d'avancer. Lisa se plie aux instructions du séminaire et introduit dans son quotidien de tout petits changements... C'est le début d'une deuxième vie, parsemée de remises en question, de course à pied, de sex tape malencontreuse et d'une bonne dose de fantaisie !

***Les heures insouciantes*, Carole Declercq**
La saga des désobéissantes, tome I

Une saga romanesque captivante, au cœur de la Seconde Guerre mondiale

Pauline Kermadec et Nathalie de Tresnel ont grandi ensemble. À dix-neuf ans, malgré des personnalités opposées, elles sont inséparables.

Pauline, fille de diplomate réservée, pose un regard curieux et angoissé sur une Europe au bord du gouffre. Nathalie, issue d'une famille désargentée de la noblesse, lutte avec panache contre les préjugés et les convenances de son milieu. L'actualité de l'été 1938 les rattrape. Pauline doit suivre son père à Berlin, au chevet d'une paix toujours plus fragile. Au milieu des élites politiques européennes, elle fait la connaissance d'un séduisant éditeur allemand.

Nathalie n'est pas en reste : un jeune officier fait battre son cœur, n'en déplaise à leurs familles respectives.

Dans un monde aux portes de la guerre la plus dévastatrice que va connaître l'humanité, l'avenir des deux amies est incertain. Pourtant, armées de la vigueur et de la détermination de la jeunesse, elles entendent imposer leurs choix et conquérir leur indépendance.

***On noie bien les petits chats*, Françoise Guérin**

Un thriller psychologique oppressant
Prix des lecteurs du Gujan Thrillers Festival 2022

Quand elle reprend conscience à la maternité, Betty ne se souvient pas des circonstances dramatiques de son accouchement. Elle ne comprend pas pourquoi son mari reste injoignable. Elle découvre avec effroi que son bébé a été baptisé Noé et qu'un inconnu rôde autour de lui. Elle se débat, impuissante à le confondre. Mais peut-elle se faire entendre alors qu'on la prétend folle ?

Accueillie au sein de l'unité mère-bébé par un psychiatre peu conventionnel, soutenue par une équipe de choc, Betty va renouer, peu à peu, avec sa mémoire confisquée.

***Du chaos naissent les étoiles*, Marilyse Trécourt**

Une histoire haletante, entre la vie et la mort

« Vous devez sauver la vie de trois inconnus en moins de quinze jours. Sinon, ce sera le néant. »

Juliette, libraire passionnée, est abordée un jour par une étrange jeune femme qui lui prédit sa mort prochaine tout en lui délivrant ce sinistre avertissement. A-t-elle affaire à une folle ? Juliette, dotée depuis toujours d'une intuition infaillible, sent confusément qu'elle doit relever le défi. Le compte à rebours commence quand une première personne fait appel à elle, suivie rapidement d'une deuxième... Pour se sauver elle-même, Juliette se retrouve liée au destin de trois inconnus. Elle découvre alors qu'elle a plus à gagner que la vie dans ce mystérieux marché.

Dans cette histoire captivante, Marilyse Trécourt raconte un amour qui peut survivre à tout.

IMPRIM'VERT®

PEFC
10-31-2541
Certifié PEFC
Ce produit est issu de forêts gérées durablement et de sources contrôlées
www.pefc-france.org

Achevé d'imprimer en septembre 2023
en France par Normandie Roto Impression s.a.s.
N° d'impression : 2302622
Dépôt légal : octobre 2023

Cet ouvrage a été imprimé sur du papier Munken Print Cream 80 g, main de 1.5.